北条氏照

秀吉に挑んだ義将

伊東 潤

PHP文庫

○本表紙図柄＝ロゼッタ・ストーン（大英博物館蔵）
○本表紙デザイン＋紋章＝上田晃郷

北条氏照【目次】

第一章　甲越錯乱《こうえつさくらん》　10
第二章　野州乱刃《やしゅうらんじん》　133
第三章　京勢催動《きょうぜいさいどう》　227
第四章　武相灰燼《ぶそうかいじん》　314
小田原北条宗家と氏照の歩み
謝辞

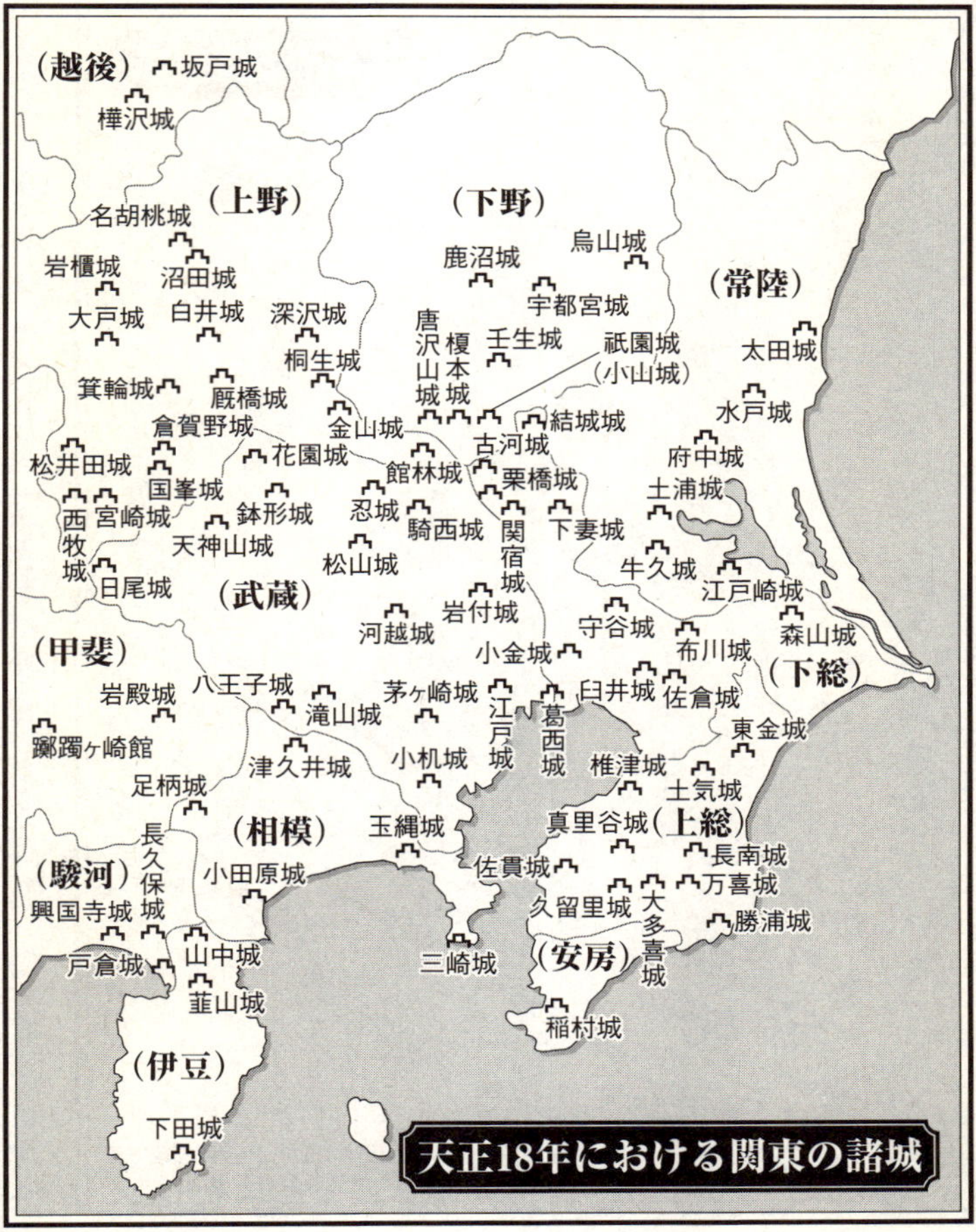

天正18年における関東の諸城

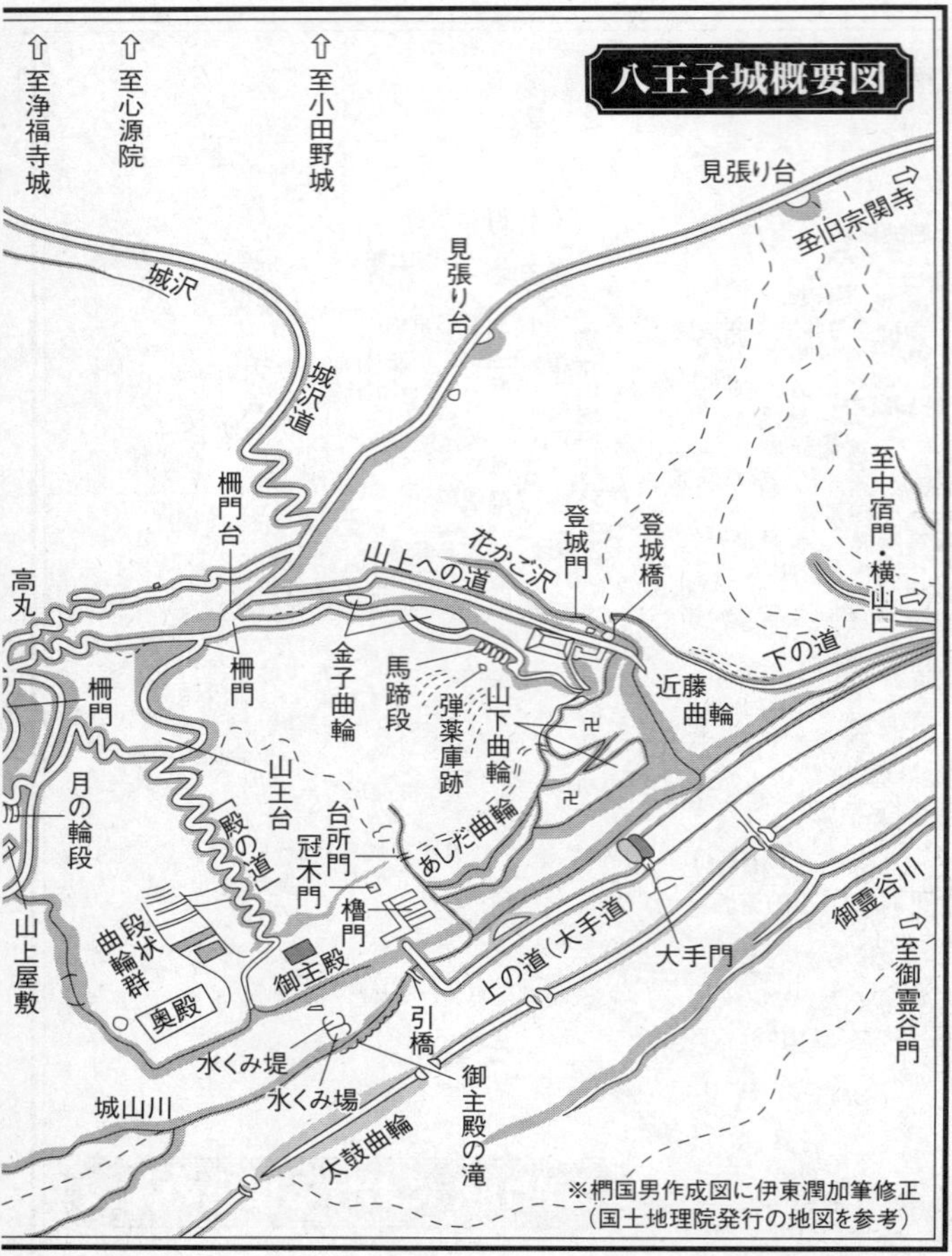

※椚国男作成図に伊東潤加筆修正
（国土地理院発行の地図を参考）

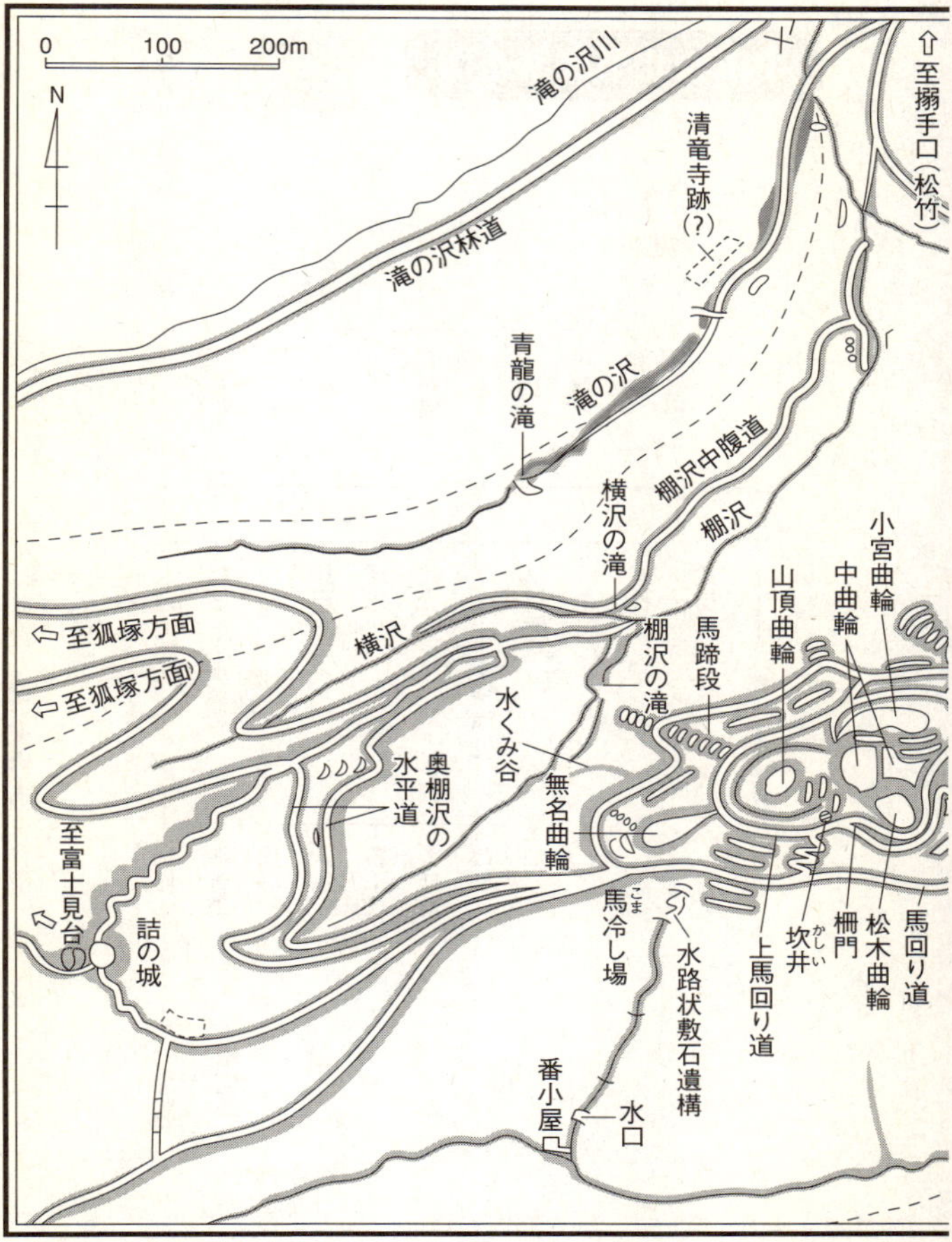
0
100
200m
N
滝の沢川
滝の沢林道
至搦手口(松竹)
清竜寺跡(?)
青龍の滝
滝の沢
棚沢中腹道
横沢の滝
棚沢
至狐塚方面
至狐塚方面
横沢
棚沢の滝
水くみ谷
奥棚沢の水平道
無名曲輪
馬蹄段
山頂曲輪
中曲輪
小宮曲輪
至富士見台
詰の城
馬冷《こま》し場
水路状敷石遺構
上馬回り道
坎井《かしい》
柵門
松木曲輪
馬回り道
番小屋
水口

小田原北条氏家系図

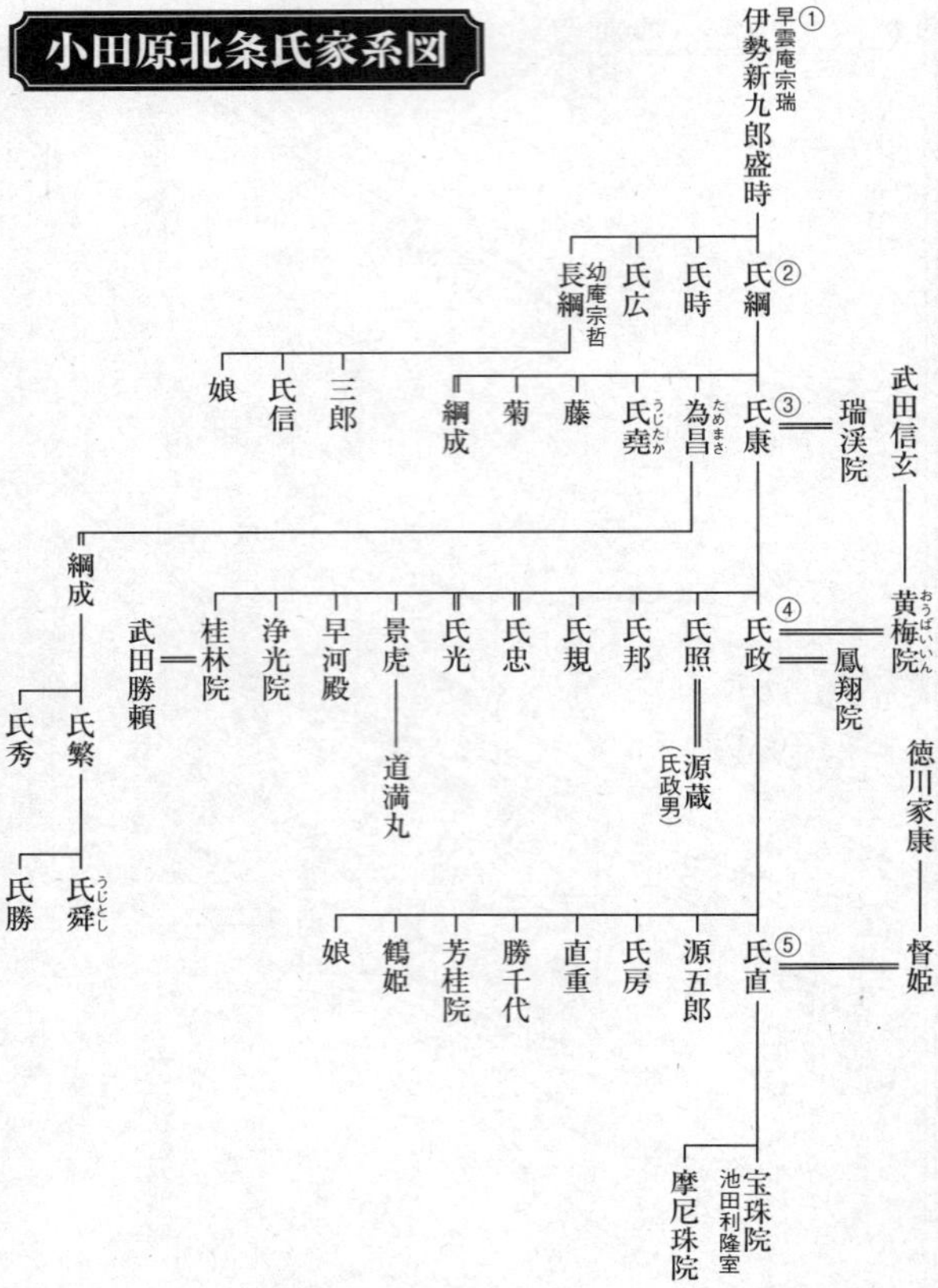

①伊勢新九郎盛時
早雲庵宗瑞
②氏綱
氏時
氏広
長綱
幼庵宗哲
三郎
氏信
娘
③氏康
瑞渓院
為昌《ためまさ》
氏堯《うじたか》
藤
菊
綱成
武田信玄
綱成
④氏政
黄梅院《おうばいいん》
鳳翔院
氏照
源蔵
(氏政男)
氏邦
氏規
氏忠
氏光
景虎
道満丸
早河殿
浄光院
桂林院
武田勝頼
氏繁
氏秀
氏舜《うじとし》
氏勝
徳川家康
⑤氏直
督姫
源五郎
氏房
直重
勝千代
芳桂院
鶴姫
娘
宝珠院
池田利隆室
摩尼珠院

北条氏照

第一章　甲越錯乱《こうえつさくらん》

一

薄明《はくめい》の中、多摩川《たま》を蔽《おお》っていた乳白色の川霧《かわぎり》が次第に晴れていった。

「おお」

滝山《たきやま》城本曲輪《ほんぐるわ》の物見櫓《ものみやぐら》にいる者たちの間から、ため息が漏《も》れた。

彼らの視線は、多摩川北岸、拝島大師《はいじまだいし》一帯にはためく無数の旌旗《せいき》に吸い寄せられていった。

その旗印《はたじるし》は、濃紺の練絹《ねりぎぬ》に白抜きされた武田菱《たけだびし》——。

——来たか。

物見櫓に上った北条氏照《ほうじょううじてる》は、微動だにせず敵影《てきえい》を睨《ね》めつけた。

その鋭い眼光は、三十路《みそじ》に達したばかりとは思えない厳しさを湛《たた》えていた。

「申し上げます」

櫓を上ってきた使番《つかいばん》が氏照の眼前に拝跪《はいき》した。

「大手《おおて》方面に敵影有り！　その数、おおよそ二千」

搦手《からめて》だけでなく、大手の滝山宿方面にも、敵影が認められたのだ。

「旗印は!?」

「立沢潟《たちおもだか》！」

茶人頭巾《ちゃじんずきん》をかぶった僧形《そうぎょう》の武将が、背後から進み出た。

軍師格の狩野一庵宗円《かのういちあんそうえん》である。

「これだけ早く郡内《ぐんない》衆が仕《し》寄《よ》ってきたということは、横地監物《よこちけんもつ》、中山勘解由《かげゆ》らの向かった廿里《とどり》の防塁《ぼうるい》が、破られたに違いありませぬ」

「そのようだな」

氏照は顔色ひとつ変えず、背後に控《ひか》える幕僚《ばくりょう》たちを振り返った。

「搦手に信玄《しんげん》、大手に郡内衆、双方合わせて二万の大軍を、われらだけで引き受けることとなった。わが領国の存亡はこの戦いにかかっておる！」

「応《おう》！」

「われらが日頃の鍛錬《たんれん》の成果を、甲州《こうしゅう》の山猿たちに見せてやれ！」

「応！」

氏照の言葉が終わるや、将兵たちはそれぞれの役所《やくしょ》（持ち場）に散っていった。

「一庵」

氏照が、傍《かたわ》らに残った狩野一庵を振り返った。

「この戦《いくさ》、どう見る？」

「信玄はどこまで本気で戦うつもりか――」

「確かに、落城寸前まで鉢形《はちがた》城を追い込んだにもかかわらず、信玄はあっさりと兵を引いたらしい」

「しかし、彼《か》の御仁《ごじん》は、この滝山を落とせば、鉢形など、しぜん立ち枯れるという思惑《おもわく》かも知れませぬ」

「そうはさせぬぞ」

氏照は眦《まなじり》を決し、敵影を睨めつけた。

武田と北条、血縁浅からぬこの二家が決裂するまでには、複雑な経緯《いきさつ》があった。

天文《てんぶん》二十三年（一五五四）、東の北条、南の今川と甲相駿《こうそうすん》三国同盟を締結した信玄は、北進策をとり、越後《えちご》進出を企図《きと》した。しかし、長尾景虎《ながおかげとら》（後の上杉謙《けん》信《しん》）との数度に及ぶ川中島《かわなかじま》合戦は実りなきものに終わり、北進策は頓挫《とんざ》した。

一方、信玄とは対照的に、桶狭間《おけはざま》合戦を契機として、三河《みかわ》一国を制した松平《まつだいら》元康《もとやす》（後の徳川家康）の勢力が、永禄《えいろく》四年（一五六一）頃から急伸、今川氏真《うじざね》の領有する遠江《とおとうみ》を窺《うかが》うほどであった。遠江の在地国人《ざいちこくじん》たちは、競うように徳川の旗下《はたした》に走り、家康の遠江領有は時間の問題となった。

それを今川氏真以上に危惧《きぐ》したのが、信玄である。

永禄十年（一五六七）、今川領併呑《へいどん》を決意した信玄であったが、そこには、甲相駿三国同盟という大きな壁が立ちはだかっていた。〝善得寺《ぜんとくじ》の会盟〟の名で知られるこの軍事同盟は、信玄、今川義元《よしもと》、北条氏康《うじやす》の間で締結され、以後、十五年の長きにわたり堅く守られてきた。

しかし、地味《ちみ》に乏《とぼ》しい甲斐《かい》の国衆《くにしゅう》（国人、土豪《どごう》層）たちを束ねていくには、領土拡張策しかとりようのない信玄は、駿河《するが》出兵を強行する。

同盟破棄《はき》に反対する嫡男義信《ちゃくなんよしのぶ》を廃した信玄は、徳川家康との間に、大井《おおい》川を国境《くにざかい》とした国分け協定を結び、翌永禄十一年（一五六八）十二月、駿河国への侵攻を開始した。

武田勢の侵攻を知った今川氏真は、たまらず駿府館《すんぷやかた》を放棄し、遠江国掛川《かけがわ》城に逃れた。

しかし、この勝手極まりない信玄の行為に、北条家三代目当主氏康は激怒した。氏康は上杉謙信に軍事同盟締結を打診、武田家に抗する道を選んだ。

永禄十二年（一五六九）二月、薩埵山《さったやま》の合戦に勝利し、駿河国から甲州勢を追い落とした北条家は、掛川城にいた氏真の救出にも成功、信玄の手から一時的に駿河国を取り戻した。

同年六月、氏康の跡を継いだ氏政と謙信の間に、越相《えつそう》同盟が締結された。宿敵謙信と同盟を結んでまで敵対した北条家に激怒した信玄は、すぐさま反撃に出た。

六月から七月にかけて、信玄は武蔵《むさし》国秩父《ちちぶ》と東駿河に同時侵攻を開始、十分に揺さぶりをかけた後、九月七日、甲斐国を発《た》ったのである。

九日、信玄本隊は碓氷峠《うすいとうげ》を越えて上野国《こうずけ》から武蔵国に入り、十日に北条氏邦《うじくに》の守る鉢形城を攻撃した後、南下を開始、滝山城に迫っていた。

信玄来襲に備える滝山城であったが、三十日、武田家重臣小山田信茂率いる郡内衆が、小仏峠《こぼとけ》を越えたという報も入り、さらに緊張は高まった。

郡内衆とは、甲斐国東部の都留《つる》郡に勢力基盤を持つ小山田信茂を盟主とした地域勢力の総称である。

郡内衆が、檜原《ひのはら》、戸倉《とぐら》、戸吹《とぶき》、高月《たかつき》の支城群が配置されている檜原道《ひのはらどう》を通らず、未開の小仏道を使ったことは、氏照にとり、予期せぬ事態だった。

郡内衆の押さえとして、廿里砦《とりで》に向けて、横地監物、中山勘解由らを派した氏照であったが、時すでに遅く、廿里砦の前面で待ち受けた郡内衆により、監物らは散々に打ち破られた。

九月三十日夕刻、郡内衆が滝山城の南半里《り》の小丘に着陣した。

これにより、すでに多摩川を隔てた北側の拝島大師《し》に陣を布いた信玄本隊と合わせて、甲州勢は二万の大軍に膨れ上がった。

翌十月一日払暁《ふつぎよう》、信玄は四郎勝頼《かつより》に主力部隊を託し、多摩川南岸に向かわせた。滝山城の北壁は、切り立った急崖《きゆうがい》となっているため、南側に迂回《うかい》しなければ、攻撃が仕掛けられないからである。

朝日が昇ると同時に、滝山城大手口方面に迫った甲州勢と、それを阻止せんとする北条方との間で、滝山宿を舞台に、緒戦の火蓋《ひぶた》が切られた。

信玄は拝島にとどまったまま、この攻城戦の指揮を勝頼に委《ゆだ》ねた。

この時、勝頼は気鋭の二十四歳である。その勇猛果敢《ゆうもうかかん》さは、信玄の後継者にふさわしかったが、さすがの信玄もその猪突猛進《ちよとつもうしん》ぶりを危惧し、武田信廉《のぶかど》（逍遥軒《しようようけん》信綱《しんこう》）、山県昌景《やまがたまさかげ》、内藤昌秀《まさひで》、真田信綱《さなだのぶつな》ら歴戦の宿老《しゆくろう》を寄騎《よりき》させていた。

怒号《どごう》と喚《おめ》き声、馬のいななきが渾然一体《こんぜんいったい》となって押し寄せてきた。

――いよいよだな。

本曲輪に設《しつら》えられた本陣で、じっと瞑目《めいもく》していた氏照が、床机《しようぎ》を蹴倒《けたお》して立ち上がった。

――目にもの見せてくれる。

小姓《こしよう》を促《うなが》した氏照は、黒糸威《くろいとおどし》の胴丸《どうまる》を着けると、鷹《たか》の羽毛《うもう》をあしらった陣羽《じんば》織《お》に袖《そで》を通した。そして、六十二間筋兜《ろくじゅうにけんすじかぶと》の緒を締めると、軍配《ぐんばい》を高く掲げた。

「出陣！」

葦毛《あしげ》の馬にまたがった氏照は、馬廻衆《うままわりしゅう》を率いて本曲輪から二曲輪《にのくるわ》に向かった。

滝山城は、かつての関東管領山内上杉氏《かんとうかんれいやまのうちうえすぎ》の重臣大石定重《おおいしさだしげ》が大永《だいえい》元年（一五二一）頃に築いた崖端城《がいたんじょう》である。北東部は多摩川を天然の堀とし、起伏が激しい丘陵《きゅうりょう》や浸食谷などの自然地形を巧みに取り込んで縄張《なわば》りされているが、南面はなだらかなため、防御に不安がある。

氏照の所有となってからは、外郭線を横堀でつなぎ、虎口《こぐち》には枡形《ますがた》を築き、それを馬出《うまだし》で守るという堅固な構えが施《ほどこ》されていた。さらに、城内の曲輪間には巨大な空堀《からぼり》を穿《うが》ち、それを屈曲させることにより、どこからでも死角なく横矢《よこや》が掛かるようになっていた。しかし、自然地形による難点は克服し難く、名うての甲州勢の攻撃に、どこまで堪《た》え切れるか、予断を許さなかった。

城方《しろがた》の最初の防衛線を押し破り、滝山宿、八日市《ようかいち》宿を制圧した寄手《よせて》は、すでに滝山城直下まで迫っていた。

滝山宿で激戦を展開した郡内衆を後方に下げた勝頼は、内藤昌秀隊に大手口方面の攻撃を委《ゆだ》ねると同時に、諏《す》方《わ》衆を主体とした自らの部隊を先頭に押し立て、武田信廉、山県昌景とともに、滝山城東方の八幡《はちまん》宿方面から城に迫った。

「掛かれ！」

勝頼が軍配を振り下ろすと同時に、武田鉄砲隊の猛射が始まった。

たちまち周囲は、耳をつんざくばかりの筒音《つつおと》と、視界を遮《さえぎ》るばかりの硝煙《しようえん》に包まれた。

あまりの轟音《ごうおん》にたじろぎ、役所を捨てて退却してくる者もいる。

「引くな、堪えよ！」

小宮《こみや》曲輪と三《さんの》曲輪の守備を任された師岡山城守将景《もろおかやましろのかみまさかげ》が、声を涸《か》らして守備兵を叱咤《しつた》した。

夥《おびただ》しい数の炮烙火矢《ほうろくびや》が放たれ、物見櫓からも炎が上がった。寄手の容赦《ようしや》ない攻撃に、たちまち山裾《やますそ》の曲輪群が黒煙に包まれた。

しかし、城方も必死である。寄手の大竹束《おおたけたば》や連楯《れんだて》めがけて、鉄砲隊が猛射を浴びせかければ、その背後から無数の矢箭《やせん》が射込まれる。直射と曲射を駆使《くし》した多重攻撃である。

それでも寄手は、鉄砲を竹束で防ぎ、頭上から降る矢箭を兜《かぶと》や陣笠《じんがさ》で避《よ》けつつ、じわじわと前進してくる。

双方、一歩も引かない攻防が繰り広げられたが、小宮曲輪周辺はなだらかな地形のため、防戦にも限りがある。

城方の抵抗が弱まった頃を見計らい、内藤隊が梯子《はしご》を掛けて土塁に取り付いてきた。その数は小宮曲輪西面から三曲輪南面に及び、城方には、もはや防ぐ術《すべ》となくなりつつあった。

その時、黒煙をくぐって、氏照率いる馬廻衆が駆《か》けつけた。

「ここが切所《せつしよ》(勝負所)だ！　敵を追い落とせ！」

これに力を得た城方は、城内に侵入しつつある内藤隊を押し返し始めた。

一方、これを見た勝頼はいきり立ち、全軍を投入してきた。

「刑部少輔《ぎようぶしようゆう》(武田信廉隊)、掛かれ！」

「山県隊、続け！」

勝頼の軍配が振られるたびに、多くの旌旗が競い合うように前線に移動していく。轟音渦巻《うずま》く修羅場《しゅらば》を前にしても、甲州勢には一人として臆《おく》する者などいない。獰猛《どうもう》な獣《けもの》たちは、粛々《しゅくしゅく》と獲物に向かってにじり寄っていく。

攻防は、次第に激しさを増してきた。

梯子を掛けて土塁に取り付く甲州兵の頭上に大石が落とされると、幾人かが梯子ごと空堀に転がり落ちる。それでも、新手《あらて》がまた梯子を掛けて上りくる。その繰り返しに、さすがの城方も疲弊《ひへい》してきた。しかも、曲輪内の火の手はさらに激しくなり、土塁際で守る者たちは、降りかかる黒煙と火の粉《こ》を払い除けながらの防戦となった。

これを勝機と見た勝頼は、鎌槍《かまやり》をかき抱き、空堀の中に飛び込んだ。

この様に寄手は奮起し、城方を圧倒し始めた。

そこかしこに立て掛けられた梯子から、寄手の侵入が始まった。

「三曲輪と小宮曲輪は放棄し、千畳敷《せんじょうじき》へ撤収せよ!」

氏照の口上《こうじょう》を聞いた師岡山城は、無念さに臍《ほぞ》を噬《か》みつつ退却に移った。

二曲輪の前面に広がる千畳敷曲輪に、筒列《つつれつ》(銃陣)を布いた城方は、高所から釣瓶撃《つるべう》ち（斉射《せいしゃ》）を繰り返した。しかし、死をも厭《いと》わぬかのように、竹束や連楯を押し立て、縦列で土塁際まで迫った寄手も激しく応射する。

再び鉄砲の轟音が空気を切り裂き、夥しい矢箭が空をも暗くした。

千畳敷にある氏照の居館《きょかん》からも、遂《つい》に火の手が上がった。紅蓮《ぐれん》の炎が夕闇《ゆうやみ》迫る薄墨《うすずみ》色の空を焦《こ》がした。

千畳敷での防戦を諦《あきら》めた将兵が、二曲輪に撤収してきた。しかし、その背後からは、まるで夕立《ゆうだち》のように矢箭や礫石《つぶていし》が迫ってくる。

千畳敷とつながる二曲輪西虎口は、屈曲した狭い土橋が架《か》けられているだけであり、多くの兵が同時に渡れない構造となっている。敵を防ぐための工夫が、撤収時には逆効果となる。そのため、二曲輪の虎口に押し寄せた味方兵が、次々と斃《たお》されていく。

中曲輪《なかくるわ》の物見櫓で、氏照はじりじりしながら、この光景を見つめていた。

「早く将兵を収容しろ！」

遂に、寄手が千畳敷への侵入を開始した。

撤収してくる味方勢が、ようやくまばらになったのを見極めた氏照は、反撃を命じた。

「出撃！」

今や遅しと待機していた氏照馬廻衆が、二曲輪西馬出から出撃した。一方、二曲輪目指し、寄手も押し寄せてくる。双方の喊声《かんせい》が頂点に達した。

両勢の先頭どうしがぶつかると、瞬《また》く間に全面衝突となった。双方、横一線に広がり、槍合わせが始まった。その時、武田家独特の引き太鼓《たいこ》が聞こえてきた。

甲州勢はいったん占拠《せんきよ》した三曲輪と小宮曲輪をも放棄し、潮が引くように城外に撤収していった。それを見届けた氏照は、早速、三曲輪と小宮曲輪に兵を戻し、防備を厳《げん》にした。

翌十月二日、日の出と同時に、寄手の攻撃が再開された。

北条方は朝餉《あさげ》も早々に、それぞれの役所に取り付き、敵の猛攻を食い止めんとした。しかし昨日の戦いで、櫓はもとより、虎落《もがり》、鹿垣《ししがき》、木柵《もくさく》などの防御施設を破壊し尽くされている三曲輪と小宮曲輪は、さしたる抵抗も示せずに破られ、昨日と同じように、熾烈《しれつ》な攻防が二曲輪の西に広がる千畳敷で繰り広げられた。

二曲輪西馬出から断続的に新手を繰り出す北条方の巧みな駆け引きに、寄手は虎口を破れず、昼頃、三曲輪方面に退却していった。

昼過ぎ、法螺《ほら》や鉦鼓《しょうこ》の音とともに、寄手の猛攻が再開された。

拝島本陣の信玄は、寄手を三隊に分かち、三方から攻め上らせた。

勝頼には、これまで通りに三曲輪方面から二曲輪西虎口へと仕寄らせ、山県昌景には、南東の鍛冶谷戸《かじやと》方面から二曲輪南虎口へと攻め込ませた。さらに、東の搦手方面に迂回させた内藤昌秀には、寺谷戸《てらやと》方面から信濃《しなの》曲輪を経て、二曲輪東虎口への侵入を図らせた。

滝山城の要《かなめ》である二曲輪に向けて、寄手の三方面同時攻撃が開始された。しぜん城方も、防備を三手に割《さ》かねばならない。城方の防御力が弱まったと見た勝頼は、ここぞとばかりに竹束や連楯を押し立て二曲輪西虎口に迫った。

西虎口を守備していた師岡山城は、手勢とともに千畳敷まで押し出し、槍を振るって戦った。しかし、怒濤《どとう》のように襲いかかる寄手には、ひるむ様子すら見えない。

全身に矢が刺さり、針鼠《はりねずみ》のようになりながら、山城が長柄槍《ながえやり》を振るっていたその時である。味方を押しのけ、紅糸縅《くれないいとおどし》の胴丸に、猩々緋《しょうじょうひ》の陣羽織をまとった若武者が、山城の眼前に飛び出してきた。その頭上には、脇《わき》に白熊の引廻《ひきまわ》しを付けた六十二間小星兜《ろくじゅうにけんこぼしかぶと》が輝いている。

「武田四郎！」

若武者は大声で名乗るや、間髪《かんはつ》入れず槍をつけてきた。

「敵に不足なし！」

剛勇をもって鳴る山城も受けて立った。

味方を遠ざけた勝頼は、果敢にも一騎打ちを挑んできた。

一合、二合、火花を散らして槍を合わせた二人の間合いは瞬く間に縮まり、二人は太刀《たち》を抜く間もなく組み合った。しかし、手負いの老将師岡山城にとり、甲斐の若獅子《わかじし》武田勝頼は、手に負える相手ではなかった。

山城は膂力《りょりょく》に勝る勝頼に組み伏せられ、遂に首を掻《か》かれた。

甲州勢から勝鬨《かちどき》が上がった。それは地底から湧き上がるような歓声となり、別口から攻める寄手をも鼓舞《こぶ》した。しかし、馬出や喰い違い虎口には、両軍の死者と手負いが折り重なり、さしもの甲州勢も攻めあぐんだ。東と南の虎口も、状況はさして変わらず、二曲輪への甲州勢の侵入はかろうじて食い止められた。

日が西に傾く頃、再び鉦鼓が打ち鳴らされ、寄手は撤収していった。

二曲輪の櫓上《やぐらじょう》に仁王立《におうだ》ちした氏照は、使番が知らせた師岡山城の死にも、眉《まゆ》ひとつ動かさず、「わかった」とだけ答えた。

翌十月三日、さらなる猛攻に備えていた城方は、寄手の不可解な行動に困惑した。

甲州勢は、三曲輪、小宮曲輪はおろか、滝山宿に設けられた臨時の指揮所も放棄し、全軍揃《そろ》って信玄の待つ拝島大師まで後退したのである。

その隙《すき》に乗じて、三曲輪と小宮曲輪に兵を入れ、城外に潜伏していた横地監物ら廿里砦派遣部隊を収容した氏照は、その夜、主立《おもだ》つ者を集めて軍議を開いた。

「敵はなぜ拝島まで退いたのか？」

その問いに、明確な答えを持つ者はいなかった。

「この上は拝島まで押し出し、一戦、交えるべし！」

廿里で苦杯を舐《な》めた横地監物が、顔を真っ赤にして叫んだ。

「あいや、待たれよ。信玄のこと、いかな謀《はかりごと》を打っているとも知れず。ここは慎重にことを運ぶべきでは――」

狩野一庵が自重論を唱えた。

「一庵の申す通りだ。敵に動きがあるまで、こちらから討《う》ち出《い》でることを控え、様子を見よう」

氏照が断を下した。

二

――なんとか一矢《いっし》報いられぬものか。

軍議が終わり、諸将が役所に散った後、氏照は一人陣幕内に残り、大篝火《おおかがりび》を見つめていた。

丹精こめて経営してきた西武蔵が、甲州勢に蹂躙《じゅうりん》されるのを見ることは、氏照にとり、身を切られるほど辛《つら》かった。

西武蔵こそ氏照の本拠であり、第二の故郷だったからである。

北条氏照は、天文九年（一五四〇）、北条氏康の第三子（長男早世のため、実質次男）として小田原《おだわら》で生まれた。藤菊丸《ふじぎくまる》と呼ばれた少年の頃から才気煥発《さいきかんぱつ》ぶりを発揮し、二歳違いの兄氏政《うじまさ》とともに将来を嘱望《しょくぼう》されていた。

その氏政、氏照兄弟の父にあたる氏康にとり、地味豊かな武蔵国の領有は、父祖の代からの念願であった。

氏康は、古河公方《こがくぼう》家、関東管領山内上杉家、相模《さがみ》守護扇《おおぎがやつ》谷上杉家といった守旧勢力と血で血を洗う抗争を続けながら、にじるように領土を拡張していった。そして、天文十五年（一五四六）、河越《かわごえ》合戦の勝利により、武蔵国における守旧勢力の一掃に成功、その傘下《さんか》の国衆たちを支配下に収めた。

西武蔵を勢力基盤とする大石氏も、そうした国衆の一つだった。大石氏は、多摩、入間《いるま》、比企《ひき》、高麗《こま》、新座《にいくら》の五郡を領し、主城滝山を中心に、戸倉、高月、浄福寺《じょうふくじ》らの支城群を構える西武蔵の最大勢力だった。その大石氏勢力を吸収することは、北条家の念願である関八州《かんはっしゅう》独立国家の成立に、大きな一歩を踏み出すことでもあった。そこで氏康は、藤菊丸を大石氏に養子入りさせることにする。

しかし、氏康は慎重にことを運んだ。大石氏との無用の軋轢《あつれき》を避け、北条家の武蔵入部を円滑《えんかつ》に進めるべく、氏康は、まず西武蔵に古来より根を張る国人由井《ゆい》氏に藤菊丸を養子入りさせ、その姓を名乗らせた。

由井藤菊丸として、氏照の波乱の人生は幕を開けた。

大石氏を気遣う氏康は、藤菊丸をすぐに滝山城に入れず、旧由井氏館《やかた》にとどめ、大石氏との合議制による領国経営策を推《お》し進めた。大石氏の家臣には由井氏の血縁も多く、大石姓よりも西武蔵で名の通っている由井姓は、勢力の浸透を図るのに好都合だった。

合議制が軌道に乗り始めたのを見計らい、氏康は藤菊丸を大石綱周《つなちか》と養子縁組させた。これにより大石源三《げんぞう》となった藤菊丸は、大石綱周の娘比佐《ひさ》との婚儀を執り行い、永禄元年（一五五八）頃、念願の滝山入城を果たす。河越合戦から、実に十年以上の歳月を経てのことであった。

ここからも、在地国人に対する北条家の慎重な融和策の一端が窺える。

大石氏の勢力を背景に、西武蔵に支配基盤を築こうとする氏照の前に立ちはだかったのが、杣保《そまのほ》郡を領する三田綱定《みたつなさだ》である。三田氏は上杉謙信を恃《たの》み、本拠勝沼城《かつぬま》、そして山間《やまあい》の要害、三田谷《みただに》の辛垣城《からかい》で激しい抵抗を見せたが、永禄四年（一五六一）、氏照により平定された。

氏照、二十二歳の時であった。

この戦いこそ、稀代《きたい》の軍略家氏照が、その才を発揮した最初のものとなった。三田氏討伐《とうばつ》、第二次国府台《こうのだい》合戦、第一次、第二次関宿《せきやど》合戦などで、華々しい活躍を見せた氏照は、西武蔵の差配と下野《しもつけ》、下総《しもうさ》方面侵攻の〝責任者〟、すなわち北条家の東部方面軍司令官の座に上った。

同様に、秩父の藤田《ふじた》氏の名跡を継いだ四男（長男早世のため、実質三男）氏邦は、上野戦線を担当し、北部方面軍司令官に、五男（実質四男）氏規《うじのり》は、三崎《みさき》城を本拠に北条水軍を束ね、伊豆《いず》、駿河戦線を担当する西部方面軍指令官に就いた。

領国拡大に伴い、小田原の当主だけでは、全領国の司法、行政、外交が困難になってきた北条家では、氏照、氏邦、氏規の三人を〝総奉行《そうぶぎょう》〟という当主に次ぐ地位に押し上げ、軍事催促《さいそく》権、知行《ちぎょう》裁断権、警察権などのあらゆる権限を与えた。

「禄寿應穏《ろくじゆおうおん》」の理想を掲げた初代早雲《そううん》が、関東の地にその第一歩を印《しる》して以来、紆余曲折《うよきよくせつ》を経ながらも、関八州独立国家成立に向けて突き進んできた北条家にとり、ようやく理想の実現が見えてきたこの頃、信玄来襲は、まさに青天《せいてん》の霹靂《へきれき》であった。

「浅尾彦兵衛《あさおひこべえ》、罷《まか》り越しました」

陣幕の外から嗄《しわが》れた声が聞こえた。

「何用か?」

彦兵衛の答えはなく、ただ繊細《せんさい》な笛の音《ね》が流れてきた。

――横笛か。

笛の音を聴くうち、氏照は極度の緊張から解放されていった。

浅尾彦兵衛清範《きよのり》は横笛の名手として名高く、氏照が養子として大石家に入った頃より、養育係兼横笛の師匠として常に傍らにあった。

彦兵衛の笛の音が武蔵野の静寂《せいじやく》にしみ入っていく。

氏照はしばしば戦陣にあることを忘れ、その調べに聴き入った。

その音色《ねいろ》の力強さと時折見せる儚《はかな》さから、氏照は横笛をこよなく愛した。興《きよう》が乗ると、彦兵衛とともに絶妙の合奏《がつそう》で周囲を感嘆させた。それは、縦糸に横糸を紡《つむ》ぐがごとき繊細さと力強さが一体となった妙技であった。

ひとしきり彦兵衛の奏《かな》でる調べに耳を傾けていた氏照は、思い立ったように自らの横笛〝大黒《だいこく》〟に手を伸ばした。

剛毅《ごうき》にして神韻《しんいん》とした音色を奏でる〝大黒〟は、男性的な武蔵野に似つかわしい笛であった。

二人の奏でる笛の音は、天空を駆け、木々の間を縫《ぬ》い、地を這《は》いながら滝山城内に漂った。将から士卒《しそつ》に至るまで、その優雅《ゆうが》な音色に緊張をほぐされ、しばし戦場《いくさば》にあることを忘れて聴き入った。

「明日は、いよいよ決戦でございますな」

笛を擱《お》いた彦兵衛が問うてきた。

「多分な――」

氏照が陣幕を出て空を見上げると、星々と競い合うかのように、月が煌々《こうこう》と輝いていた。

月は星辰《せいしん》の中央に腰を据《す》え、武蔵野に朧《おぼろ》な明かりを投げかけていた。

「仲秋《ちゆうしゆう》の名月か」

――わしは、この美しき武蔵野を守らねばならぬ。

氏照の胸内《むなうち》に、武人としての闘志が再び湧き上がってきた時である。眼前に広がる闇の中で何かが動いた。

「申し上げます」

闇の中から音もなく現れた行者姿《ぎようじや》の男が、氏照の眼下に拝跪した。

「甲州勢二万、動きました」

「して、いずこに？」

月から視線を外さず、氏照が問うた。

「河越道を北西に進み、杉山峠《すぎやま》（御殿峠《ごてん》）を越えようとしております」

武人の顔に戻った氏照が彦兵衛に命じた。

「諸将をすぐに集めろ」

彦兵衛は笛を懐《ふところ》に収めると、足早に去っていった。

「嶋之坊《しまのぼう》、敵に覚《さと》られず、小田原まで走れるか？」

「今から走れば、明朝には着きましょう」

「そうしてくれ。朝まで待たずば狼煙《のろし》も使えぬ。おぬしだけが頼りだ」

言い終わるか終わらぬかのうちに、嶋之坊と呼ばれた行者姿の男は消えていた。

氏照の眼前には、先ほどまでと同じ漆黒《しっこく》の闇だけが広がっていた。

嶋之坊俊盛《しゅんせい》は、この地方の修験者《しゅげんじゃ》たちの盟主であった。むろん、修験は表向きの姿で、実際は、大石氏に古くから仕える乱破《らっぱ》（忍者）集団〝霞《かすみ》の衆《しゅう》〟の頭目《とうもく》である。


「敵は西に去った」

真夜中に緊急招集された幕僚たちの間に、どよめきが起こった。

「敵の狙いは――」

氏照は指揮棒で、絵地図上のある点を示した。

「小田原だ」

その言葉に、陣幕内は騒然となった。

「これこそ、信玄を討つ千載一遇《せんざいいちぐう》の機会！　地の利を得たわが領国内で、信玄と雌雄《しゆう》を決すれば勝機も多い。鉢形の新太郎（氏邦）とともに敵を追撃し、小田原の父上と連携し、敵を包囲殲滅《せんめつ》する！」

断は下った。

各将は出撃の支度《したく》にかかるべく、それぞれの陣所に足早に戻っていった。

それを見送る氏照の面《おもて》には、揺るぎない闘志が漲《みなぎ》っていた。

三

長享《ちょうきょう》元年（一四八七）、北条家の初代当主伊勢新九郎盛時《いせしんくろうもりとき》こと早雲庵宗瑞《そううんあんそうずい》は、今川家の家督《かとく》争いに介入し、外甥《がいせい》である龍王丸《りゅうおうまる》（後の今川氏親《うじちか》）を擁立《ようりつ》したことで、歴史の表舞台に登場する。対抗勢力を排除し、首尾よく氏親擁立に成功した早雲は、今川家の被官《ひかん》となり、駿河国内に知行地を得た。

戦国大名北条氏の始まりである。

氏親の力添えを得た早雲は、細川政元《まさもと》の〝明応《めいおう》二年の政変〟に呼応し、堀越公《ほりごえく》方足利茶々丸《ぼうあしかがちゃちゃまる》を滅ぼした。伊豆一国を制した早雲は、中央政局と今川家から距離を置き、独自に東進を開始、相模国西部を領する大森氏、東部に蟠踞《ばんきょ》する三浦氏を屠《ほふ》り、相模国全土を制圧した。

しかし、早雲は己《おのれ》の野心と欲望に駆られて、これらの守旧勢力を滅ぼしていったわけではなかった。

応仁《おうにん》の乱を青少年期に体験し、民《たみ》たちの呻吟《しんぎん》を目《ま》のあたりにしてきた早雲には、壮大な理念があった。

それが「禄寿應穏」の思想である。

この言葉には、「禄（財産）と寿（生命）は、応《まさ》に穏やかなるべし」という願いが込められていた。すなわちこの言葉は、領民すべての禄と寿を北条家が守っていくという宣言であり、後に織田信長が標榜《ひょうぼう》した「天下布武《てんかふぶ》」とはまったく対照的な〝民を本位とした思想〟であった。

現に早雲は、それまでの支配者たちが布いてきた「五公五民」から「四公六民」に税制を改め、民衆から圧倒的な支持を得た。

「禄寿應穏」の四文字は、北条家の当主以外には捺《お》せない印判に刻まれ、代々、北条家当主から、惣村《そうそん》と民衆に対し、直接、発布される文書《もんじょ》にだけ使われた。

野心と欲望渦巻くこの時代にあって、早雲こそ民衆の救世主であったのだ。

その跡を継いだ二代氏綱《うじつな》は、南武蔵進出を果たし、三代氏康は、河越合戦において、公方、管領ら守旧勢力に壊滅《かいめつ》的な打撃を与え、武蔵国の大半を手にした。続く四代氏政は、父氏康、弟氏照らのよき補佐を得て、北関東及び房総《ぼうそう》半島への進出を果たそうとしていた。

氏綱は「義を違《たが》いては、たとえ一国、二国切り取りたるといえども、後代の恥《ち》辱《じょく》に如かず」「義を守りての滅亡と、義を捨てての栄華《えいが》とは天地《てんち》格別にて候《そうろう》」という家訓を遺《のこ》し、氏康は「万民哀憐《あいれん》、百姓可尽礼（万民を憐《あわれ》み、百姓に礼を尽くすべし）」という理念を掲げ、早雲の思想をさらに推し進めた。

早雲の夢見た「民のための王道楽土《おうどうらくど》」を関八州に築くべく、その後継者たちは着々と歩を進めていった。

しかし関東の外には、同様に領国の統一を成し遂げ、強大な権力を打ち立てつつある国々があった。

甲斐武田家と越後上杉家である。

関東の沃野《よくや》は、これら三国の角逐《かくちく》の場となっていった。

多摩川沿いに河越道を西に向かった信玄率いる二万の甲州勢は、杉山峠を越えると小田原に向かって一路南下を開始した。十月四日に相模川東岸に姿を現した甲州勢は、厚木《あつぎ》で渡渉《としょう》し、相模川西岸を南に下った。

この報に小田原城も色めきたった。

城の内外を早馬が行き交い、近隣武将の入城が相次いだ。

甲州勢の〝焼き働き〟を阻止せんと、大磯《おおいそ》、酒匂《さかわ》で多少の小競《こぜ》り合《あ》いはあったものの、甲州勢は無傷のまま酒匂川を渡り、小田原城とは指呼《しこ》の間《かん》の山王原《さんのうはら》に陣を布いた。

その日の午後、信玄は、貝のように門を閉ざす小田原城に対して攻撃を開始した。さしたる抵抗もなく蓮池門《はすいけもん》を突破した先手勢《さきてぜい》は、怒濤のように城内に殺到したが、それが城方の狙いだった。甲州勢の進んだ侵入路は行き止まりとなっており、左右の曲輪から雨のように降り注ぐ横矢により、夥しい犠牲者が出た。

信玄はやむなく兵を引いた。

翌日、兵を転じた信玄は、城外の田子越《たごこえ》、風祭《かざまつり》、湯本《ゆもと》等に放火し、城方を挑発したが、氏康はその誘いに応じなかった。痺《しび》れを切らした信玄は、六日、丑《うし》の下刻《げこく》（午前三時）、酒匂川東岸への撤収を開始した。

これを見た氏康、氏政父子は、すでに南下を始めている氏照、氏邦らに使者を飛ばし、三増峠《みませ》での待ち伏せを指示すると同時に、甲州勢の追撃に移った。

六日早暁《そうぎょう》、小田原を後にした信玄は、三増峠に向かっていた。

三増峠は、厚木方面から甲斐に至る山岳路の途中にある峠である。当時は、小田原から厚木、中津《なかつ》、角田《かくだ》、三増峠、根古屋《ねごや》（津久井《つくい》）を経て、甲斐に至るこの道が、甲相間の主要道として開けていた。北条家は津久井城に拠《よ》り、この街道を扼《やく》していた。

国府津《こうづ》から北東に進路をとった信玄は、相模川西岸に至ると、軍を北に向けた。そして同日夜、田村《たむら》に宿営した信玄は、完膚《かんぷ》なきまでに痛めつけたはずの北条家滝山衆、鉢形衆等が、三増峠近辺に集結しつつあることを知った。

三増、志田《しだ》の両峠を扼されれば、甲州勢は故郷に帰るに帰れず、やがて小田原衆の追撃を受けて包囲殲滅される。

それを心得る信玄は、三増峠の強行突破を決意した。

七日朝、甲州勢は疾風《しっぷう》のように厚木、荻野《おぎの》を過ぎ、田代《たしろ》砦を落とした。

田代砦は津久井城の南一里にある〝伝えの城〟に過ぎないが、この小砦《しょうさい》を手に入れたことで、信玄は、小田原から追尾してくる北条家主力部隊を防ぐ方途《ほうと》を見出した。


――信玄はこのまま三増峠を強行突破するのか。それとも、われらの動きに不審を抱き、いったん進軍を止めるのか。

氏照の滝山衆と氏邦の鉢形衆に北条綱成《つなしげ》の玉縄《たまなわ》衆を加え、二万に膨れ上がった北条方邀撃《ようげき》部隊は、七日、いったん上った三増峠を下り、甲州勢に道を空ける形で、相模川西岸の道場原《どうじょうはら》、志田原《しだはら》方面に布陣した。

これには、理由《わけ》があった。

信玄を追尾し、小田原を出陣した氏康率いる北条家主力部隊であったが、甲州勢の後備《うしろぞなえ》を担った郡内衆の巧妙な駆け引きに悩まされ、行軍が大幅に遅れた。

しかも、田代砦に踏みとどまる郡内衆を撃破しないことには、三増方面へ進出することが困難となっていた。

こうしたことから、氏康は三増での包囲戦を断念せざるを得ず、氏照らだけでの邀撃も諦《あきら》めようとしていた。兵力が同等とはいえ、氏照ら若手だけで、老獪《ろうかい》な信玄にあたらせるのは、あまりにも心許《こころもと》ないと思ったからである。

氏康は三増峠周辺の高地から氏照らを下ろし、信玄の出方を見ることにした。そのまま素通りするなら、後備に追いすがり、小《こ》あたりして敵を追い落とす形にする。信玄が不審を抱き、行軍を止めれば、氏康率いる小田原衆が追いつき、圧倒的に優位な態勢が築ける。

いずれにしても、関東経略が当面の目標の北条家にとり、信玄と死闘を演じ、兵を損じることは、何の益もないことであると、氏康は割り切っていた。

氏照は口惜しさを押し殺し、父の命に従った。

「われらの考えは、すでに信玄の知るところやも知れぬ。しかし、小田原衆の追撃を恐れる信玄は、必ずや三増峠を突破するはず」

氏邦が冷静に状況を分析した。

新太郎氏邦は、氏康の四男として天文十一年（一五四二）に生まれた。氏照とは二つ違いの弟である。氏照に輪をかけた、竹を割ったようなその性格により、藤田氏旧臣や領民の心を摑《つか》み、滝山領同様、鉢形領の経営も順調に進んでいた。

ちなみに氏康の男子は、新九郎（早世）、氏政、氏照、氏邦、氏規、六郎（早世）、三郎景虎《かげとら》の七人であるが、早世しなかった五人は、揃って健康かつ聡明であり、周辺諸国から羨望《せんぼう》の眼差《まなざ》しを向けられていた。

「それにしても甲州兵の足は速い。小田原衆は何をしておるのか！」

小田原衆が、甲州勢の殿軍《しんがり》を務める小山田信茂の巧妙な遅滞戦法に振り回されているとはつゆ知らず、氏照は苛立《いらだ》ちを隠せなかった。

「津久井城より使者！」

その時、陣幕内に満身創痍《まんしんそうい》の急使が転がり込んできた。

津久井城主内藤左近将監綱秀《さこんのしょうげんつなひで》の家老《かろう》井上加賀守《かがのかみ》である。

「小幡信貞《おばたのぶさだ》を将とした約千二百の敵勢が、津久井城を取り囲み、しきりに鉄砲、弓矢を放っております。このままでは落城必至。後詰《ごづめ》を乞《こ》う！」

「なに!?」

津久井城は、三増峠の北方一里弱にある北条家の〝境目の城〟。前日、北条方が峠を下りた間隙《かんげき》を縫い、夜陰《やいん》に乗じて、信玄は小幡勢に相模川東岸を進ませ、津久井城を取り囲ませたのだ。すべてが後手《ごて》に回っていることは、明らかだった。

――しかし、ここで津久井の後詰に兵を割くわけにはいかぬ。

「左近将監に伝えよ。後詰はせぬ。われらはこの場を動くわけにはまいらぬのだ。信玄ら主力が三増峠に差し掛かれば、相模国内での孤立を恐れ、小幡勢は浮き足立つ。その折に打って出よ」

「われらをお見捨てなさるおつもりか⁉」

井上加賀守は食い下がった。

「千二百の兵力では、津久井城は落とせぬ。小幡勢はほどなく囲みを解くはずだ」

井上加賀守は不満をあらわにしながらも、津久井城に戻っていった。

七日、氏康と氏政率いる一万の小田原衆の先手《さきて》部隊が、田代砦付近まで進んできているとの知らせを受けた氏照は勇躍した。

――父上と兄上が間に合うやも知れぬ。

氏康らが三増に近づいているという報が入れば、味方の戦意は騰《あ》がり、敵は浮き足立つ。すなわち、単独で戦端を開いても、十分な勝機が見出せる。

――いや、十分どころか、間違いなく勝てる。

いよいよ戦機は熟しつつあった。

曇天《どんてん》の薄明は知らぬ間に訪れる。

厚い雲に蔽《おお》われていた東の空が、わずかに白み始めた。

一方、いまだ闇に閉ざされた南西の方角からは、雷鳴が聞こえてくる。

氏照は、湿り気のある空気と大軍が近づく雲気《うんき》が、じわじわと押し寄せてくるのを感じていた。

――激しい戦いになるやも知れぬな。

半原山《なかはらやま》の本陣に腰を据えた氏照は、信玄が進んでいるはずの東方の空を睨めつけた。

その頃、甲州勢主力は、先手の馬場《ばば》信春《のぶはる》と山県昌景から、二の手（第二陣）の武田勝頼、三枝昌貞《さえぐさまささだ》、中軍の信玄、後備の浅利信種《あさりのぶたね》、最後尾の内藤昌秀の荷駄《にだ》隊まで、十六備《ぞなえ》に分かれて進軍していた。

甲州道は、三増宿で三増峠に向かう本道と志田峠に向かって西に折れる支道に分かれる。ただしこの時は、北条方が志田峠方面を封鎖《ふうさ》しているため、甲州勢は三増峠に向かわざるを得なかった。

頻繁《ひんぱん》に物見が行き来し、敵が三増宿を通過したことを報告してきた。

「父上はまだか?」

「兄者に使者を送れ!」

傍らの氏邦が次々と指示を飛ばすたびに、使番が走り去った。

東の山の端《は》を眺《なが》めていた氏照が呟《つぶや》いた。

「もうよい」

「もうよいとは?」

「われらだけで信玄に挑もう」

「兄者、お待ちあれ。三増宿を通した時点で、敵の占める位置が高所となった。すでに横撃の機会も去った。父上からは『決戦に及ばず』と命じられてもいる。

この場はやり過ごし、小田原衆を待つべきではないか？」

氏邦の言う通り、すでに作戦は齟齬《そご》を来たし始めていた。

「このまま何もせずに敵を逃がしては、われらの武威《ぶい》は失墜《しっつい》し、関東諸国人の離反が相次ぐ」

永禄四年（一五六一）、上杉謙信率いる越後勢が北条家と雌雄を決すべく、小田原まで迫った時、北条家は戦わずして城に籠《こ》もった。それを見た関東諸国人は、こぞって謙信の麾下《きか》に参じ、その兵力は十万を数えた。ほどなくして越後勢は去ったものの、なんら反撃できなかった北条家の威信は失墜した。

氏照は、その時の教訓を思い出していた。

「しかし、負けてしまえば、元も子もないではないか！」

氏邦が食い下がった。

「大戦《おおいくさ》を仕掛けるわけではない。小あたりして、敵を峠の向こうに追い落とすだけだ」

「しかし、相手は信玄、いかなる謀をめぐらせておるかわからぬ！」

氏邦の言葉を遮るように、北条綱成が進み出た。

「源三（氏照）殿のご意見、真にご尤《もっと》も。後詰を恃み、敵を取り逃がしたとあっては坂東武者《ばんどうむしゃ》の名折れ。ここは小なりとも戦端を開き、敵に切っ先を突きつける形で、甲斐に追い落とすことが肝要」

北条家きっての猛将〝地黄八幡《じきはちまん》〟綱成は、すでに齢《よわい》五十四を数えるが、いまだ意気軒昂《いきけんこう》としていた。

北上する雁《かり》の群れの背後から、黒雲が張り出してきた。

――雨は近い。

氏照は立ち上がると、兜を手に取った。

「〝兵は拙速《せっそく》を聞くも、いまだ巧《こう》の久しきを見ず〟という孫子《そんし》の教えがある。戦は素早く勝負をつけることが肝心。新太郎、気に入らなければ来なくていいぞ」

「何を申すか！」

言うが早いか、氏邦は陣幕の外に飛び出していった。遅れじと綱成が続いた。

ゆっくりとした鉦鼓の音とともに、鉢形衆と玉縄衆が動き出した。

氏照率いる滝山衆を中央に、右翼に玉縄衆、左翼に鉢形衆という布陣で、北条方は押し出していった。

半原山を出撃した玉縄衆は、三増宿のすぐ北に位置する桶尻《おけじり》で内藤昌秀の小荷駄隊を取り囲んだ。それを救うべく、後備の浅利信種隊が駆けつけてきた。たちまち激戦が始まった。勢いに乗る玉縄衆は、逃走を図る内藤、浅利両隊を桶尻の西にある栗沢《くりさわ》の野で捕捉《ほそく》した。

さらにその西にあたる旗本《はたもと》（地名）の辺りでは、鉢形衆が、勝頼勢、馬場信春勢と衝突していた。甲州勢は、北条方の攻撃を予期していたかのように陣形を整えて待ち構えていたが、錐《きり》を揉《も》むように突き進む鉢形衆の猛攻に、たじたじとなっていた。

当初、この戦闘を小競り合い程度にとどめるつもりの氏照であったが、意外にも、甲州勢が容易に崩れたため、「惣懸《そうがか》り」に転じた。

戦線は、北の相模川と南の中津川を挟んだ山裾全体に広がりつつあった。

――勝った！

半原山の本陣からこの光景を遠望しつつ、氏照は勝利を確信した。

雷鳴はいよいよ近づき、雨も本降りになってきた。

滝山勢主力が志田峠に通じる街道を横断し、本陣を旗本まで進めた。後備を担う古河公方勢もそれに続く。

——目指すは信玄の首ひとつ。

氏照は目を皿のようにして信玄を探した。

「あっ、あれは！」

その時、遠眼鏡《とおめかがみ》を覗《のぞ》いていた近習《きんじゅ》の一人が叫んだ。

氏照は遠眼鏡を奪うと、その方角を凝視した。

諏方法性《すわほっしょう》の兜をかぶり、真紅の陣羽織をまとった武将が、輿《こし》から馬に乗り移っていた。兜鉢《かぶとばち》に張られたヤクの毛が、雨にそぼ濡《ぬ》れている様まで見える。

「信玄に相違なし！」

武者震《むしゃぶる》いした氏照が、軍配を振り上げたその時であった。

「本陣を進める！」

突然、背後から喚き声と馬蹄《ばてい》の音が湧き上がった。

「何ごとだ!?」

「わかりません」

傍らに控えていた狩野一庵が首を振った。

後備の古河公方勢が大混乱に陥《おちい》っているらしく、多くの兵がこちらに逃れてくる。

「敵が志田峠方面から押し寄せてきます！」

使番の知らせを聞いた氏照は啞然《あぜん》とした。

「何だと!?」

「伏兵のようです！」

一庵が唇《くちびる》を嚙んだ。

信玄の策略に見事かかったことを、氏照は覚った。

しかし、指呼の先に信玄はいる。

――今、ここから寄せれば信玄を討ち取れる。わが領国を踏みにじった凶徒どもの首魁《しゅかい》を斃《たお》せるのだ。しかし、背後を顧《かえり》みず突入すれば、われらが包囲殲滅される。

一瞬、逡巡《しゅんじゅん》した後、氏照の軍配が振り下ろされた。

「兵を反転させよ。背後の敵にあたれ！」

背後の敵に向かうべく、滝山衆は陣形を反転させようとした。しかし、時すでに遅く、古河公方勢は崩れ立ち、恐怖に駆られて滝山衆の陣に逃げ込んでくる。さしもの滝山衆も、陣形を整えるどころではなくなりつつあった。

「赤備《あかぞなえ》だ！」

近習の叫んだ方角に目を向けた氏照は愕然《がくぜん》とした。

舞い上がる埃《ほこり》の中を行き交うのは、黒地に白桔梗《しろききょう》を染めた指物《さしもの》である。目を凝《こ》らすと、その甲冑《かっちゅう》は真紅で統一されている。まぎれもなく、武田家最強と謳《うた》われる山県昌景隊のものだった。

「引くな、とどまれ！」

氏照の絶叫《ぜっきょう》がこだました。しかし、いったん動揺した軍勢を立て直すのは容易ではない。赤い津波のように寄せくる敵に、遂に滝山衆の一角が崩れた。

「奥州《おうしゅう》様、あれを！」

一庵の声に振り向くと、全戦線にわたり、敵が攻勢をとり始めていた。左翼の鉢形衆は切り崩され、二町《ちょう》余も後退を余儀なくされている。かろうじて玉縄衆が踏みとどまっているため、右翼の線だけが確保されている。南北に分かれて激突した両軍は、東西に半回転した格好になった。

――謀《たばか》られた！

信玄は退却と見せかけ、氏照に陣を進めさせ、背後の支道ががら空きになるのを待って、西端の志田峠に回り込ませていた山県隊を突入させたのだ。

氏照は、見事に釣り出されたのだ。

しばしの間、寄せては戻るを繰り返していた戦線が遂に崩れた。氏照の眼前では、真紅の軍団と滝山衆が入り乱れて白兵戦《はくへいせん》を繰り広げている。

すでに鉢形衆は崩れ立ち、敗走を開始していた。奮戦していた玉縄衆も、武田信廉、同信豊《のぶとよ》、一条信龍《いちじょうのぶたつ》隊等に囲まれ、滝山衆との間を分断されつつある。

北条方に壊滅の危機が迫っていた。

「奥州様、この場はお引き下さい」

一庵が詰め寄った。

「致し方ない――」

撤退の鉦鼓が打ち鳴らされた。

玉縄衆と分断された鉢形衆と滝山衆は、半原山を目指して潰走《かいそう》を開始した。

三増峠周辺の上空には雷雲が迫り、大粒の雨が落ちてきていた。

口惜しげに幾度も戦場を振り返りつつ、氏照が愛馬にまたがった。

すでに周囲は泥濘《でいねい》と化しており、その中で、討つ者、討たれる者の叫喚《きょうかん》がこだましている。

「信玄、覚えていろよ！」

馬上、背後を振り仰《あお》いだ氏照は、三増の山々に向かい、軍配を振り上げた。

その時、雷光がきらめき、甲斐国に続く北方の峰《みね》を明るく照らした。

眉庇《まゆびさし》から降り落ちる水滴を払いつつ、氏照は歯を食いしばって馬を走らせた。

――このことを忘れはせぬ。

四

雷雲は去り、風も収まりつつあった。

雲間から差す夕日が、そこかしこに横たわる屍《かばね》を照らしていた。

小高い丘上に陣を布いた信玄は、顔色ひとつ変えずに勝利の旗を立てることを命じた。孫子の四方一枚旗と諏方法性梵字旗《すわほっしょうぼんじはた》が曇天に翻《ひるがえ》った。

これを見た武田勢の勝鬨が、さらに大きくなった。

氏照が戦場で見た信玄は、北条方を深入りさせるための撒き餌《まえ》、すなわち影武者《かげむしゃ》であった。信玄本人は丘上に陣を布き、眼下の戦いをじっと眺めていた。つまり信玄は、北条勢が追い落としにかかってくることを想定し、いったん敗れたふりをして戦線を拡大し、山県勢の奇襲成功を確認した上で、反撃に移ったのだ。

信玄の深慮遠謀《しんりょえんぼう》は、氏照の想像を遥《はる》かに上回っていた。

首実検《くびじっけん》を簡単に済ませた信玄は、獲った首を一所に積ませた。たちまち北条方将兵の首が塚《つか》のように積み上げられた。その数は三千二百六十九に達した。

ひと通りの供養《くよう》を済ませた信玄は、堂々と三増峠を越えていった。

一方、氏照らの敗報に接した氏康は、虚《むな》しく小田原に引き返した。

武相《ぶそう》の地を焼き払った信玄への反撃は、痛烈な返り討ちで終わった。

戦場に戻った氏照は、散乱する兵たちの亡骸《なきがら》を、身じろぎもせずに眺めていた。

首のない者、鼻のない者、それぞれ土に伏し、天を仰ぎ、思い思いの最期《さいご》を全《まっと》うしていた。

――この責は、勝ちに乗じて陣を進めたわしにある。当初の思惑通り、敵に小あたりし、追い落とすだけにしておけば、皆は死なずに済んだのだ。

茫然《ぼうぜん》とする氏照に、大石照基《てるもと》が声をかけてきた。

「古来、戦場に残った者が勝者となります。いかな痛手をこうむろうと、われらはここに残りました。これを勝利と申さずして何と申しましょうか。かつて信玄坊主《ぼうず》も、善光寺表《ぜんこうじおもて》（川中島）で越後勢に手ひどい目に遭《あ》いながら、その地に残り、勝鬨を上げました」

照基はかつて松田惣四郎《そうしろう》といい、北条家筆頭家老《ひっとうかろう》松田家の出であったが、氏照同様、大石一族に入婿《いりむこ》していた。年齢も近く有能であることから、氏照は腹心として重用していた。

「わかった」

軍配を高く掲げた氏照は、高らかに勝鬨を上げた。

それに唱和する声は初め少なかったが、次第に大きくなり、波濤《はとう》のように幾重《いくえ》にも連なりながら、相模野《さがみの》にこだましていった。

これ以後も、信玄は執拗《しつよう》に北条家を苦しめた。

同年十一月五日、甲斐府中《ふちゅう》を発した甲州勢は、駿河方面から侵攻を開始、十一月下旬には北条方箱根《はこね》防衛線に迫り、深沢《ふかざわ》、新庄《しんじょう》、足柄《あしがら》、山中《やまなか》の各支城を次々と落とした。

信玄の急襲に肝《きも》を冷やした小田原城であったが、信玄はこれ以上の深入りはせず、諸城を打ち壊し、甲斐に引き揚げていった。

信玄の徹底した牽制《けんせい》作戦は、実を結び始めていた。

実は、信玄の狙いは北条領国を掠《かす》め取ることになく、数年後に予定している西上作戦で留守《るす》にする甲信《こうしん》の地を、北条家の侵攻から守るべく、北条家を心身ともに痛めつけておくことにあった。

氏康も信玄との同盟破棄を後悔し始めていた。それというのも、双方の疑心暗鬼《ぎしんあんき》から、謙信と結んだ越相同盟が、思うように機能していなかったからである。

信玄の攻勢はさらに続いた。

同年十二月六日、富士川以西の唯一の北条方拠点《きよてん》である蒲原城《かんばら》が、奮戦空《むな》しく落城した。北条幻庵《げんあん》の息子新三郎氏信《うじのぶ》と、その弟の箱根少将長順《ちょうじゅん》とともに、城兵約一千は全滅した。

蒲原城失陥に続き、薩埵山の陣城も自落（城を捨てて逃げること）した。これにより、駿河国全土が信玄のものとなる。

駿河国の足固めを行いながら、すでに信玄の目は西方に向いていた。

この頃、上方《かみがた》では、織田信長が旋風《せんぷう》を巻き起こしていた。前年、足利義昭《よしあき》を奉《ほう》じて上洛《じょうらく》を果たした信長は、この年、伊勢国侵攻を果たし、勢力圏を徐々に拡大していた。

一方、信玄は、巨匠《きょしょう》が最後の一筆を画龍《がりょう》の睛《ひとみ》に揮《ふる》うように、自らの人生を締めくくる大事業に取りかかろうとしていた。

甲州勢の侵攻により、武蔵、相模両国は甚大《じんだい》な被害を受けた。家も田畑も焼かれた農民は、為《な》す術もなく飢《かつ》え死《じに》していった。

これを見かねた北条家では、蔵米《くらまい》の放出、地子銭《じしせん》（税金）や諸役の減免により、懸命に農村を救おうとした。

氏照も必死に領民の保護を行った。

田畑を焼かれた者には新たな開墾地《かいこんち》を与え、家を焼かれた者には小屋を建ててやった。さらに、他国から運ばせた種籾《たねもみ》を、無償で分け与えた。

こうした氏照の姿に、家臣や領民は今まで以上の信頼感を抱いた。しかし、それだけでは足りなかった。

この時代、領主は「護民」の意識がない限り、領民から見限られ、やがて衰退する。北条家が真の「頼《たの》うだる人（頼みがいのある人）」になるためには、焼け出された領民を扶《たす》けるだけでなく、他国の脅威に対し、事前に領民を守る策を講じる必要があった。

すなわち北条家は、他国からの侵入に備えて、武士階級だけでなく、近隣の領民をも、城内に避難させることができるだけの広大な〝惣構え《そうがまえ》〟を持つ巨大城郭を築く必要に迫られていた。

氏康の跡を継いだ氏政は、小田原城三曲輪外郭の普請《ふしん》を開始させると同時に、玉縄、河越、岩付《いわつき》、鉢形などの主要拠点でも、〝惣構え〟ないしは外郭の構築、堀の拡張、防御施設の修築を急がせた。

これにより、強敵に対しては〝惣構え〟か外郭に拠って持久戦に持ち込み、敵の撤退を待つという、北条家独自の防衛戦略が確立された。

南側山麓《さんろく》部の防御に弱点を抱えた滝山城にも、何らかの普請作事を施さねばならなかった。しかし氏照には、別の構想があった。

「わが領国の安定は、小仏道を押さえることだ」

元亀《げんき》元年（一五七〇）正月、唯一焼け残った滝山城本曲輪に一堂に会した重臣たちの前で、氏照は高らかに宣言した。

「ここ滝山は、要害とは云い難く、しかも小仏道を押さえていない。小仏道を使われれば、小田原まで一足飛びだ。よって、峠を扼する地に、新城を築かねばならぬ」

古来、武州と甲州をつなぐ街道としては、主に檜原道が用いられてきた。この地域を治めていた大石氏は、檜原、戸倉、網代《あじろ》、戸吹、高月等の支城群を檜原道沿いに配置し、甲州勢の襲来に備えてきた。しかし問題は、滝山城の南に位置する小仏道である。

この頃、小仏道の北と南には、砦とさえ呼べない規模の廿里の防塁と旧式の小砦初沢城《しょうさいはつざわ》が、出口を扼すように築かれているだけであった。小仏道を通ってくる敵、すなわち甲州勢を防ぐためには、小仏道を扼す地に、大要害を構築する必要があった。

「新城の地は、深沢山が最適だと思う」

再び、どよめきが起こった。

深沢山は、小仏道を挟んで高尾山《たかおさん》の北側に聳《そび》える標高四百七十メートル、比高二百メートルの独立峰である。北は筑波連峰《つくばれんぽう》、南は相模湾まで見渡せる絶景の地ではあるが、峻険《しゅんけん》に過ぎ、城を築くに適した地とは思われていなかった。

「して、どの程度の規模の城をお考えか？」

横地監物が問うてきた。

「小田原に準ずる規模の〝つなぎの城〟を築く」

一同は呆気《あっけ》にとられた。

〝つなぎの城〟とは、本格的な城下町を併設する城塞《じょうさい》都市のことである。国境を守る〝境目《さかいめ》の城〟や、狼煙台が主要な役割である〝伝えの城〟とは一線を画す規模の城である。

「ということは、本城を滝山から移すということにあいなりまするか？」

大石照基の問いかけに、氏照がうなずいた。

「そうだ。ここ滝山はけっして要害ではない。あの時、信玄に武相制圧の野心あらば、滝山は落ち、われらも屍を野辺に晒《さら》したことであろう」

「しかし、深沢山はあまりに急峻《きゅうしゅん》。〝境目の城〟としては適地ですが、〝つなぎの城〟としては、よき〝地取り（選地《じど》）〟とは思えませぬ」

深沢山近くを本領とする、在地土豪出身の近藤綱秀《つなひで》が反論した。

「いかにもその通り。深沢山は急峻に過ぎる。それゆえ、山頂、山腹の曲輪群は籠城《ろうじょう》の折だけ使うものとし、平時の領国統治は山麓の政庁で行う」

微笑《ほほえみ》を浮かべて、氏照が続けた。

「子供の頃、わしはこの地に寄越された。そして山猿のごとく、この地を駆けめぐった。近藤、金子、中山、おぬしらも一緒であったな」

氏照に水を向けられた近藤らは、顔を見合わせて頭を掻いた。

「皆も知っておる話だが、この地は古くは由井牧《ゆいまき》といい、南北浅《あさ》川の作り出す大三角州《さんかくす》であった。小田原道、小仏道、秩父道の交差地でもあり、古くから八日市場も栄え、商いも盛んである。小仏道を守るだけであらば、〝つなぎの城〟など不要だ。しかし、わしはこの地に第二の小田原を築きたい。そして、あわよくば、甲斐進出の足掛かりとしたい」

「第二の小田原――」

「甲斐進出――」

一同は絶句した。

あれだけ信玄に痛めつけられた氏照の家臣たちにとり、甲斐に攻め入るなど思いもよらないことであった。しかも、甲相の再度の同盟が噂《うわさ》されるこの時期に、武田家を刺激する大規模な築城は、避けるべきと考えるのが常識である。

「確かに信玄健在ならば、甲斐を攻めるのは容易でない。しかし、信玄死せば話は別だ。その折こそ、こちらから小仏を越えるのだ」

氏照は小仏道を扼すだけでなく、甲斐侵攻の足掛かりとなる城を築こうとしていた。

「さらに、〝惣構え〟の内に八日市場を取り込み、商いを盛んにさせ、宝生寺《ほうしょうじ》、牛頭山寺《ごずさんじ》（現宗関寺《そうかんじ》）、有喜寺《ゆうきじ》（高尾山薬王院《やくおういん》）など信仰の聖地を整備する。各国からの参詣客《さんけいきやく》により、根小屋《ねごや》（城下町）は栄える。街が賑わえば、さらに人は集まる」

灰燼《かいじん》に帰した西武蔵の再建のために、氏照は深沢山をその中心に据えようとしていた。

「して、その城の名は？」

横地監物が問うた。

「八王子城《はちおうじ》だ」

氏照の瞳は、遥か未来を見ていた。

五

早朝の乗馬を終えた氏照は、朝餉もそこそこに、八王子城の構想に耽《ふけ》っていた。

紙は貴重品と知りつつも、書いては丸めて捨てた紙の山で、座敷が埋め尽くされるほどだった。

元亀元年（一五七〇）前半は、幸いにして平穏な日々が続いていたが、統治者としての氏照は、相変わらず多忙だった。

武蔵から相模にかけての農村の疲弊は言語に絶するほどであり、北条家がいかに保護策を打ち出そうとも、平百姓以下の階層には、欠落逃散《かけおちちょうさん》が相次いでいた。彼らを還住《かんじゅう》させないことには、耕作地は荒野《あれの》となる。氏照は次々と救恤《きゅうじゅつ》策を打ち出し、農村の立て直しに躍起《やっき》となっていた。

――民の支持なくして、領国統治などできはせぬ。

北条家の始祖早雲庵宗瑞の理念を信奉《しんぽう》している氏照は、万民が安楽に暮らせる王道楽土を、本気で領国内に現出させようとしていた。

――民を苦しめる旧族国衆を関東の地から駆逐《くちく》し、早雲庵様の存念（理念）を関東全域に敷衍《ふえん》していくことこそ、わが使命なのだ。

その実現のために、氏照は己のすべてを賭《か》けるつもりでいた。

――わしは、すべての領民が生きることに喜びを見出せる国を築くのだ。そして、その中心こそ八王子城なのだ。

氏照の構想は、政庁と軍事拠点としての城のみならず、その眼下に広がる一大城郭都市にまで及んでいた。

峻険な峰に築かれた堅固な城と、その城下を安んじて行き交う人々の姿が、氏照の脳裏《のうり》にはまざまざと浮かんでいた。

「三郎様が参られました」

襖《ふすま》越《ご》しに掛けられた使番の声に、氏照はわれに返った。

「通せ」

障子《しょうじ》が開き、長身痩軀《ちょうしんそうく》の若者が入室してきた。

今年十八歳になる氏康七男（実質五男）の三郎である。

美男の多い北条家の中でも、三郎の美しさは際立《きわだ》っており、東国一《とうごく》の美男とさえ謳われていた。

「息災のようだな」

「はい、体だけはあいかわらず壮健《そうけん》です」

三郎が寂しそうな笑みを浮かべた。

それには、理由があった。

上杉謙信との間に締結された越相同盟の証人（人質）として、三郎は、これから越後国に赴《おもむ》くことになっていたからである。

「お久しゅうございました」

涼《すず》やかな微笑を目許に浮かべ、ゆっくりと三郎が頭を下げた。

その優雅な身のこなし、怜悧《れいり》秀麗《しゅうれい》な横顔、そして憂愁《ゆうしゅう》を含んだ瞳、それらにすべての美が凝縮されていた。

──美しい。

その剃り上げられた月代《さかやき》から覗く白肌は、氏照でさえ、ぞくぞくするほどである。

「兄上、何か？」

「おう、すまぬな。おぬしに見惚《みほ》れておったのよ」

三郎は伏し目がちに顔を曇《くも》らせた。その仕草に、また匂うような色気がある。

「兄上まで、そんなことを申されるとは──。武家にとって顔の美しさは何の誉《ほま》れにもなりませぬ」

「いかにもそうだ。しかし、兵を統《す》べる上での気品は大切だ」

「私とて男、いっそのこと父上のように、顔に刀傷《かたなきず》でも作りましょうか」

二人の父である氏康の〝向こう疵《きず》〟は、あまりに有名である。

期せずして、二人は氏康のことを思った。

「父上の加減はどうだ？」

「意識のはっきりした日もあるにはあるのですが、近頃は朦朧《もうろう》とすることも多くなり、小田原を発つ際にお伺《うかが》いした折にも、それがしが誰か、見分けがつかなくなっておりました」

三郎が肩を落としたその時、縁先から一羽の蝶《ちょう》が迷い込んできた。

「もう春か」

「兄上らしくもない」

三郎が笑みを浮かべて手を差し伸べると、蝶は恐れる風もなく、その白い指先に止まった。氏照の視線は、蝶の白さに劣らぬほど白く繊細な三郎の指先に吸い寄せられた。

──思えば、われら兄弟の中でも、三郎は不幸を一身に背負ってきた。そしてこれからも、茨《いばら》の道は続く。

幼少の頃、箱根権現別当《ごんげんべっとう》継承予定者として、実母や乳母と離され、箱根権現で厳しい修行《しゅぎょう》を積まされた三郎は、長ずるに及び、兄たち同様、武家となることを望んだ。しかし、氏康はそれを許さず、三郎に僧侶としての人生を歩ませた。

そんなある日、突然、三郎は還俗《げんぞく》させられ、小田原城に戻された。そして、北条家の長老である幻庵の養子となり、小机《こづくえ》領を継ぐことを、兄氏政から命じられた。蒲原城の戦いで、幻庵が息子二人を同時に失ったためである。

永禄十二年（一五六九）十二月末、勇躍して小机城に入った三郎は、幻庵の娘と祝言《しゅうげん》を挙げ、いよいよ武士としての第一歩を踏み出すことになった。しかし、それも束の間、さらに三郎を取り巻く事態は一変する。

翌元亀元年（一五七〇）二月、三郎が越相同盟の北条家側証人に指名されたのである。

越相同盟締結のためには、謙信の許に証人を送らねばならず、この同盟を進めた氏康の近親者で、手筋《てすじ》（外交窓口）も任せられる適任者がほかにいなかったのが、その理由である。

見知らぬ地に送られることになった三郎を哀《あわ》れとは思いつつも、氏照は兄として、証人の心構えを伝えておこうと思った。

「三郎、おぬしはこれから、北条家の者ではなく上杉家の者となる。そうなるからには、上杉家に受け容《い》れてもらわねばならぬ」

「仰《おお》せの通りです」

「そのためには、われらのことを忘れ、〝越《こし》の漢《おとこ》〟として生きるのだ」

「〝越の漢〟と?」

「うむ、新しき地に入り、新しき地で生きていくのは容易でない。いつまでも他《よ》国者《そもの》として白い目で見られ、〝地生《じば》え〟の者たちはけっして受け容れてくれぬ。それを克服するには、〝地生え〟の漢同然になるしかないのだ」

「そういえば、兄上も――」

氏照は、幼い頃、由井姓を名乗らされ、西武蔵に送られた。支配者の眷属《けんぞく》として、在地衆から白い目で見られた氏照であったが、懸命に西武蔵のために尽くす姿が次第に認められ、今では、配下の滝山衆は一枚岩の結束を誇っている。

「兄上(氏政)からは、何か云われたか?」

「はい、越後に行っても、われらの耳目《じもく》となってほしいと――」

寂しげに俯《うつむ》く三郎を尻目に、氏照が笑みを浮かべた。

「その言葉は忘れていい」

「はっ?」

「おぬしは今日からわれらと縁を切り、越後の民のために尽くすのだ」

氏照は立ち上がると、庭に続く襖を開けた。

驚いて飛び立つ鳥たちの啼《な》き声とともに、早春の冷気が室内に満ちた。

「越後の冬は厳しいという。自愛せよ」

「はっ」

小袖の間から見える三郎の白い腕、そして女性《にょしょう》のように薄い肩は、いかにも儚げである。戦国の世とはいえ、その両肩に過酷《かこく》な運命《さだめ》を担わされた三郎が、氏照には不憫《ふびん》でならなかった。

「三郎よ、何か願いがあるか。わしにできることであらば、何なりと叶《かな》えよう」

「それでは横笛を聴かせていただけませぬか。兄上の横笛の音をしっかりと耳奥にしまい、相模国が懐かしくなった折、そっと取り出そうと思います」

「わかった」

横笛を取り出した氏照は、じっと三郎の顔を見据えた。

三郎は、沈黙も前奏であるかのごとく、軽く瞑目している。

――もう会えぬかも知れぬな。いや、次に相見《あいまみ》える折は、敵となっているかも知れぬ。

悪い予感を断ち切るかのように、氏照は横笛を吹き始めた。

ときに激しく、ときに優しく、相模湾の漣《さざなみ》のように、その音色は三郎を優しく包み込んだ。

「これで、もう思い残すことはありませぬ」

三郎は微笑を浮かべていた。

しかし、何かに突き上げられたかのように突っ伏した三郎は、こみ上げるものを抑え切れず、嗚咽《おえつ》を漏らした。

「兄上、人の世とは、真《まこと》に儚きものでございますな」

それまで抑えていた三郎の感情が、氏照の笛により、一気に噴き出したかのようだった。

「三郎よ、人は皆、天地《あまつち》から生まれ出で、天地に帰るまでのことだ。この世は、しょせん仮の住処《すみか》でしかない」

「それではなぜ、人は殺し合うのでしょうか。仮の住処なら、相争うことにどれほどの意味がありましょうや。北条も武田も上杉も、皆が仲良うすれば、世は治まり、民は、安んじて日々を送れるはずではありませぬか」

「たとえ仮の住処であろうと、われらには通さねばならぬ筋がある。北条の正義の下で民を統べることが、早雲庵様以来のわが家の筋目（理想）であるからだ」

「北条の正義だけが天道に叶ったものでしょうか。武田には武田の正義が、上杉には上杉の正義が、あるのではないですか？」

「北条の正義こそ、天道に叶っておるのだ。それを否定しては、われらの〝拠り所（存在意義）〟はない」

　涙をぬぐった三郎が威儀を正した。

「わかりました。兄上は兄上の信ずる道をお進み下さい。それがしはそれがしの道を往《い》きます」

　静まり返った滝山城内には、蜩《ひぐらし》の声だけが聞こえていた。

「三郎、もう一曲、聴いていけ」

氏照が再び横笛を手にした。

天の川《あまがわ》から一斉に星が降り注ぐかのような激しさと、人気ない廃寺に掛かる朧月《おぼろづき》を思わせる穏やかさが混在した調べを、氏照は奏でた。

人生には厳しい時もあれば、平穏な日々もあることを、氏照は笛に託して三郎に伝えたかった。

三郎の目からは、幾筋もの涙が流れ、やがてそれは板敷《いたじき》を濡らしていった。

翌日、氏照の手勢に警固されて、三郎は滝山を後にした。

四月上旬、利根《とね》川河畔《かはん》で三郎の受け渡しが行われた。十日に、謙信との対面を果たした。三郎は、謙信にいたく気に入られ、上機嫌《じょうきげん》で春日山《かすがやま》城に案内された。

そして二十五日には、謙信の姪《めい》との祝言が催され、謙信の初名〝景虎〟を与えられた。〝越の漢〟として、三郎の第二の人生が始まった。

六

元亀元年（一五七〇）後半、甲相の争いは駿河を舞台に続いていた。

蒲原城と薩埵山を失った北条家は、興国寺《こうこくじ》城と深沢城を最前線拠点として整備し、信玄の再侵攻に備えていた。

八月に入り、ようやく信玄は、駿河国西部から東部に攻撃の矛先《ほこさき》を転じた。

軍勢を二手に分けた信玄は、垪和《はが》氏続《うじつぐ》を城将とする興国寺城を急襲すると同時に、勝頼、山県昌景、小山田信茂ら別働隊に八千の軍勢を与え、北条氏規、氏忠《うじただ》（氏康養子）兄弟の守る韮山城にあたらせた。両城ともに激戦が展開されたが、北条方は、甲州勢の猛攻から、かろうじて城を守り切った。

九月になり、上野国に出兵した信玄は、厩橋《まやばし》、深谷《ふかや》などを席巻《せっけん》し、秩父方面に矛先を向けるが、十月に入り、北条家との同盟締結後初の謙信の関東越山が叶い、信玄は撤退を余儀なくされた。

同年十二月、再び駿河国駿東《すんとう》郡に本格的な侵攻を開始した信玄は、北条綱成の守る深沢城にその鋭鋒《えいほう》を向けた。

翌元亀二年（一五七一）正月、深沢城を包囲した信玄は、甲斐から金掘《かねほ》り人夫《にんぷ》を呼び寄せ、〝もぐら攻め〟を敢行、地下から城方の動揺を誘い、落城に追い込んだ。

深沢城が信玄の手に落ち、北条家は駿東郡御厨《みくりや》地域を喪失した。すなわち、信玄の眼前に、小田原への道が大きく開かれたことになる。そのため北条家では、今度は足柄城と河村《かわむら》城を最前線拠点に取り立て、防御戦略の練り直しを図った。こうして駿河国東部をめぐる戦いは、武田家有利のまま推移していった。

同年九月、病臥《びょうが》する氏康より呼び出された氏照は、急ぎ小田原に向かった。

慌《あわただ》しい雰囲気に包まれた城内を進み、枕頭《ちんとう》まで駆けつけると、氏康が生気の失せた瞳を見開いた。

「源三か?」

「はっ」

氏康は口をきくのも辛いかのようだった。

「壮健のようだな」

「おかげさまで、体だけは丈夫にできております」

その言葉に、氏康がわずかに微笑んだ。

氏照にとり、久方ぶりに見る父の笑顔だった。

「父上も、快方に向かわれておるようで何よりです」

「ばかを申すな。わしはもうだめだ」

力なく笑った後、氏康は真顔になった。

「源三、おぬしに申し置きたきことがある」

「はっ」

氏康のあらたまった口調に、氏照は慌《あわ》てて威儀を正した。

「わしは、わが命《いのち》あるうちに、関東の戦乱を終息させるつもりだった。しかし、それも叶わぬ夢となった」

「何を申されます！」

「いいから聞け」

氏康は、その若き頃のように厳しい顔をしていた。

「わしの心残りはそれだけだ。しかし民のためにも、北条家が義の旗を降ろすわけにはまいらぬ。早雲庵様が掲げた存念を、われらは貫かねばならぬのだ」

「仰せの通りにございます」

「しかし、わが後事を託した新九郎（氏政）は聡明だが、情に篤《あつ》過ぎるところがある」

「それが兄者のよきところにございましょう」

「それだけでは、この乱れた世を治めては行けぬのだ」

氏康の声音《こわね》には、かつてを髣髴《ほうふつ》とさせるような力強さが戻っていた。

「源三、わが家は、新九郎とおぬしの二人がおらねば立ち行かぬ。新九郎の慈悲《じひ》の心と、おぬしの修羅の心が表裏《ひょうり》を成してこそ、早雲庵様の存念は現《うつつ》となる」

「修羅の心と――」

「そうだ。おぬしは修羅となれ。どんなに辛くとも、修羅に徹することで、わが家の存念を貫くのだ」

「父上は――」

氏照の唇が震えた。

「いかな苦境に陥ろうとも、存念を貫くことが正しいと仰せか？」

「そうだ。向後《こうご》、信玄や謙信を上回る大敵が、わが家の行く手を阻むやも知れぬ。その大敵に向かうことは、わが家を滅亡に導くことになるやも知れぬ。しかし、たとえそうであっても、存念に反してまで膝《ひざ》を屈してはならぬ。新九郎が諦めても、おぬしだけは義の旗を降ろしてはならぬのだ！」

気づくと、半身を起こした氏康が氏照の襟《えり》を摑んでいた。

「父上――」

その袖からこぼれた腕のあまりの細さに、氏照は絶句した。

「おぬしは、子供の頃から頑《かたくな》なまでに意志が強かった。己が正しいと信ずれば、誰が何と云おうと首を縦に振らなかった。そんなおぬしだからこそ、大石の家に入れても堪え抜けると思った。そしておぬしは、見事、わしの期待に応えてくれた。大石の家に溶け込んだばかりか、その家臣と領民の心を摑み、一つに束ねることができたのだ。今の北条家があるのも、おぬしの揺るぎなき意志の強さのおかげなのだ」

「父上、もったいなきお言葉――」

氏照は、こみ上げるものに堪えかねた。

「源三、戦うのだ。この世を民が安んじて暮らせるものとするため、おぬしは修羅となって戦い抜くのだ！」

白く細い腕に盛り上がった赤い筋が、木彫り細工のように際立つほど、氏康は力を込めて、氏照の襟を摑んでいた。

「わかりました。いかな大敵相手でも、それがしは民のために戦い抜きます る!」

「民のためにか――。いい言葉だな。わしはずっとその言葉を聞いて育った。そして、その言葉はこれからも受け継がれていくのだ」

襟を摑む氏康の力が抜けていった。

「父上、それでは信玄に無二の一戦を挑みまするか?」

「源三、正しき道を往くためには、時に回り道をせねばならぬこともある。一時《いっとき》の便法としてだが、信玄と結ぶことが、ここでは正しき道だ」

「しかし、それでは――」

氏照は父の言葉に矛盾《むじゅん》を感じた。

「信玄とて、命に限りがある。彼奴《きゃつ》もそれを覚っておる。彼奴を心安く上方に向かわせ、信長と戦わせるには、われらとの同盟が必要だ」

「なるほど、二つの強敵を相食《あいは》ませることで、その間に、われらは関東制圧を進めるということですな？」

「そうだ。一見、回り道に見えても、それが存念を成就《じょうじゅ》させる早道となる。すなわち、敵の心を読み取り、その望むところを叶えてやることで、われらも先に進むのだ」

少年の頃、手習いがうまくなったことを誉めてくれた時と同じ微笑が、氏康の顔には浮かんでいた。


十月、自らの死期を覚った氏康は、氏政を枕頭に呼んだ。

そして、氏康は「自分の生涯の不覚は武田と手切れし、上杉に与《くみ》したことだった。謙信、頼むにあたわず」と言い残して死んでいった。享年は五十七であった。

氏政はその遺言《ゆいごん》に従い、甲相同盟再締結に向けて、武田家との交渉を開始した。そして、同年十二月、謙信には内密のまま、甲相同盟が締結された。これにより、信玄の眼前に上洛の道が開かれた。

七

元亀三年（一五七二）秋から天正《てんしょう》二年（一五七四）にかけて、北条家は、手切れとなった謙信と、北武蔵の羽生《はにゅう》城をめぐって対立した。

羽生城は、関宿城、深谷城などとともに上杉方の武蔵国における最終拠点である。深谷城を包囲し、深谷上杉氏を降《くだ》した北条方は、忍《おし》城主の成田氏長《なりたうじなが》勢を先手に押し立て、羽生城に攻め寄せた。

成田勢に囲まれた羽生城は孤立した。その知らせを受けた謙信は疾風のごとく南下、瞬く間に北条家傘下国衆の由良《ゆら》氏の支城である赤掘《あかぼり》、膳《ぜん》、山上《やまがみ》、女淵《おなぶち》の四城を屠った。その勢いで桐生《きりゅう》深沢城も落とした謙信は、そこを拠点とし、北条方由良氏の本拠金山《かなやま》城を窺った。

実は謙信にとり、この由良氏攻撃は、羽生城救援に赴けないための苦肉の策でもあった。利根川の増水により、謙信は、これ以上、南下することが叶わなかったのである。しかし、金山救援に向かえないことは、北条方も同じであった。

我慢比べになった。

元亀三年（一五七二）十二月、北条方は、越相同盟中に停戦していた簗田晴《やなだはる》助《すけ》、持助《もちすけ》父子の関宿城攻めも再開する。しかし、堅固な関宿城は容易には落ちず、救援にきた佐竹《さたけ》、宇都宮《うつのみや》両勢と小競り合いをするにとどまった。

一方、羽生城を何とか救いたい謙信は、狂ったように北武蔵を蹂躙した。これにより、鉢形、忍、松山《まつやま》、足利、館林《たてばやし》、新田《にった》等の城下や田畑が灰燼《かいじん》に帰したが、謙信の反撃もここまでだった。

遂に、糧道を断たれた羽生城に限界がきた。唯一の延命策であった兵糧《ひょうろう》の搬入に失敗した上杉方は、天正二年（一五七四）十一月、羽生城を破却《はきゃく》の上、厩橋まで撤退することになる。

これにより北条家は、念願の武蔵国完全領有を果たした。

一方、関東平野を舞台に、越相が一進一退《いっしんいったい》を繰り返す中、元亀三年（一五七二）十月三日、いよいよ信玄が上洛の兵を発した。

北条家と同盟を結び、後顧《こうこ》の憂《うれ》いのなくなった信玄は、将軍足利義昭、朝倉義景《あさくらよしかげ》、浅井長政《あざいながまさ》、本願寺顕如《ほんがんじけんにょ》、伊勢長島一向一揆《いせながしまいっこういっき》、松永久秀《まつながひさひで》、比叡山延暦寺《ひえいざんえんりやくじ》ら反信長勢力に書状を送り、自らの上洛を伝えると同時に、信長包囲網を成すこれら勢力の反攻を促した。

ところが、戦国最強軍団を率いる一代の英雄も天運に見放された。

上洛戦を順調に進め、三方ケ原《みかたがはら》で徳川勢を一蹴した信玄の病状は、戦況とは逆に悪化の一途をたどり、撤退途上の信州駒場《しんしゅうこまんば》まで来たところで、遂に力尽きた。

元亀四年（一五七三）四月十二日、戦国時代最大の巨星は、その五十三歳の生涯を閉じた。

「待っておったぞ」

同年正月、間宮若狭守綱信《まみやわかさのかみつなのぶ》を滝山城に迎えた氏照は、上機嫌で縄張図を開いた。

八王子城創築が小田原奉行衆の正式認可を得、その差配者（現場監督）として〝城取り（築城技官）〟の間宮綱信が派遣されてきた。小田原衆から八王子衆に配置換えされた綱信は、普請総奉行の横地監物を補佐し、現場の指揮を執ることになった。

「それがしのような不器用者をお召しいただき、この上なき喜びにございます」

「若狭よ、これを見てどう思う？」

挨拶《あいさつ》もそこそこに、氏照が縄張図を指し示した。

その構想の雄大さを知るや、綱信は感嘆の声を上げた。

「この城域の広さには言葉もありませぬ。しかし、これだけの惣構えと曲輪群、そして城下の作事まで含めると、十年余りの月日と、どれほどの〝費《つい》え〟が掛かるか、わかりませぬ」

「もとより、それは承知の上だ」

氏照がにやりとした。

「わしは、北条家の領国経営の手本となる王道楽土を、この地に築こうと思うておる。そのためには〝費え〟など気にしてはおられぬ」

「王道楽土と？」

綱信が戸惑《とまど》ったように聞き返した。

「そうだ。父祖代々から受け継いできたわれらの存念を、関東全土に貫くためには、われらと民が安んじて暮らせる王道楽土をこの地に築き、それを他国の手本とする必要がある。さすれば、さらに多くの民がわれらの存念に賛同し、各地に次々と、王道楽土が現出することにつながるのだ」

氏照の頬《ほお》は紅潮していた。

天正元年（一五七三）、新しい時代の扉が音を立てて開こうとしていた。

信玄に呼応して立った将軍義昭は、信玄死去の報に絶望し、信長に降伏した。これにより、室町《むろまち》幕府は終焉《しゅうえん》を迎えた。

天下は、信長を軸に大きく動き始めていた。

その大きな渦が、やがて関東に及ぶことは必然であった。

北条家は、否応《いやおう》なく、その巨大な渦に巻き込まれていく運命にあった。

八

天正二年（一五七四）、懸案となっていた古河公方勢力圏の併呑を図るべく、北条家は大規模な軍事行動を起こした。

そもそも、戦国時代黎明《れいめい》の頃、関東では山内、扇谷の両上杉と古河公方家が血で血を洗う抗争を繰り広げていた。彼らは時に敵対し、時に同盟し、自己の勢力伸張のみを考えて相争っていた。

それに楔《くさび》を打ち込んだのが、伊勢新九郎こと北条早雲である。

早雲、氏綱、氏康の三代にわたり、北条家は彼ら守旧勢力を相手に、巧みな外交を展開し、じわじわと勢力を拡大した。共通の敵が北条家であると気づいた守旧勢力三家はようやく同盟し、揃って北条家に向かったが、河越合戦で大敗を喫し、扇谷家は滅亡、山内家は本拠である上野国を放棄するに至った。

両上杉家の無力化に成功した北条家の次の標的こそ、下総古河に本拠を置く公方一派であった。

公方の本拠古河城は、利根川と常陸《ひたち》川水系に囲まれた沼沢地《しょうたくち》にある。その南には、水海《みずうみ》、関宿、栗橋《くりはし》の三城が前衛の役割を果たすように立ちはだかり、北条家の北進を阻んでいた。中でも、両水系の合流点にあたる関宿は、関東の水運を握る要地にあり、古河公方勢力圏を守る生命線であった。

永禄十一年（一五六八）、古河侵攻作戦を担当することになった氏照は、梁田氏と並び立つ公方家宿老《しゆくろう》野田弘朝《ひろとも》の調略《ちょうりゃく》に成功、その居城である栗橋城を接収した。すでに江戸《えど》、岩付、栗橋の補給線を確立していた北条家は、関宿城の間近に付城《つけじろ》を築き、包囲戦に移った。

甲相駿三国同盟の崩壊と越相同盟締結が、梁田父子を一時的に救ったものの、甲相同盟締結に伴い、天正元年（一五七三）、関宿城は氏照の猛攻に晒された。

この第二次関宿合戦をかろうじて乗り切った梁田父子であったが、翌天正二年（一五七四）十月には、氏政ら北条四兄弟とその与同勢力が、三万の大軍を率いて攻め寄せてきた。一方、この知らせを受けた謙信は、佐竹義重《よししげ》、宇都宮広綱《ひろつな》らに出陣を指示し、自らは三国《みくに》峠を越え、関東に乱入した。

北条方由良氏の本拠である金山城を攻めた謙信は、祇園《ぎおん》城（小山《おやま》城）に腰を据えると、いよいよ反北条陣営一丸となった大反攻作戦を号令した。しかし、ここで足並みが乱れる。

軍議を催すため、同陣を要求した謙信に対し、佐竹義重がこれを拒否したのだ。義重は、かつて何の相談もなく越相同盟を締結した謙信に対し、強い不信感を抱いていたからである。

しかも義重は「関宿の件は一任してほしい」と謙信に申し入れた。

北条家同様、公方勢力を取り込もうとする義重の底意《そこい》を見抜いた謙信は、これを言下《げんか》に拒否した。これにより、謙信と義重との溝は深まり、両勢力が力を合わせて、関宿を救援するという図式は描けなくなった。

単独で関宿救援に向かった謙信が古河に至った時、突然、背後の結城晴朝《ゆうきはるとも》が叛《はん》旗《き》を翻した。北条方の調略が奏功《そうこう》したのである。退路を扼されつつあることを覚った謙信は、やむなく西に転じ、館林等を攻撃しつつ厩橋城に撤退した。

閏十一月中旬、孤立した関宿城を舞台に、いよいよ第三次関宿合戦の火蓋が切られた。

大手口攻撃の先手を受け持った氏照率いる滝山衆の猛攻が始まるや、搦手でも、結城、千葉、原、高城《たかぎ》ら外様諸将の攻撃が開始された。

激戦が展開され、寄手、城方ともに多大な損害を出したが、遂に梁田父子は降伏した。その後、赦免《しやめん》された梁田父子は、水海城に移されることになる。

実権を失った古河公方と梁田氏は、その後も北条家の傘下で命脈を保つが、天正十年(一五八二)の公方義氏《よしうじ》の死により、古河公方府は終焉し、以後、公方支配地は氏照に継承されていく。

古河、関宿地域を手に入れたことは、関東の動脈を押さえたと同義であり、これにより、北条家の勢力伸張に弾みがついていった。

こうして関東をめぐる上杉家と北条家の抗争は、天正二年(一五七四)の謙信による羽生城破却と北条家の関宿城攻略により、北条家の勝利で決着を見た。

天正三年(一五七五)、前年に古河、関宿地域を制した北条家の矛先は、下野国に向けられた。四月、氏照率る滝山衆は下野小山領に進み、小山秀綱《ひでつな》の祇園城に攻め寄せた。城主の小山秀綱は、謙信や義重らに援軍を要請したが、間に合わず、ほとんど逃げるように自落退散した。

〝鍬立《くわだ》て〟の儀が終わった八王子城の普請は、本格化しつつあった。

根切りが始まり、切り出された木々がいったん山麓に運ばれると、杣総頭《そまそうがしら》と呼ばれる木材の目利きが良材を選別し、縄張図に基づき、「これは御主殿《ごしゅでん》の大黒柱、あれは大引きに」と配材していく。選別された木々は、使い場所を墨書《すみが》きされ、半年から一年の間、日当たりのいい場所を選んで乾燥させられる。

土砂降《どしゃぶ》りの中、普請現場に顔を出した氏照は、大きな菅笠《すげがさ》をかぶり、縄張図と深沢山を交互に見比べている間宮綱信の姿を見つけた。

「仕事熱心だな」

綱信は現実に引き戻されたらしく、戸惑ったように振り向いた。

「これは奥州様――」

「普請の進み具合はいかがかな？」

綱信の隣に立った氏照が、霧にかすむ深沢山を見上げた。

「いたって順調かと――」

「初めは、わしの見立てに狂いがあったかも知れぬと案じておったが、どうやら、それも杞憂《きゆう》に終わったようだな」

「はい、見た目とは異なり、この地は城を築くには適地です。急峻とはいえ、稜線《りょうせん》が緩やかな峰も多く、曲輪を築くに適した幅広の尾根もあります。しかも、ここは良質の石を産します」

「ということは、やはり石を使うのか？」

「はい。上方では、石垣城《いしがきじろ》が主流になりつつあると聞いております。従来、東国では土塁の補助的な役割でしか石を使いませんでした。石工《いしく》の腕も拙《つたな》く、その数も足りなかったからです。しかし、石垣城の堅固さは土塁に比べようもありません。これからは、東国でも石垣城が主流となるでしょう」

「そうなるかも知れぬな」

「しかし、石垣城の普請は、容易ではありませぬ。堀を穿《うが》ち、それを土塁として盛り上げるだけの土の城であらば、黒鍬《くろくわ》（人夫）の頭数と鋤《すき》、鍬、もっこなどがあれば、それほどの困難を伴いませぬが、石垣城は石工の技量次第というところがあります」

「ということは、地場の者では手に負えぬと申すか？」

「おそらく」

綱信が厳しい顔をした。

「それでも、何とかやり遂げねばならぬのだ」

「しかし、こんな山奥に石垣の巨城を建てようという奥州様の真意が、それがしにはわかりませぬ。小仏道を扼し、民のための城を築くためであらば、廿里か初沢の城に手を加えれば易きことかと――」

「そのことか」

氏照が口端《くちのは》に笑いを浮かべた。

「いいか若狭、小田原は関東の西の端にある。箱根の天嶮《てんけん》があるとはいえ、西から攻められれば即座に囲まれる。小田原が危機に瀕《ひん》した時、当主を担《かつ》ぎ、わしはこの山に立て籠もるつもりだ」

「小田原を捨てると?」

「うむ、すでに敵は、武田、上杉だけではない。われらの敵は――」

氏照は一息つくと、思い切ったように言った。

「織田となるであろう」

「あの〝尾張《おわり》の虚《うつ》け〟と呼ばれる織田信長のことでございますか?」

「うむ、信長は四囲に敵を抱えながらも、着実に天下統一への地歩を固めておる。近隣を切り従えた後、当然、関東を支配下に置くことを目論《もくろ》んでくる」

何か眩《まぶ》しいものでも見るように、氏照が目を細めた。

「信長は西国《さいごく》一の商港堺《さかい》を押さえ、畿内《きない》の金山、銀山も傘下に従えつつあるという。上方の富を手中にした織田家の兵力は、すでに五万を超えると聞く」

「さすがの小田原でも、持ちこたえられないと仰せか?」

「うむ、織田は鉄砲をよく使い、城攻めがうまいと聞く。小田原危急の際、兄者を動座し、粘り強く山岳戦を展開する第二の大城が必要なのだ」

「つまり、われらは小田原の詰城《つめじろ》を築いているというわけですな?」

「そういうことになる」

何ものかに挑むように、氏照が霧雨《きりさめ》に煙る深沢山を仰ぎ見た。

九

天正三年(一五七五)、北条家と安房里見《あわさとみ》家との間で、両総《りようそう》(下総、上総《かずさ》)をめぐる駆け引きが活発化してきた。北条家は、里見家により攻撃を受けていた北条傘下の上総一宮《いちのみや》城の正木《まさき》氏、万喜《まんき》城の土岐《とき》氏救援に乗り出し、下総から上総に侵攻、土気《とけ》城と東金《とうがね》城に拠る里見方の酒井《さかい》氏を攻撃、その勢いで茂原《もばら》まで進撃し、里見勢との決戦に臨もうとしていた。しかし里見家には、単独で北条家に決戦を挑むほどの余力は残されていなかった。恃みとするのは、むろん謙信である。しかし同年末、その謙信が越後に戻ったことを知るや、里見義弘《よしひろ》は手詰りとなった。

翌天正四年（一五七六）、北条家の房総への侵攻が開始された。

玉縄衆と江戸衆が主力となった北条方は、上総有木《ありき》城を拠点に、硬軟《こうなん》取り混ぜた外交を展開、上総の有力国人である土気酒井胤治《たねはる》、東金酒井政辰《まさとき》を籠絡《ろうらく》、翌天正五年（一五七七）には、長南《ちょうなん》武田豊信《とよのぶ》を降した。これにより、孤立した里見義弘は、同年十一月、北条家と和睦《わぼく》し、積年の宿敵から同盟国となった。

天正四年（一五七六）、上方では、信長と石山本願寺《いしやまほんがんじ》の死闘が続いていた。

その本願寺と結託した足利義昭は、謙信の軍事力を背景に、織田勢力の京洛《けいらく》からの駆逐を図ろうとした。五月、本願寺顕如と謙信の間を取り持った義昭は、六月、謙信に対し、武田、北条両家と停戦し、信長追討を懇請《こんせい》してきた。

これを承諾した謙信は、武田、北条両家との間に停戦協定を締結、上洛の準備を始めた。

京洛の戦雲は、信長対謙信、本願寺連合という新たな形に変容しつつあった。

天正五年（一五七七）正月、甲相同盟を再強化すべく、氏政は武田勝頼の許に妹桂姫《かつらひめ》を嫁《とつ》がせた。

元亀二年（一五七一）に締結した甲相同盟は、元亀四年（一五七三）の信玄の死、天正三年（一五七五）の勝頼の設楽ヶ原《したらがはら》崩れ（長篠《ながしの》合戦）により、微妙な影を投げかけていた。

勝頼とすれば、同盟強化は勢力減退著《いちじる》しい中で唯一の光明《こうみょう》となったが、北条家にとっては、どれだけ益がある同盟か疑問視する向きも多かった。

この輿入れを推し進めたのは氏照であった。対武田強硬路線を主唱してきた氏照であったが、時代の急変とともに、武田家よりも巨大な敵信長が迫っていることを感じていたからである。

織田家との間に武田家という緩衝材がある限り、北条家は安泰《あんたい》であると氏照は考えていた。当主の氏政も、その考えを支持していたが、親織田派の氏規、上方外交を担当する重臣の板部岡江雪《いたべおかこうせつ》らは、武田家との同盟継続を真っ向から反対していた。折よく、将軍足利義昭が甲相越の停戦を要請してこなければ、どうなるかはわからない状況であった。

一方、天正五年（一五七七）より、北条家と北関東反北条方諸侯との争いは、主に下野国南部と上野国東部を舞台に展開していく。

この年の正月、北条家に帰順していた結城晴朝が突如として離反した。氏照は結城城の三里ほど西の祇園城に入り、晴朝に翻意《ほんい》を促したが、同族の小山秀綱が本領放棄に追い込まれ、強い危機感を抱いた晴朝の再度の帰順はならなかった。

七月に入り、ようやく説得を諦めた北条方は、結城城攻撃を開始したが、九月には佐竹勢により、逆に祇園城を攻められるなど、下野、下総の国境地帯では、一進一退が続いていた。結城氏離反をきっかけとして、北条家領国東北部の境目は、新田（金山城）、館林、藤岡《ふじおか》、榎本《えのもと》、小山（祇園城）の線となり、以後、それらの地域をめぐって、熾烈な攻防が展開されていくことになる。

「これを見よ、彦兵衛」

この年十月、滝山城では、氏照と浅尾彦兵衛が、間宮綱信の描いた八王子城の構想画に見入っていた。

「これが八王子の新城でございますか？」

「うむ、これが政庁となる御主殿、こちらがわしの住む奥殿《おくでん》の縄張りだ」

「随分と広い庭ですな」

「ああ、わしのために大叔父《おおおじ》（幻庵）が腕を揮ってくれるという」

この時代の東国で、北条幻庵は築庭術《ちくていじゅつ》の第一人者であった。

「これは何でございますか？」

彦兵衛が一点を指した。

「これは能や幸若《こうわか》を舞うための懸崖《けんがい》舞台だ。溜池《ためいけ》の船溜りや城山《しろやま》川の流れがその背景となる」

懸崖舞台とは、池や川に台座を張り出して築かれた舞台のことである。

「舞台の前には、芝居（舞台下の観客席）を設け、多くの者が楽しめるようにする。さらに芝居を隔てて観望台という桟敷《さじき》を設け、われらはそこから舞を楽しむ。落成したあかつきには、真っ先におぬしの横笛で祝うことにしよう」

「もったいないお言葉」

彦兵衛が皺《しわ》深い顔をほころばせた時、庭の木々が不自然にざわめいた。

「早速、客人が参られた模様」

「そのようだな」

氏照が障子を開け放つと、行者姿の男が拝跪していた。

「嶋之坊、大儀である。近う寄れ」

氏照と彦兵衛が縁先まで出ると、嶋之坊がゆっくりと膝行《しっこう》してきた。

「申し上げます。上杉謙信が、能登七尾《のとななお》城、末森《すえもり》城を屠り、手取《てどり》川で信長勢を撃破」

「謙信が信長を破ったか！」

天正五年（一五七七）九月、加賀国松任《まっとう》まで進出していた柴田勝家《しばたかついえ》率いる織田勢四万八千は、七尾、末森両城失陥の報を受けるや、手取川を南に戻るべく渡河《とか》を開始した。この知らせを受けた謙信率いる越後勢三万五千は、神速をもって手取川河畔まで押し寄せ、渡渉中の織田勢を急襲した。織田方は、千余人が討ち取られ、溺《おぼ》れ死ぬ者は数知れずという大敗北を喫した。

「これで加賀と能登の帰趨《きすう》は決まった。信長も謙信の恐ろしさが身にしみたはずだ。長年、謙信と死闘を繰り広げてきたわれらだけが知る彼《か》の者の強さを、信長も思い知ったことであろう。これで謙信上洛の道は開かれたも同じだ」

「残念ながら、それは心得違いと――」

嶋之坊の顔が引き締まった。

「九月二十七日、春日山に帰還した謙信は、配下の者どもに〝関東越山〟の命を発しました」

「何!?」

「謙信は越後の全兵力を率いて関東に攻め入り、当家と雌雄を決する由《よし》。陣触れは越中《えっちゅう》にまで伝えられ、その動員兵力は優に五万を上回るとのこと」

「彼の〝痴《し》れ者〟は西の信長に向かうのではなく、われらと決戦に及ぶと申すか」

氏照が唇を震わせた。

「謙信は、われらの下野、下総国境での合戦を〝矢留《やどめ》(停戦)〟違背《いはい》の不正義とし、勅命《ちょくめい》を奉じての〝関東越山〟と喧伝《けんでん》いたしております」

「何ということだ――」

北条家としては、離反した結城晴朝、それを支援する佐竹義重と戦うことは、謙信との停戦条項に抵触するはずはないと思っていた。

足利義昭の呼びかけで締結された武田、上杉、北条間の停戦条項には、腹背《ふくはい》定まらぬ反北条方関東諸国人との抗争を停戦することまでは言及していない。それは、解釈次第でいかようにもとれることだった。

「謙信の春日山出陣は明年三月十五日とのこと」

それだけ言い終わると、嶋之坊は音も立てずに闇の中に消えていった。

固く握り締められた氏照の拳《こぶし》が震えた。

「謙信め、信長討伐を差し措いて関東に攻め入るとは――。今こそ信長を叩く千載一遇の機会であることがわからぬのか！　それほどまでにわれらが憎いのか！」

激しい怒りが胸内《むねうち》からこみ上げきた。

「奥州様、この機に謙信は、後顧の憂いを取り除くつもりでございましょう。それから京に上る所存かと――」

「しかし、われらの間には、〝矢留〟が成ったばかりではないか！」

「謙信は、けっしてわれらを信じておりませぬ。かつて信玄がそうしたように、われらを叩き、われらの気を挫《くじ》き、武相の地を灰燼に帰してから上洛する腹積もりに違いありませぬ」

「おのれ、そうはさせぬぞ——」

これまで十三度に及ぶ〝関東越山〟を繰り返し、関東の民の糧《かて》を奪い続けた謙信に対する怒りが、氏照の胸中《きょうちゅう》に沸々《ふつふつ》と湧き上がった。

「此度《こたび》ばかりは、鉢形領、滝山領はもとより、小田原までも謙信の猛襲を受けること必定《ひつじょう》。呼応して結城、佐竹、宇都宮らが江戸表（東武蔵）に雪崩《なだ》れ込みましょう。さすれば、謙信に寝返る者は数知れず——」

彦兵衛が顔を歪めた。

「おのれ痴れ者！　名ばかりの正義を旗印に、〝矢留〟を踏みにじるとは——。かくなる上は、上野国まで押し出し、三国峠を越えてきた越後勢を迎撃《げいげき》するしかあるまい。是《ぜ》が非《ひ》でも緒戦に勝ち、与党国衆の離反を防ぐのだ！」

謙信の正義は室町秩序を守るための正義であり、万民のための正義ではないというのが、北条家中の認識であった。ことあるごとに偽《いつわ》りの正義の旗を振りかざす謙信を、氏照も許すつもりはなかった。

「彼の痴れ者に真っ向から挑めば、奥州様が返り討ちに遭いまする」

彦兵衛が泣きそうな顔をした。

「わしが捨石とならねば、北条家は滅びるしかない」

「しかし――」

「謙信と雌雄を決し、その首を獲る。それが叶わぬ時は、わしの首が春日山の城門に飾られるだけだ」

氏照が唇を噛んだ。

――やるかやられるかの大戦だ。

「奥州様、謙信が来るということは――」

「あっ」

虚を衝《つ》かれたかのように、氏照の口から小さな声が漏れた。

「三郎――」

兄弟相討つ図を想像し、氏照は戦慄《せんりつ》した。

十

明けて天正六年（一五七八）正月、氏照は年賀の挨拶に小田原表に上がった。

白檀《びゃくだん》の香り漂う本曲輪主殿、書院の間に上がった氏照は、近習を下がらせ、氏政と対面した。

「兄上、お久しゅうござる」

「源三も息災のようだな」

氏政は、その太り肉《じし》をもてあますように座についた。

元来が大柄な氏政の恰幅《かっぷく》は、三十路を越えてからさらに一回り大きくなっていた。

「近頃は、腰が痛うてかなわん」

型通りの挨拶を済ませた後、肩の力を抜いた氏政が、早速、顔をしかめた。

「馬にお乗りになられないからでしょう」

「奉行どもがうるそうて、政務ばかりとらされておる。たまには槍働きしたいものよ。おぬしの足軽衆に雇うてはくれぬかの？」

「その体格では、長柄は無理ですな」

二人は声を合わせて笑った。

「ときに源三、八王子の普請は進んでおるか？」

「岩盤を切り崩すのが容易ではなく、普請は一進一退でござるが、徐々に曲輪も形を成しつつあり、土塁や空堀も随所に見られるようになってまいりました」

「それはよかった。〝越後の痴れ者〟の来襲が迫っておる。心してかかれ」

「実はそのことで妙案あり」

「機先を制し、入越するという話は聞かんぞ」

「さすがにそこまでは考えておりませぬが――」

氏照が上州《じょうしゅう》沼田《ぬまた》での迎撃計画を話すと、とたんに氏政の顔が曇った。

「先ほどまで助五郎（氏規）がここに居座り、おぬしと新太郎が何と申そうと、出戦《でいくさ》はいかんと釘《くぎ》を刺していったぞ」

「これは、見事、助五郎に機先を制されましたな」

戯言《ざれごと》を言い終わると、氏照が威儀を正した。

「鉢形、滝山等に籠城し、敵を食い止めるのは尤もな策。しかし、緒戦で謙信を叩かず城に籠もれば、われらの傘下の国衆は、かつての謙信襲来時のように、こぞって敵に靡《なび》くはず」

「しかし、おぬしらが居城を留守にすれば、その間に、佐竹や宇都宮らが武蔵に乱入するぞ」

「佐竹の押さえには玉縄衆を逆井城《さかさい》に入れ、簗田ら公方衆に後詰を任せれば、手ぬかりはありませぬ」

「結城はいかがいたす?」

「兄者が小田原衆を率い、討滅《とうめつ》に向かうべし。むろん、岩付、河越、松山の衆にも、加勢させるべし」

「里見が離反したらどうする?」

「われらの傘下には、千葉、原、高城、両酒井に上総武田がおりまする。彼の者らに任せれば、上総と安房の国境は、守り切れましょう」

「しかし、どの策も、誰も〝返《かえ》り忠《ちゅう》〟せぬ前提であろう」

氏政が下膨《しもぶく》れした顔を歪ませた。

「いかにも。だからこそ緒戦で敵を叩き、国衆らに〃返り忠〃させぬのです」

「いずれにしても、国衆らの目付役《めつけやく》として譜代衆《ふだいしゅう》を付けねばならぬ。これでは、兵がいくらいても足らぬわけだ」

氏政が自嘲《じちょう》したが、氏照は真顔のまま言った。

「しかし、たとえ緒戦で勝ったとて、〃返り忠〃する者が出ぬとは云い切れませぬ。目付を厳にし、われらの存念に従わぬ者があれば、躊躇《ちゅうちょ》なく討つべし」

「とはいっても源三、人というのは、おぬしのように筋目や存念だけで動くわけではない」

「では、何で動くと？」

「欲心だ」

氏政がため息をついた。

「人とは悲しいものだ。地位も欲しければ、権力も欲しい。命も惜しければ、財も惜しい。己を捨てて存念を貫くためだけに生きることなどできぬのだ」

「存念なくして、どこに生きる甲斐があるというのでしょう。ただ食うて、寝て、女を抱くだけの日々に、何の意義があるのか、それがしにはわかりませぬ」

「それが人というものだからだ」

氏政が半ば諦め顔で答えた。

「兄者もそうだと申すか？」

「わしには立場がある。己を捨て、父祖代々の存念を貫かねばならぬ」

「兄者には、それが辛いのか？」

氏照の問いには答えず、氏政は疲れたように首を振った。

「いずれにしても、出戦か籠城か、明日の評定《ひょうじょう》で決しよう」

氏政が座を払った。

氏照は、壮年期に入りつつある氏政の心の変化に不安を感じた。

――父上の申した通り、わしがしっかりせねばならぬ。

「源三、三郎も来るだろうな？」

広縁《ひろえん》まで出た氏政が、ふと気づいたように振り向いた。

「やはり兄者もそれを――」

期せずして、二人は障子から覗く空を見つめた。

わずかに雪をいただいた箱根連山の彼方《かなた》に、幾筋もの鱗雲《うろこぐも》が流れていた。

「かわいそうなことになるな」

「三郎はすでに〝越の漢〟。覚悟はできておるはず」

関東が主戦場となれば、三郎が先手を務めるはずであった。家臣たちに三郎の赤心《せきしん》を示させたい謙信も、それを是とするに違いなかった。自らの手で弟を殺すか、弟の手で殺されるか、氏照は瀬戸際《せとぎわ》に立たされていた。


氏照の予想通り、評定は慎重論に支配された。

「謙信に対するには籠城策しかない」と主張する氏規や松田憲秀《のりひで》らの慎重論と、野戦で雌雄を決しようという氏照、氏邦らの強硬論が、真っ向から対立した。

「緒戦で勝つことが必須《ひっす》」という氏照に対し、氏規は、持久戦により敵方の疲弊を待つ戦略を主張して譲らなかった。氏規は戦を長引かせ、その間に朝廷か将軍義昭を動かすことにより、謙信の矛先を西に転じさせるつもりであった。

助五郎氏規は、氏康の五男（実質四男）として天文十四年（一五四五）に生まれた。氏照とは五歳違いの弟である。十歳の頃、甲相駿三国同盟の証人として駿河今川家に赴き、二十一歳で小田原に帰還した。その間、同様に人質として今川家に預けられていた松平元康（後の徳川家康）と昵懇《じっこん》の間柄になった。そうした経緯から、家内では、最も西国勢力に対して融和的な立場をとっていた。

昼夜を分かたぬ議論が繰り広げられたが、最終的には、氏照の意見がほぼ通り、「まずは野戦で敵を叩く」という作戦が承認された。しかし、形勢不利と見れば、決定的な敗戦を喫する前に城に籠もり、持久戦に切り替えるということで、ようやく慎重論を主張する一派との妥協《だきょう》が成った。

当主への権力集中を抑えるため、父氏康が制定した大評定制度だが、北条家が肥大化するに従い、多くの者たちの利害が交錯《こうさく》し、衆議が容易に決しなくなってきたことに、氏照は一抹《いちまつ》の不安を抱いていた。

いずれにしても、今回の評定の結果、氏照の滝山衆、氏邦の鉢形衆を中心とした部隊が、春には上州に集結することとなった。

天正六年（一五七八）三月二十日、鉢形城に一人の行者が担ぎこまれてきた。行者は矢傷を負っており、息も絶え絶えであったが、かろうじて嶋之坊と名乗った。

竹筒の底にあった隠し印から、氏照の使う〝霞の衆〟と確認された行者は、氏邦の許に送られた。氏邦はその行者から驚愕《きょうがく》の事実を知る。

「謙信死す」

氏邦の仕立てた早馬により、日ならずして滝山にも知らせが届いた。

氏照は重臣たちを緊急招集した。

「謙信が死んだ」

滝山城千畳敷はどよめき、次に安堵《あんど》のため息に支配された。

「これで謙信の越山はなくなった。しかし、謙信は継嗣《けいし》を指名せずに逝《い》ったという。葬儀が済むやいなや、喜平次景勝《きへいじかげかつ》は春日山城の御金蔵《ごきんぞう》や焔硝蔵《えんしょうぐら》を占拠し、己《おの》が謙信の後継であると宣したという」

「何と――」

喜平次景勝とは、長尾一族の一流である上田《うえだ》長尾氏から養子入りした謙信の甥である。

子のない謙信の跡取りは、証人として越後入りしながら謙信の寵愛《ちょうあい》を受け、後継者に内定していた三郎景虎か、この景勝のいずれかになると目されていた。

「三郎様の安否は？」

大石照基が問うてきた。

「詳しくはわからぬが、すでに喜平次の与党と城下で衝突があったらしい」

再び千畳敷はざわめいた。

「三郎への後詰はもとよりだが、これは当家にとり、上野国領有の絶好の機会。あわよくば、越後も支配下に組み入れられる。下総にいる兄者の許しを得次第、出陣する。皆は館に戻り、出陣の支度に掛かれ」

その頃、氏政は結城征伐《せいばつ》のため、下野、下総国境まで出向いていた。

——もはや一刻の猶予《ゆうよ》もない。

嶋之坊の得た情報は、景勝方の周到な陰謀を示唆《しさ》していた。

——追い込まれていた上田長尾家が、勢力挽回のこの機を逃すわけがない。しかし、待てよ。

氏照の顔色が変わった。

——まさか謙信は、喜平次らに謀殺《ぼうさつ》されたのではあるまいか。すべての雑説（情報）はそれを示唆している。だとしたら、喜平次とその配下が、謙信死後の三郎への構え（対抗措置《そち》）を考えておらぬはずがない。

気づくと、立錐《りっすい》の余地もなかった滝山城千畳敷に人はなく、狩野一庵だけが、先ほどと同じ姿勢で座していた。

「何か申したきことでもあるのか？」

一庵が、その皺深い面を氏照に向けた。

「結城攻めのため、われらの主力は祇園城におり、今、奥州様が動かせる手勢は一千程度。鉢形の新太郎様とて、敵方の上州諸城への押さえの兵を越後に回すわけにはまいりませぬ。となれば入越軍は二千そこそこ。いくら敵方が混乱しているとはいえ、その兵力での入越は無謀。だからといって、結城表の兵を引き抜くことも叶いませぬ」

「尤もだ。しかしここで行かずば、三郎は救えぬ」

「〝智者の慮《りょ》は必ず利害に雑《まじ》う〟と、『孫子』にあります。賢将《けんしょう》は肉親の情に囚《とら》われてはなりませぬ」

智者は利と害を常に考え、その差し引きで判断を下すべしという意味である。

「それはわかっておる。しかし、三郎を救う手がほかにあろうか」

「あります」

一庵の瞳が光った。

「武田四郎（勝頼）に、同盟の実《じつ》を見せていただいたらいかがでござろう」

「そうか――」

氏照が膝を打った。

上田長尾勢の守る上田庄を突破しないと越後府中に到達できない北条家に比べ、武田家なら信濃経由で越後府中への進出も容易である。

早速、結城攻めの陣中にある氏政に早馬が仕立てられた。

氏政は、この頃、結城攻めが本格化し、その後詰に乗り出した佐竹義重と鬼怒《きぬ》川を挟んで対陣していた。

鬼怒川河畔で「謙信死す」の報に接した氏政らは喜びに包まれたが、三郎への救援となると、頭を抱えざるを得なかった。佐竹勢と決戦を控えた軍勢を越後に回すわけにはいかないからである。

五月、その氏政と幕僚の許に、氏照からの意見具申が届いた。

これに同意した氏政は、勝頼に飛札《ひさつ》を立てた。

依頼を受けた勝頼に否《いな》はない。武田家自体、越後の内訌《ないこう》に介入することは、勢力挽回の好機である。あわよくば越後の一部を手にできる。

即座に了承の旨《むね》をしたためた勝頼は、五月二十九日、甲斐府中を出陣した。

同様に、氏政は会津《あいづ》の蘆名盛隆《あしなもりたか》にも使者を遣わし、越後国阿賀北《あがきた》郡への乱入を促した。そこまで手を打った氏政は、上州に残る上杉方残存勢力である白井《しろい》城の長尾憲景《のりかげ》、厩橋城の北条高広《きたじょうたかひろ》、景広《かげひろ》父子、沼田城在番三人衆（河田重親《かわだしげちか》、松本景《かげ》繁《しげ》、上野家成《うえのいえなり》）に調略の手を伸ばした。

十一

謙信死去と同時に、景勝の謀臣樋口与六《ひぐちよろく》（後の直江兼続《なおえかねつぐ》）は、春日山城の御金蔵、焔硝蔵などを押さえ、景勝与党以外の実城《みじょう》（本曲輪）への入城を禁止した。

そのため三郎は、自らの居館のある二曲輪に逼塞《ひっそく》を余儀なくされた。その後、多少の小競り合いがあったものの、手詰りとなった三郎は、五月十三日、与党を率いて御館《おたて》城に移った。御館城とは、謙信に家督を譲った元関東管領上杉憲政《のりまさ》の隠居城である。

すでに齢五十六を数える憲政は、かつて関東管領山内上杉家当主として関東に君臨していたが、天文十五年（一五四六）の河越合戦で北条氏康に大敗を喫し、同二十年（一五五一）には、北条家の攻勢に抗し得ず、本拠である上野国平井《ひらい》城を自落した。

謙信を頼って越後に落ち延びた憲政は、山内上杉家の家督と関東管領職を謙信に譲り、御館城で隠居していた。そこに三郎が転がり込んできたのである。

氏康の息子である三郎は、憲政にとり、まさに仇敵《きゆうてき》中の仇敵であったが、複雑に絡み合った越後の政情により、皮肉にも、憲政は三郎の庇護者《ひごしや》となった。

氏政らによる三郎援護態勢も徐々に整いつつあった。

五月中旬、小雨のそぼ降る中、北条《きたじよう》高広の嫡男〝鬼弥五郎〟の異名を持つ北《きた》条《じよう》景広が、七百の精兵を率いて御館に入った。厩橋城代《じようだい》として上野国にある父高広の命《めい》を受け、本拠北条《きたじよう》城の留守居《るすい》部隊をかき集めての入城だった。越後国衆の中でも屈指の動員力を誇る北条《きたじよう》一族の合力《ごうりき》は、三郎にとり、何にも増してありがたいことだった。

ちなみに越後北条《きたじょう》氏は、鎌倉幕府の官僚大江広元《おおえのひろもと》の末裔《まつえい》で、越後毛利氏（安芸《あき》毛利氏とは遠縁）の系統に属する。北条《きたじょう》とは、彼らが本拠を構えた地に由来する苗字であり、鎌倉北条氏、小田原北条氏双方との血縁関係はない。

〝鬼弥五郎〟の入城は、先手を打たれた三郎派を勇気づけた。これにより、続々と三郎支援の兵が集まってきた。すでに三郎と行を共にしていた栖吉《すよし》城主の上杉景信《かげのぶ》、栃尾《とちお》城主の本庄秀綱《ほんじょうひでつな》の他に、飯山《いいやま》城主の桃井義孝《ももいよしたか》、鮫ケ尾《さめがお》城主の堀江宗親《ほりえむねちか》、不動山《ふどうさん》城主の山本寺定長《さんぼんじさだなが》、琵琶島《びわじま》城主の前島修理亮《まえじましゅりのすけ》らが、続々と御館に入城を果たした。三条《さんじょう》城主の神余親綱《かなまりちかつな》は、重臣である三条町奉行の東条利長《とうじょうとしなが》を名代《みょうだい》として派遣してきた。

これにより、三郎派の総兵力は優に六千を超え、景勝派を上回った。

三郎派の意気は、天を衝くばかりとなった。

しかし、憲政の隠居所として築かれた御館城では、六千の兵を収容するには手狭である。糧秣《りょうまつ》も十分ではない。春日山に攻め寄せようという意見が出るのも、無理からぬ話であった。

三郎としても、できれば己の手だけで景勝を屠りたかった。北条家の後詰を仰げば、その後の干渉を招くことになるからである。

五月十七日、春日山城下に陣を布いた三郎勢は、ひた押しに攻め上ったが、春日山の守りは堅く、次第に押し返され、遂には敗走した。

緒戦は三郎方の惨敗であった。

この一戦に盛衰《せいすい》を賭けている景勝率いる上田長尾一族と、反上田長尾という動機だけで結束している三郎派には、その士気からして格段の差があった。

しかし、御館で意気《いき》消沈《しょうちん》する三郎の許に朗報が入った。

五月末、三郎を支援する甲州勢の先手を担う武田信豊勢が、信越《しんえつ》国境を越え、頸城《くびき》郡大出雲原《おおいずもはら》まで進出してきたというのだ。さらに六月一日、勝頼が三万の大軍を率いて海津《かいづ》城に入ったという知らせも届いた。

これらの報に御館は活気づき、春日山は戦慄した。勝者であるはずの景勝の運命が、逆に風前の灯《ともしび》となったのだ。しかし、これしきのことで音を上げる景勝と樋口与六ではなかった。与六は驚天動地《きょうてんどうち》の秘策を思いつく。

その秘策とは買収であった。

与六は黄金五百両《りょう》を献上し、勝頼に和睦の仲介を懇請した。しかも、ことが成ったあかつきには、一万両の黄金を渡すという条件まで付いていた。

さらに与六は、東上野における上杉領の割譲《かつじよう》と、勝頼の妹を景勝の正室に迎えるという縁組まで、条件に追加した。

与六は、交渉窓口である勝頼の重臣、長坂長閑《ながさかちようかん》、跡部大炊助《あとべおおいのすけ》にも圭幣《けいへい》（賄賂《わいろ》）を渡し、根回しを依頼した。

この話に、勝頼は食らいついた。

与六の条件は、景勝に馳走《ちそう》（加勢）せよというのではなく、和睦の労をとるだけである。勝頼にとっては、同盟中の北条家を裏切らずに黄金を手にできるという、この上ない〝うまい話〟である。

実はこの頃、信玄存命中のたび重なる出兵と甲州金山の枯渇《こかつ》により、武田家の財力は底を突いていた。金がなければ兵は動かせない。こうした経済的に手詰りな状況に陥りつつある武田家の苦衷《くちゆう》を、与六は知悉《ちしつ》していた。

早速、勝頼の使者が御館に入った。

しかし、三郎は当然のごとくこれを拒絶した。

自らに合力すべくやってきたはずの勝頼が、一転して仲裁役に回るなど、三郎としては納得のいかない話だった。

七月、講和をいくら呼びかけても応じる素振りさえ見せない三郎方に、痺れを切らした勝頼は、三万の軍勢を率い、越後府中に進んだ。三郎方を威嚇《いかく》するためである。しかし、すでに北条高広勢《きたじょう》が三国峠を越えたという報を得ていた三郎が、この話に乗るはずもなかった。

八月、和睦仲介を諦めた勝頼は、景勝と攻守同盟を締結、兵を引いていった。

これにより、勝頼が氏政の怒りを買うことは確実であり、北条家との同盟が、破綻《はたん》することは明らかだった。まんまと与六の罠《わな》にかかった勝頼は、釈然としない思いを抱きつつ、越の国を後にした。

一方、春日山は歓喜に包まれていた。

文字通り、綱渡りのような交渉を、弱冠《じゃっかん》十九歳の樋口与六は成功させたことになる。早速、春日山から御館城包囲の軍勢が派遣された。

七月中に三国峠を越え、荒砥《あらと》、直路《じきろ》の二城を抜き、上田庄に入った北条《きたじょう》高広、河田重親両勢は蒲沢城《かばのさわ》をも屠り、そこを拠点に坂戸《さかと》城攻撃に移った。

坂戸城は上田長尾家の本拠であり、難攻《なんこう》不落《ふらく》を誇る堅城である。烈火《れっか》の猛攻により、山麓曲輪を占拠したものの、北条《きたじょう》、河田両勢の進撃はそこで止まった。

九月十日、北条《きたじょう》、河田両勢を後詰すべく、氏照と氏邦に率いられた北条《ほうじょう》家主力が三国峠を越えてきた。鬼怒川対陣が一段落し、越後に兵を回せるようになったためである。

二人は、坂戸の北に残る敵方の拠点六万騎、下倉山《したくらやま》の両城を屠り、坂戸を完全に孤立させた上、坂戸包囲陣に合流した。

「戦況は芳《かんば》しからざると聞いておるが？」

氏照が厳しい顔つきで問うた。

「敵は急峻な地形を恃んで城に籠もり、いかに誘っても出てきませぬ」

河田重親が、疲労のにじんだ顔を歪ませた。

「奥州様の指示に従い、旧領安堵を条目に、さかんに降伏開城を呼びかけてみましたが、彼奴らは黙殺し続けております」

北条《きたじょう》高広が、その小太りな体軀《たいく》を丸めて陳弁した。

「水の手を断ってはいかがでしょう？」

「ここで悠長《ゆうちょう》な策をとってはいられぬ。足止めを食らえば、三郎が危うい」

重親の提案を氏邦が一蹴した。

「新太郎の申す通りだ。ここで持久戦とならば、有利なのは敵方だ」

「それでは我攻《がぜ》め（力攻め）でございますか？」

高広が落胆をあらわにした。彼ら旧上杉家臣は北条家に忠節を示さねばならず、我攻めとなれば、陣頭に立たされるのが常道だからである。

「河田殿、北条《きたじょう》殿、心配には及ばぬ。われらが先手を受け持つ」

「兄者――」

「新太郎は寺《てら》ケ《が》鼻《はな》方面から攻めてくれ」

「わ、わかった」

気圧《けお》されたように氏邦が点頭《てんとう》した。

越後に寒波が押し寄せる前に、氏照は坂戸城を落とすつもりであった。そのため、新参衆《しんざんしゅう》を陣頭に押し立て、敵を弱らせてから精鋭を投入するという手が、今度ばかりは使えなかった。

坂戸城は、越後と関東をつなぐ河川、陸上両交通の結節点に築かれた要衝《ようしょう》である。この城を制さなければ、越後中枢部《ちゅうすう》への侵攻は不可能と言っても過言ではない。しかも、標高六百三十四メートルの峰を頂点として、三方に延びる尾根沿いに多くの曲輪が築かれており、その攻め難さは、北条方将兵が初めて経験するものだった。

氏邦による別働隊を南西の寺ヶ鼻方面に配した氏照は、大手に至る薬師《やくし》尾根から攻め上った。しかし、この攻め口は極めて峻険な上、尾根が痩《や》せており、兵力差にものをいわせることができない。氏邦も状況は変わらず、北条方は無為に死傷者の山を築くだけで、兵を引かざるを得なかった。

一方、氏照、氏邦兄弟が入越したことを知った三郎派の意気は、天を衝くばかりとなり、「この勢いで春日山まで攻め寄せよう」という意見が大勢を占めた。

九月二十五日、全軍を率いた三郎は御館を出陣した。

翌二十六日、春日山と御館の中間地点にあたる大場《だいば》宿で待ち受ける景勝勢との間に、決戦の火蓋が切られた。昼夜を分かたぬ激戦が展開され、決着はつかなかったが、辛くも景勝勢が防衛線を守り切った。しかも、御館への撤退の途中、追っ手がかかり、三百余の将兵が討ち取られたことにより、互角に近い奮戦も、三郎方の無残な敗戦として各方面に伝わった。

これにより、日和見《ひよりみ》をしていた越後国衆も、こぞって景勝派に転じた。

十二

十月に入っても、坂戸城は落ちなかった。

初冬を告げる北風が吹き寄せ、最後に残った木々の紅葉《こうよう》を吹き落としていった。そこかしこの森では、百舌《もず》がけたたましい声を上げて飛び去っていく。

断続的に繰り返された氏照らの猛攻も撥《は》ね返され、北条方の打つ手はなくなりつつあった。季節は冬を迎えようとしており、氏照らにも焦りが募っていた。

「兄者、もうよい。坂戸包囲を上野衆に任せ、われらだけで御館に赴こう」

氏邦が焦慮《しょうりょ》をあらわにして言った。

――新太郎の申す通り、もはや猶予はない。

越後の冬の厳しさは想像を絶するものと聞いていた氏照であったが、まさかここまで坂戸城攻略にてこずるとは思いもよらず、兵たちの蓑《みの》や〝かんじき〟までは用意していない。

「致し方ない。どうだ一庵？」

氏照から意見を求められた軍師格の狩野一庵が、ゆっくりと頭《かぶり》を振った。

「上野衆が敵に寝返れば、われらの退路は塞がれまする。それゆえ、この場を上野衆だけに任せるわけにはまいりませぬ」

「何を無礼な！」

河田ら上野衆が気色ばんだ。

「これはご無礼を。戦とは、あらゆる枝葉《しよう》（要素）を勘案せねばなりませぬゆえ、ご容赦下され」

一庵の正論に、上野衆は口をつぐんだ。

「やはり、この城を落とすほかないということか？」

氏邦が意を決するように言ったが、一庵は首を振った。

「それだけでは足りませぬ」

「と云うと？」

「よしんばこの城を落とせたとしても、ここから続く敵の抵抗を除きつつ、御館に至るには、どれほどの時を要するかわかりませぬ」

一庵がその皺深い顔に、さらに皺を寄せて続けた。

「奥州様、冬という季節がめぐりくる限り、時は敵の味方。敵は冬の到来まで粘り強く抗《あらが》い、われら四万の大軍を越後の雪原に立ち往生させてから、ゆっくりと包囲殲滅するつもりでございましょう」

「坂戸に手間取ったのが、命取りとなったわけか？」

一庵がうなずいた。

「三郎様の御身は大事。しかしながら、お二方が四万の大軍ともども、この地で斃れれば、北条家はどうなるとお思いか。各地の国衆の離反が相次ぎ、小田原はほどなく囲まれましょう」

それこそは、氏照が最も恐れていることでもあった。

――しかし、このままでは三郎を救えぬ。

「兄者、まさか三郎を見捨てるわけではあるまい!?」

憤然として肩を摑んだ氏邦の手を払いのけた氏照は、そのまま瞑目した。

「兄者、三郎は家の都合で越後に送られ、家の都合で見捨てられた。そしてまた、家の都合で見殺しにされるのか！　三郎の人生とはいったい何なのだ！」

「新太郎、見苦しいぞ！」

氏照の言葉に、氏邦が唇を嚙んで黙った。

重い沈黙に支配された陣内に、ちらほらと初雪が降り始めた。

雪片《せっぺん》は楯机《たてづくえ》や諸将の肩に薄く降り積もり、白絹《しらぎぬ》をかぶせたかのように見える。

――雪か。雪といえば、箱根には、いつも雪が降っていたな。

氏照の脳裏に、三郎との思い出がよみがえった。

三郎が箱根権現で修行している頃、氏照は、暇を見つけては様子を見に行った。氏照の来訪を知ると、三郎は真っ赤な頰をして会所まで下りてきた。そして別れ際には、必ず芦ノ湖《あしのこ》畔《はん》まで見送り、名残《なごり》を惜しんでくれた。

その時、交わした言葉が脳裏によみがえった。

「兄者、それがしは坊主になるのは嫌だ。兄者たちのように武士になりたい」

「ばかを申すな。おぬしは聡明だ。衆生《しゅじょう》を救うために仏の教えを学ぶのだ」

「嫌だ！　それがしは、父上や兄者たちのように、一廉《ひとかど》の武士となる！」

「おぬしは知らぬことかも知れぬが、父上は、武士になどなりたくなかったのだぞ」

「えっ⁉」

「父上はおぬしと同じ年の頃、鉄砲の音が恐ろしゅうて武士になりたくないと申し、春松院《しゅんしょういん》（氏綱）様や大叔父《おおおじ》（幻庵）をさんざん困らせたという」

「何と――」

三郎の中で、氏康の虚像が崩れたようであった。

「長じても、父上は戦など嫌いだった。春松院様も大叔父も同じだ。早雲庵様も戦を嫌ったと聞く」

「ではなぜ、わが家は戦に明け暮れておるのですか?」

「この救いようのない世に安寧《あんねい》をもたらすためだ。民が安んじて暮らせる国を創ることが、われら一族の天命なのだ」

「だからこそ、それがしも、そのお手伝いがしたいのです!」

冬空のように澄《す》み切った三郎の瞳が輝いた。

「仏門に入っても、それはできる」

「いいえ、それがしは武士となり、生きる喜びを民と分かち合いたいのです」

「それは立派な心がけだ。その気持ちを忘れず修行に励め。さすれば望みが叶うこともある」

立ち上がった氏照の袖を三郎が摑んだ。

「兄者、その折は、必ず迎えに来ていただけますね？」

「応、必ず迎えに参る」

「約束でございますぞ」

「ああ、箱根権現に誓って迎えに参る」

氏照は、来るたびにその約束をさせられた。それは二人の別れ際の言葉として、いつしか習慣となった。

やがて紆余曲折を経て、三郎は箱根権現を出て還俗し、幻庵の跡取りとなった。しかし、それも三月《みつき》とは続かず、三郎は人質として越後に旅立たねばならなかった。

「三郎を見捨てる――」

喉奥《のどおく》から搾《しぼ》り出すような声で、氏照が言った。

氏邦は背を向けたまま肩を震わせ、諸将は俯き、声を発する者はいない。

――三郎すまぬ。わしは迎えに行くという約束を果たせなんだ。

全軍に撤退命令が出された。

坂戸城の押さえとして占拠した蒲沢城等に上野衆を残し、氏照率いる北条勢主力部隊は、坂戸陣を後にした。居残り部隊は北条《きたじょう》高広に預けられ、河田重親はいったん沼田に戻り、再び蒲沢に補給物資を運び入れることになった。

坂戸山麓から三国峠方面に引いていく三つ鱗《みうろこ》の旗は、坂戸守備兵からも見える。山頂からは歓声が沸き、勝鬨が越《こし》の山々にこだました。

その声を背に受けながら、北条勢は粛々と撤退を始めた。

「春になったらまた来るぞ。待っておれ!」

馬上の氏邦が、山上に向かって喚いた。

一方、氏照は振り向きもせず、この屈辱《くつじょく》を嚙み締めていた。

――三郎、何とか持ちこたえろ。

北風に乗り、吹き下りてくる雪片を背に受けつつ、氏照は三郎に語りかけた。

天正七年（一五七九）一月末、豪雪が一段落した隙を衝き、景勝が動いた。

前年十二月から翌年にかけて、それまで中立的立場を守っていた国衆らが、相次いで景勝の傘下に入り、兵力的にも圧倒的に景勝優位となったためである。

一方、御館に拠る三郎方では兵たちの逃散が相次ぎ、兵力は日増しに落ちていった。

沼田にとどまり、翌春の再侵攻の支度を進めていた氏邦の許にも、その急報が届いた。小田原の氏政と滝山の氏照に飛札を立てた氏邦は、冬季の出陣も視野に入れた支度を始めると同時に、すでに二千の軍勢を率いて蒲沢城に向かっていた河田重親に使者を送り、北条《きたじょう》高広とともに御館に赴くよう要請した。

これを知った景勝は、両勢を掃討《そうとう》すべく、兵を上田庄に向けた。

一方、父北条《きたじょう》高広が再入越したと聞いた景広は、二月一日、御館城を発向、上田庄まで迎えに出ようとした。しかし途中、景勝勢と遭遇《そうぐう》し、壮絶な討死を遂げた。

一方、雪原をものともせず、景勝勢が迫っていることを知った北条《きたじょう》高広は、坂戸城山麓に構えた陣を放棄し、蒲沢城まで撤退した。その他の城に駐屯《ちゅうとん》する北条《ほうじょう》方上野諸将も、それぞれの拠点を放棄し、蒲沢に集結した。

一方、歓喜の嵐に迎えられて坂戸城に入った景勝は、即座に攻勢に転じた。

蒲沢に籠もる北条方上野衆は、四方から攻め込まれ、ほとんど抵抗らしい抵抗もできずに四散した。蒲沢城の隅々まで知り尽くしている上田衆にかかっては、落城は戦う前から決しているようなものだった。

北条方上野諸将は、ほうほうの体《てい》で三国峠を越え、上野国に逃げ戻った。

これにより、事態は一刻の猶予も許さなくなった。

二月中旬、上田庄を確保した景勝勢は、御館に向けて進撃を開始した。そして三月十七日、景勝勢の猛攻の前に、遂に御館は落城した。三郎は与党の堀江宗親の勧めに従い、信越国境にほど近い鮫ヶ尾城に落ちていった。

たまたま上田庄が関東との出入口にあたっていたため、三郎は関東に逃れるわけにいかず、いったん信濃国に向かったのだ。しかし、信越国境では、北条勢がすぐに駆けつけるわけにはいかない。

北条方は、再度の入越軍派遣を取りやめざるを得なかった。

しかも三郎の不運は、これで終わりではなかった。

堀江宗親とともに鮫ヶ尾城に到着した三郎であったが、それを追撃してきた景勝勢にほどなく城を包囲された。

すでに上杉家の家督相続を諦めた三郎は、関東への退去を条件に、和睦の道を探ったが、景勝陣営より出された条件は、「上杉憲政と嫡男道満丸《どうまんまる》を証人として引き渡せば、退去を認める」という過酷なものであった。

宗親の勧めもあり、結局、三郎はその条件に同意した。

しかし、景勝と与六はそれほど甘くなかった。

三月二十二日、二人を証人として受け取ったにもかかわらず、鮫ヶ尾城への容赦ない攻撃が始まった。

しかも、最後の恃みであった宗親とその手勢も、景勝陣営に寝返るに及び、三郎の運命も窮《きわ》まった。実は、ともに御館に籠もっていた頃から、宗親は景勝の意を受けて動いていたのである。宗親の甘言《かんげん》に惑わされ、鮫ヶ尾城に連れてこられた時点で、三郎の死は決まっていた。

景勝と与六は、北条勢が駆けつけられない信越国境に三郎を追い込み、確実に三郎を討ち取るつもりだったのだ。

三郎は勇戦奮闘《ゆうせんふんとう》したが及ばず、遂に本曲輪に押し込められた。

同二十四日、降伏勧告の使者が本曲輪に入り、上杉憲政と道満丸の首を返すに及び、すべての望みを絶たれた三郎は自刃《じじん》した。

上杉三郎景虎、享年二十七――。

運命に翻弄《ほんろう》された白皙《はくせき》の美将は、二度と相模の海を見ることなく、越の山河に散った。

第二章　野州乱刃《やしゅうらんじん》

一

天正《てんしょう》七年（一五七九）、北条《ほうじょう》家は、三郎景虎《かげとら》の仇《かたき》を討《う》つどころではない窮地《きゅうち》に追い込まれつつあった。

七月、北条家と敵対する道を選んだ武田勝頼《かつより》は、常陸《ひたち》の佐竹義重《さたけよししげ》とも攻守同盟を締結、北条包囲網を強化した。北条家は、西に武田、北に上杉、東に佐竹という敵対勢力に囲まれ、関東内で孤立した。

これに勢いづいた勝頼は、駿河《するが》国駿東《すんとう》郡を席巻《せっけん》し、八月には沼津三枚橋《ぬまづさんまいばし》に城を築き始めた。それに呼応して、勝頼家臣の真田昌幸《さなだまさゆき》が、上野《こうずけ》諸将への調略《ちょうりゃく》を展開し始めた。

八月に厩橋《まやばし》城の北条高広《きたじょうたかひろ》を寝返らせた昌幸は、補給路を断たれた阿曾《おぞ》、長井《ながい》坂《ざか》、津久田《つくだ》、猫《ねこ》、見立《みたち》の赤城山《あかぎやま》西麓の北条方諸城を立て続けに攻め落とした。潤沢《じゅんたく》な軍資金を得て、武田勢はまさに水を得た魚のように躍動した。

勝頼と昌幸の圧倒的攻勢に危機意識を抱いた北条氏政《うじまさ》は、九月、東遠江《ひがしとおとうみ》をめぐり勝頼と対立していた徳川家康と攻守同盟を締結した。

早速、家康は高天神城《たかてんじん》を囲み、勝頼を牽制《けんせい》、その隙《すき》に乗じて、氏政は黄瀬川《きせ》の線まで大軍を進め、戸倉《とくら》、泉頭《いずみかしら》両城の構築を開始した。

ちなみに、こちらの戸倉城は檜原《ひのはら》街道沿いにある氏照管轄《うじてるかんかつ》の戸倉城ではなく、駿河国駿東郡の戸倉城である。

これ以後、駿河国を挟んで東西から揺さぶりをかける両軍を相手に、勝頼は東奔西走《とうほんせいそう》することになる。

同じ頃、上方《かみがた》では、謙信《けんしん》の頸木《くびき》から逃れた信長の伸張がめざましく、備前《びぜん》、美作《みまさか》、播磨《はりま》国を平定、謙信亡き後の加賀《かが》、能登《のと》にも再び食指《しょくし》を動かし始めていた。さらにこの年、いよいよ安土《あづち》城が完成、信長は神になるべく、その壮麗《そうれい》な神殿に移った。

武蔵野《むさしの》はすでに紅葉《こうよう》の季節となり、滝山《たきやま》城の眼下を流れる多摩《たま》川河岸の木々も、様々な彩《いろど》りの衣《ころも》をまとい始めていた。

本曲輪《ほんぐるわ》裏手からその景色を見下ろしつつ、氏照は三郎のことを考えていた。

――三郎、さぞ辛《つら》かったであろう。わしとて、おぬしを救いたかった。しかし、己《おのれ》一個の思いだけで、兵を動かすことは叶《かな》わぬのだ。三郎、赦《ゆる》せ。

今年最初の北風が、白いものの混じり始めた氏照の鬢《びん》を撫《な》でていった。

「間宮若狭《まみやわかさ》、罷《まか》り越しました。普請《ふしん》の次第であらば――」

突然、背後から声が掛かり、氏照はわれに返った。

「若狭か――。今日はその話はいい」

綱信《つなのぶ》が意外な顔をした。

いつもは、氏照に普請作事の進み具合を、しつこいほど尋《たず》ねられるからである。

「それでは何用で?」

「京に上ってもらう」

「京とは、京の都のことにございますか?」

「それ以外、何があろう」

当たり前のことを問うてしまい赤面する綱信を笑いつつ、氏照が続けた。

「おぬしも聞き及んでいることと思うが、昨今の信長の勢いは、瞠目《どうもく》すべきものがある。われら三河殿《みかわ》（徳川家康）と結び、武田家に対抗しておるが、信長とも盟約を結ばねば心許《こころもと》ない。雑説によると、信長の甲州征伐《こうしゅうせいばつ》がいよいよ始まると聞く。盟約を結ばねば、武田滅んだ後、信長の矛先《ほこさき》は当家に向けられる」

「その使者にそれがしを？」

「うむ」

「しかし――」

この頃の綱信は、八王子《はちおうじ》城の普請作事で、最も多忙な家臣であった。

「わかっておる。しかし、この務めはおぬしでなければ果たせぬのだ」

「と申しますと？」

「安土の城を見てきてもらう」

「あっ」

綱信が、なるほどと言わんばかりに膝《ひざ》を打った。

「小田原《おだわら》の正使は笠原越前守康明《かさはらえちぜんのかみやすあき》と決まった。おぬしには副使として赴《おもむ》いてもらう。織田家から届いた書状では、岐阜《ぎふ》で滝川左近将堅《たきがわさこんのしょうげん》の出迎えを受け、京で信長に拝謁《はいえつ》の後、安土見物という段取りとなる」

「しかと、承《うけたまわ》りました」

八王子の普請現場に戻った綱信は、不在の間の手配りを済ませ、天正八年（一五八〇）二月、上方に向けて旅立っていった。

天正七年（一五七九）後半、武田陣営対北条家の戦いは、次第に白熱の度を帯びてきた。

十月には、武田家の同盟国となった佐竹義重が、下総《しもうさ》の古河《こが》城と下野《しもつけ》の祇園《ぎおん》城を攻撃、十一月には、武田方となった北条《きたじょう》高広と那波顕宗《なわあきむね》が、北条方の藤田《ふじた》能登守信吉《のぶよし》の守る沼田《ぬまた》城を攻撃した。沼田城は北条領最北端の要衝《ようしょう》だが、厩橋城の北条《きたじょう》高広らの裏切りにより、孤立を深めていた。

ちなみに、景勝により越後《えちご》を追い出された北条《きたじょう》高広は、上州《じょうしゅう》厩橋城に拠《よ》り、国人《こくじん》領主化していた。

年末には、いよいよ勝頼が北伊豆《きたいず》へ本格的侵攻を開始し、「豆州乱入《ずしゅうらんにゅう》、国中《くにじゅう》悉撃砕行《ことごとくげきさいをおこなう》」（『勝山記《かつやまき》』）と記されるほどの暴虐《ぼうぎゃく》の限りを尽くした。

北条方として、沼田城の兵站《へいたん》を担っていた上州白井《しろい》城の白井長尾憲景《ながおのりかげ》と河田長親《かわだながちか》も真田昌幸の調略に応じ、武田方に転じた。比較的、北条家に忠実であった二将が、武田陣営に転じたことは、北条家に衝撃を与えた。

これにより、上州の大半は武田家のものとなった。

天正八年（一五八〇）三月、武田家との熾烈《しれつ》な抗争が繰り広げられている最中《さなか》、北条家の使者である笠原康明、間宮綱信の二人が、京に到着した。

鷹《たか》十三匹、馬五頭を信長に献上した笠原らは、氏政と氏照の書状を手渡し、信長政権の傘下《さんか》に入ることを申し入れた。

「御縁辺相調《ごえんぺんあいととの》え、関東八州御分国《かんとうはっしゅうごぶんこく》に参《まい》る」という書き出しで始まるその書状は、北条領国を信長に献上し、北条家を挙げて信長に臣従することを明らかにしたものである。

一方、関東では、依然として武田陣営が猛威を振るっていた。

金山《かなやま》城主の由良国繁《ゆらくにしげ》、館林《たてばやし》城主の長尾顕長《あきなが》が、北条家を離反するという噂《うわさ》が小田原まで伝わり、氏政は「当方終《つい》には滅亡《めつぼう》に向可《むかうべ》く候哉《そうろうかな》、上州勝頼之物《じょうしゅうかつよりのもの》に罷成候《まかりなりそうろう》」と、愚痴るところまで追い込まれていた。

しかし、三月二十一日、信長との攻守同盟が正式に成立したことで、心配性の氏政も、ようやく愁眉《しゅうび》を開いた。

北条方の反撃が始まった。

氏邦《うじくに》は上武国境倉賀野《じょうぶくにざかいくらがの》で武田逍遥軒《しょうようけん》（信廉《のぶかど》）と衝突、氏政は駿東郡の深沢《ふかざわ》城を攻撃した。四月には、沼津浮島ヶ原《うきしまがはら》（千本浜海岸）沖で両水軍が海戦を展開、五月には、氏照率いる滝山衆が檜原峠《とうげ》を越えて郡内《ぐんない》に乱入、西原で小山田《おやまだ》勢と激突した。

しかし上州では、依然、苦戦が続いていた。

六月三十日、沼田城代《じょうだい》藤田信吉が真田昌幸に降伏を申し入れた。遂に、上野国の要衝沼田城が敵手に落ちたのである。これにより、北条方の上州における拠《きょ》点《てん》は、太田《おおた》、小泉《こいずみ》、館林を残すばかりとなった。

「その絢爛《けんらん》なること、神の館《やかた》のごとし」

滝山城に帰還した間宮綱信の報告を、氏照とその家臣たちは固唾《かたず》をのんで聞き入った。

食い入るように話を聞く氏照の顔も、次第に紅潮していった。

綱信がその豪壮華麗《ごうそうかれい》な建築物の数々に言及すると、家臣団からは、ため息が漏《も》れた。しかも、綱信には絵心があり、多くの素描画《そびょうが》を持参していた。

それを取り合うように見入る重臣たちから、次々と感嘆の声が上がった。

北条家きっての趣味人である氏照は、その天主《てんしゅ》や館群の壮麗な様にも惹《ひ》かれたが、ふんだんに石垣を使った塁壁《るいへき》、そして三間《けん》二尺《しゃく》（約六メートル）にも及ぶ大《おお》手道《てどう》の道幅に、特に関心を持った。

「若狭、その大手道は直道《じきどう》で一町《ちょう》余も続くらしいが、信長は敵に攻め込まれたら、どう対処するつもりなのか？」

「彼《か》の城は、敵に攻め込まれることを想定しておりませぬ」

「何と――」

「おそらく、その威厳をもって、四海《しかい》を統《す》べることを目指した城ではありますまいか」

信長の城は、氏照の想像の範疇《はんちゅう》を超えていた。氏照は、針鼠《はりねずみ》のような防御施設を持つ堅固な城を想定していたが、事実はその逆だった。

――天下人《てんかびと》の城とは、かくも堂々たるものなのか。

東国《とうごく》では、実戦を念頭に置いた技巧的な山城《やまじろ》がいまだ主流であり、敵など眼中にない〝統治の象徴としての城〟という信長の概念は、新鮮を通り越して驚異ですらあった。覇道をひた走る信長は、自らの使命は天道に適《かな》ったものと、周囲に宣言するかのごとく、芸術作品としての城を築いたのだ。

――彼の男は神になる気か。もしくは本当に神なのか。

しばし茫然《ぼうぜん》とした氏照であったが、気を取り直したように綱信に問うた。

「若狭、わが城の大手道も、道幅を大きく取った直道とできぬものか?」

その言葉に、素描画を取り合っていた家臣たちも静まり、上座を仰《あお》ぎ見た。

「なるほど――」

首をかしげる綱信に代わって、近藤綱秀《つなひで》がその自慢の顎鬚《あごひげ》をしごきつつ、自信ありげに答えた。

「仰《おお》せご尤《もつと》も。敵を惣構《そうがま》えで撃退するつもりであらば、大手の道幅を広げたところで、差し支えございませぬ」

「いや、もしもということもある。敵を惣構えの内に入れても、道幅を狭く取り、屈曲させ、撃退し易くしておくことが肝要ではないか」

何事にも慎重な横地《よこち》監物《けんもつ》が反論した。

「大手道に並行して走る城山川《しろやま》を各所で屈曲させれば、大手道に対し、横矢《よこや》も掛けやすい。さすれば、道幅を広く取り直道にしても、防御に不安はない」

大石照基《てるもと》が折衷案《せっちゅうあん》を提案した。

「同じく、大手道に並行して走る太鼓《たいこ》曲輪の山麓《さんろく》に、幾重《いくえ》にも曲輪を築き、横矢が掛けられるようにしておけばよい」

「しかし、大手が直道では、敵が万余の大軍であらば、いくら防備を厳《げん》にしても、防ぐのは容易でないぞ」

金子家重《いえしげ》が不安げに首をかしげた。

近藤綱秀同様、家重も深沢山《ふかざわやま》近くを本拠とする在地土豪《ざいちどごう》出身であるため、この辺りの地形には詳しい。

「ご一同、ここは若狭殿のご意向を伺《うかが》ってみたらいかがであろうか?」

狩野一庵《かのういちあん》が提案した。

古参家臣に気圧《けお》されつつも、綱信が口を開いた。

「敵が万を超える大軍であらば、惣構えの線で防ぐほかありませぬ。しかし、敵兵力がそれ以下であらば、万が一、敵の侵入を受けても、太鼓曲輪や城山川の屈曲により、防ぐことはできまする」

控《ひか》えめな口調ながら、綱信はきっぱりと言い切った。

「相手が万余を数える大軍であらば、惣構えを突破されると、落城を覚悟せねばならぬということか?」

氏照の問いかけに、家臣たちにも緊張が走った。

「むろん、大手道の守りに割《さ》ける守備兵力次第でございますが――」

「五千ならどうだ?」

「大手道の守備にそれほど割けるなら、敵に惣構えの線を突破されても、何とか防げるかと。しかし、敵が二万を超えるとなると――」

「大手の攻撃だけに、二万も割ける敵はおるまい」

八王子城には、詰城《つめじろ》としての要害性を持たせつつも、北条家の統治の象徴として〝見せる〟要素も、氏照は取り入れるつもりであった。

「よし、安土の大手道が三間二尺の道幅なら、こちらは宗尺《そうしゃく》四間（約八メートル）幅の大道《だいどう》を造ろう！」

氏照の脳裏《のうり》には、大木戸口《おおきど》から御主殿《ごしゅでん》まで十五町余（約一・六キロメートル）も続く直線道がすでに描かれていた。

二

天正八年（一五八〇）八月、四十三歳の氏政は、十九歳の嫡子氏直《ちゃくしうじなお》に家督《かとく》を譲った。むろん先代氏康《うじやす》同様、当面、氏政は当主後見として、実権を掌握《しょうあく》し続けることになる。

この突然の家督譲渡には、理由《わけ》があった。

織田家との同盟締結にあたり、氏直の正室に信長の息女を迎え入れたい旨《むね》を申し入れた北条家に対し、氏直は世継ぎでしかないので、信長息女の輿入《こしい》れ先としては物足りないという返答があり、急遽《きゅうきょ》、氏直を当主に引き上げる必要が生じたのである。

こうして北条家は、新当主氏直を中心に、巨大勢力が角逐《かくちく》する戦国時代終盤に突入していくことになる。

その頃、上方では、十一年の長きにわたる石山本願寺《いしやまほんがんじ》との抗争を終結させた信長が、天下統一に向かい、着実に歩を進めていた。

信長の次なる狙いは、父祖の代からの仇敵《きゅうてき》武田家であった。

しかし、すでに関東では、信長、家康、氏政の三国同盟に先んじて、勝頼と佐竹義重の甲佐《こうさ》同盟が機能し始めていた。

九月、佐竹義重は下野国侵攻を開始、北条方だった壬生義雄《みぶよしお》、佐野宗親《むねちか》の調略に成功した。一方、十月初旬、勝頼は上野国に侵攻、膳《ぜん》、大胡《たいこ》、山上《やまがみ》の三城を攻略した。これにより、由良国繁、長尾顕長の兄弟も、武田陣営に属することになり、氏政の杞憂《きゆう》は現実となった。

上野国における北条方有力国衆《くにしゅう》は、邑楽《おうら》郡小泉城に本拠を置く富岡六郎四郎秀高《ひでたか》を残すばかりとなった。

さらに十一月には、下野国衆の皆川広照《みながわひろてる》も佐竹家に従属することになり、下総の重要拠点である逆井城《さかさいじょう》も落城に追い込まれた。

武田、佐竹両軍は、まさに天を衝《つ》くばかりの勢いで、北条領国を侵し続けた。

天正九年（一五八一）正月、小田原城内評定《ひょうじょう》の間において、上野戦線の維持に手一杯の氏邦を除いた一族、重臣が一堂に会し、大評定が開催された。

この評定は、織田家の甲州征伐に際して、北条家の対応を決める重要なものであった。

織田家から甲州征伐の正式表明はなされていないものの、各方面から入る情報は、その実現がそれほど先でないことを示唆《しさ》していた。

信長への合力《ごうりき》を惜しまないことで、意見の一致は見たものの、いまだ信長に不信感を抱く者も多く、どのように甲州征伐を手伝うかで、議論は白熱した。

「織田家の甲州征伐は間近。こちらから乞《こ》うて同盟したからには、われら誠心誠意《せいしんせいい》、右府様《うふ》（信長）に尽くすことが肝心」

徹底恭順《きょうじゅん》論を展開する氏規《うじのり》に対し、氏照が反駁《はんばく》した。

「いや、信長との同盟は一時《いっとき》のもの。われらの関東経営と信長の天下布武《てんかふぶ》は、しょせん相容《あいい》れぬものだ。武田を滅ぼすことに異存はないが、信長を信ずることには賛同しかねる。信長は、己《おの》が頂点に君臨することを正義とし、その当《あ》て所《どころ》（目的）を成すためには、信義など平気で踏みにじれる男だ。しかも民《たみ》に対する仕打ちは過酷《かこく》。己の領国の民からは搾《しぼ》れるだけ搾り、敵国の民は殺し尽くす。到底、われらとは相容れぬ考えの持ち主だ」

「いかにもその通り。信長ごときを信ずれば、武田の次に、われらが狙われること必定《ひつじょう》。甲州攻めなどに荷担せず、国境の防備を固め、信長の関東侵攻に備えるべし」

氏照に続いて大道寺《だいどうじ》政繁《まさしげ》が持論を述べたが、これには、松田憲秀《のりひで》が反駁した。

「そうは申しても、信長との同盟を乞うたのは、われらの方ではないか。少なくとも、信長の姫が大途《たいと》（氏直）に嫁《とつ》ぐまでは、信長の云うなりになっておく方が無難だろう」

氏政が、下膨《しもぶく》れの頬《ほお》を震わせつつ口を開いた。

「確かに、われらは長きにわたり武田四郎に煮え湯を飲まされてきた。信長に馳《ち》走《そう》し、武田家を滅ぼすことに異存はない。しかし四郎とて、そう易々と負けるとも思えぬ。われらをこれだけ苦しめてきた相手だ。信長とて、相当の苦戦を強いられるに違いない」

「すなわち――」

氏照が氏政の言葉を引き取った。

「まずは上州と河東表《かとうおもて》をわが領土として確保し、戦いの趨勢《すうせい》を見極めることが肝要――」

「しかも、四郎の許には桂《かつら》がおる。下手《へた》をすると、桂が殺される」

氏政がその額《ひたい》に苦渋《くじゅう》をにじませた。

天正五年（一五七七）、武田家との〝筆あらため〟（同盟批准）に際し、氏政は妹の桂姫をその正室として嫁がせていた。その桂姫は、氏政からの再三にわたる帰還要請にも応じず、いまだ甲斐《かい》にとどまっている。

氏照とて同感である。

すでに前夜、じっくりと氏政と語らい、二人の方針は一致させている。

「おそらく四郎は相当な抵抗を見せるだろうが、信長勢には敵わぬはずだ。四郎は次第に圧迫され、郡内に逃れるであろう。そこにのこのこ出かけては、敵の死に物狂いの反撃に遭《あ》い、わが方の被害も甚大《じんだい》となる。信長の要請に従い、形だけ兵を出すとしても、武田勢主力との決戦を避け、上州と河東表を占領し、領有の既成事実を作るまでだ」

有無を言わさぬ口調の氏照に対し、氏規も引かなかった。

「兄者、右府様を甘く見ると、ひどい目に遭いますぞ。日和見《ひよりみ》は、右府様の最も嫌うところなのをご存知ないか！」

「われらに正説（正確な情報）を渡さず、家康ごときと、こそこそやり取りしているる姿を見れば、信長の思惑《おもわく》は明白。手負いの甲州勢を関東に追い込み、われらと決戦させ、われらも疲弊《ひへい》したところで一気に関東に侵攻するつもりであろう」

「天下に号令しようという右府様が、そこまで義を違《たが》えることはない！」

「ではそなたは、絶対に信長が裏切らぬと申すのか？」

「それは――」

さすがの氏規も言葉に詰まった。

これを機に、それまでは氏規の意見に従っていた松田憲秀らも、氏政と氏照の方針に傾いた。

「信長には徹底して恭順の姿勢を示すが、此度《こたび》の甲州征伐への進んでの馳走は差し控える。われらの当て所は、上州と河東表の確保とする」

最終的に決定した方針を氏政がまとめ、氏直に了承を求めた。

氏直がうなずき、何か付け足そうとするのを、「余計なことを云うな」と言わんばかりに、氏政が視線で制した。

氏直はぐっと押し黙り、不服そうに横を向いた。

三

天正九年（一五八一）三月、武田家先方衆《さきかたしゅう》の守る遠江の要衝高天神城が、徳川勢の猛攻を受けて落城した。高天神城は、武田家にとり盛衰《せいすい》の分岐点ともいえる重要拠点である。これにより、武田家の退潮《たいちょう》は明らかとなった。

嶋之坊《しまのぼう》により、その報は、すぐさま滝山城にももたらされた。

——まさか、これほど容易に、高天神が落ちるとは思わなんだ。しかも四郎は、高天神を救援せず、見捨てたという。

知らせを受けた氏照は驚きを隠し得ず、茫然とした。

——なぜ四郎は、高天神に籠《こ》もっていた駿河や信濃《しなの》の先方衆を見捨てたのか。

すでに四郎には、高天神を救う余力すら残されていなかったのか。

これにより、武田家の威信は失墜《しっつい》し、国衆の離反が相次ぐことは確実だった。

——われらは、武田家の力を買いかぶっておるのやも知れぬ。

氏照の脳裏に不安がよぎった。

——もしも、われらの想像を上回る早さで、武田家が瓦解《がかい》したらどうなる。われらが様子を見ているうちに、武田領全域を信長に押さえられてしまうかも知れぬ。そうなってからでは遅い。われらも武田領を東から侵食し、武田家滅亡後の信長に対する防衛線を、拡張しておくべきやも知れぬ。

「すぐに小田原に参るぞ」

左右に控える近習《きんじゅ》にそれだけ言い残し、氏照は厩《うまや》に急いだ。

馬を飛ばして小田原に着いた氏照は、自らの小田原館にも寄らず、氏政の許に直行した。

隠居した後の氏政は、本曲輪の当主館を氏直に譲り、山ノ神台《やまのかみだい》の鄙《ひな》びた山荘に移っていた。

その山荘に設けられた風雅《ふうが》な一室で、二人は向かい合った。

「おぬしの申すことも、尤もだがな――」

「高天神が武田家盛衰の分岐点なのは、ご存知の通り。しかも、四郎は城に籠もった先方衆を見殺しにした。向後《こうご》、武田家に支配されてきた国衆たちの心は離れる。今こそ、上州、河東表のみならず、甲斐郡内、あわよくば甲斐国全域までも併呑《へいどん》する好機――」

「評定で決まったことを、わしらの手で覆《くつがえ》すことになるぞ」

「すべての大事を、いちいち評定にかけていては、埒《らち》が明きませぬ」

氏照の鋭い眼光を外した氏政が、ため息をついた。

「おぬしは賢いの」

「えっ」

「賢いだけでなく、果断に富んでおる。父上はおぬしの中に己を見ていた。おぬしこそ、大所帯となった北条家の舵取《かじと》りを任せられる男だと思っておったのだ。

わしは小心の上、何ごとにも慎重に過ぎる。父上は、おぬしに家を継がせるべきだったのだ。さすれば今頃は、関八州《かんはっしゅう》を制し、信長ごときに頭《こうべ》を垂れることもなかったはずだ」

「兄者、それは違う」

氏照が膝《ひざ》を進めた。

「北条家は、兄者なくしては立ち行かぬ。これまで、われら兄弟が結束してこれたのも、度量のある兄者が上に立っていたからだ。それを父上は見抜いていた」

「本心からそう思ってくれるなら、わしも嬉しい。しかしな、わしはもう疲れた。関八州に王道楽土《おうどうらくど》を築くなどという父祖代々の大それた存念を、わしは実現する器《うつわ》ではなかったのだ」

肉体だけでなく精神的にも、氏政に老いの影が忍び寄っているのは、まごう方なき事実であった。

――やはり当主とは、並外れた心労を強いられるものなのだな。

しばらく会わない間に、氏政は当主ではなく一人の兄に戻っていた。

氏照にとり、それが嬉しくもあり、また寂しくもあった。

「兄者、気をしっかりとお持ち下され。隠居したとはいえ、兄者なくしては、大途は何もできませぬ。このままでは、大途は助五郎（氏規）や板部岡《いたべおか》（江雪《こうせつ》）ら、西国《さいごく》に媚《こび》を売る者らの思うまま。さすれば、われらは父祖の存念を捨て、悪逆非道を尽くす信長の一配下に過ぎなくなりまする」

西国政権との融和を唱える穏健派の氏規とその一派は、最近、氏直の信任を得て、強硬派の氏政、氏照との距離を置き始めていた。

「息子どころか、わしはもうおぬしら兄弟を束ねていくこともできぬ」

「何を仰せか――」

「おぬしと助五郎は反目し、新太郎は小田原に寄りつきもせぬ。もう兄弟はばらばらだ。それもこれも、愚かなわしが武田四郎ごときを信じて、三郎を見殺しにしてしまったからだ」

「兄者、その策を申し出たのはわしだ。わしが三郎を殺したのだ！」

唇《くちびる》を噛《か》んで顔をそむけた拍子に、熱いものが頬を伝った。

「源三《げんぞう》（氏照）、わしは、もう身内が殺されるのを見とうはない。わしらが信長に先んじて武田領に侵攻を開始すれば、勝頼は怒りに任せ、桂を殺すであろう」

膝がぶつかるほど、氏照が膝行《しっこう》した。

「兄者、嫁にやった時点で、桂はすでに武田家の者。その生死は四郎に委《ゆだ》ねられておる」

「それは、わかっておるが――」

「ここはわが家の正念場《しょうねんば》。信長が動き出す前に、寸土《すんど》でも武田の領土を奪い取り、それらを半手《はんて》（緩衝地帯）として、関東の地を安定させるほか、道はない」

氏照の語った作戦はこうである。

徳川勢におびき出された勝頼が遠江に向かうのを確認した氏政は、黄瀬川河畔《かはん》まで進み、長久保《ながくぼ》、沼津三枚橋等の武田方諸城を攻める。同時に、氏照は郡内に侵攻を開始し、小山田信茂《のぶしげ》に降伏を勧める。さらに、氏邦を上州まで進出させ、真田勢を引きつけると同時に、近隣の国衆に離反を呼びかける。

「大井川《おおいい》の線で徳川勢を押しとどめるため、必ず四郎は遠江に向かう。その間隙《かんげき》を縫《ぬ》い、われらが三方同時に兵を動かせば、労せずして、上州、河東表、郡内が手に入るはず」

「そんなことをすれば、甲州征伐後、信長はわれらを圧迫してくるであろうな」

「この世は実力次第。彼の者こそ、その体現者ではありませぬか。われらの領有の既成事実に文句をつけることで、世の信望を失うのは信長でござろう」

「実力の世にそれを否定すれば、信長の威信も失墜するというわけか？」

「いかにも」

「おぬしの考えはよくわかった。しかし、桂だけでも何とか取り戻せぬものか」

「そこまで四郎を詰めておけば、いかようにも策を講じられます」

「それならばよいが――」

「兄者、北条家百年の計は、今この時にかかっておりまするぞ」

「わかった。氏直の許に参るぞ」

氏照を伴い本曲輪に向かった氏政は、氏直に作戦の要諦《ようてい》を告げ、決断を迫った。たまたま氏規が不在であったため、氏政と氏照の勢いに圧倒された氏直は、評定を経ずして、作戦実行を承認した。

四

天正九年（一五八一）五月、勝頼が遠江方面に出陣したことを知った氏照は、滝山衆、津久井《つくい》衆、檜原衆など総勢七千余騎を率いて小仏峠を越えた。

出陣前、氏照は〝霞《かすみ》の衆《しゅう》〟を使い、郡内侵攻作戦をさかんに武田領内に触れさせていたため、小山田信茂は軍勢を率いて郡内に戻っていた。

譲原《ゆずりはら》、小郷《こごう》に布《し》かれた上野原《うえのはら》加藤氏の防衛線を難なく突破した氏照らは、逃げる加藤景忠《かげただ》勢を追うように猿橋《さるはし》宿まで進んだ。

物見を放って調べさせたところ、小山田勢を主力とした郡内衆は、甲斐国東部の要衝岩殿《いわどの》城に集結しているらしく、富士道を一里《り》ほど南に下った小山田氏の本拠である谷村館《やむらやかた》とその詰城である勝山《かつやま》城は、すでにもぬけの殻《から》だという。

早速、氏照は投降を呼びかける使者を岩殿城に遣《つか》わしたが、最初の使者は門前払いを食らわされ、得るところなく引き返してきた。

氏照は、峻険《しゅんけん》な山城である岩殿城を容易に抜けないことを知っていた。そのため、攻城を避け、戦わずして小山田一族とその寄子《よりこ》国衆たちを傘下に取り込もうとした。

――我慢比べになるな。とはいっても、機を見るに敏《びん》な小山田出羽のことだ。

昨今の武田家の衰運を見て、思うところがあるに違いない。

小山田一族は甲斐国都留《つる》郡に根を張る在地国人であり、武田傘下の国衆の中で、最も独立の気風が強い一族である。武田家と同格の意識が強く、今は武田家に従ってはいるものの、かつては甲斐国を二分していた時期もあった。

すでに猿橋滞陣は三月《みつき》を越し、九月に入っていた。

この間、氏政率いる北条家主力部隊は、駿東郡の黄瀬川河畔まで進出し、攻勢に転じていた。八月には、武田方の重要拠点である長久保城を攻略し、沼津三枚橋城に対しても、断続的に攻撃を仕掛けていた。

駿河湾をめぐっての水軍戦も活発になり、北条方水軍が沼津浮島ヶ原に艦砲射《かんぽうしゃ》撃《げき》を行うなど、武田方に対する北条方の圧力が、徐々に強まっていった。

しかし、佐竹義重、佐野宗綱《むねつな》らによる北条方の下野榎本《えのもと》城、同祇園城攻めも活発化してきたため、氏照はそちらにも兵を割かねばならず、岩殿城への力攻めは、事実上、不可能になっていた。

「武田領内の城を攻めるなど、夢のようなことでござる。八王子城創築の頃、奥《おう》州《しゅう》様の申された言葉が、まさに現《うつつ》となりましたな」

猿橋宿に設けた仮陣屋で、ともに中食《なかじき》を摂《と》りつつ、横地監物が言った。

「まさしく、感慨《かんがい》深いことだ」

「あれだけ強かった武田家は、どこへ行ってしもうたのか――」

「ゆめゆめ、われらも油断せぬことだ」

自らを戒《いまし》めるように氏照が言った時、使番《つかいばん》が駆《か》け込んできた。

「岩殿城より、使者来着！」

「来たか！」

箸《はし》を擱《お》いた氏照は、床机《しょうぎ》を蹴《け》って立ち上がった。

瞬《また》く間に楯机《たてづくえ》の上の中食が片付けられ、陣幕内に使者が招き入れられた。

使者は齢《よわい》六十を超える強面《こわもて》の老人である。

「小山田家筆頭家老《ひっとうかろう》、奥秋加賀守房吉《おくあきかがのかみふさよし》に候。主《あるじ》小山田出羽守より交渉を承り、罷り越したる次第」

「大儀である。すでに申し伝えてある通り、小山田殿は当家とも深い関わりのあるお方。けっして粗略には扱わぬ」

「わかりました。ただし、当方にも条目がござる」

渋柿を食らったような厳しい面持《おもも》ちで、奥秋加賀が続けた。

「この決断には、われらも命運を賭《か》けております。それゆえ、岩殿城を明け渡し、郡内を献上する代わりに、武田家滅亡のあかつきには、われらに甲斐一国、お任せいただきたい」

城を囲まれた孤立無援《こりつむえん》の軍のものとは、到底、思えない口上《こうじょう》であるが、信茂が出してくるであろう条件については、氏照はすでに氏政と談合《だんごう》済みであった。

「その件、確かに承った。四郎滅亡のあかつきには、甲斐一国を小山田殿の差配に任せる」

しかし奥秋加賀は、その言葉に喜ぶ風もなかった。

「ご無礼ながら、わが主小山田出羽申すには、相州《そうしゅう》御屋形《おやかた》様（氏直）の判物《はんもつ》をいただくまでは、梃子《てこ》でも動かぬとのこと」

判物とは、花押《かおう》の付された公式文書をいう。主従関係では、所領安堵《あんど》状など、重要なものにだけ使われていた。

「何と無礼な！　立場をわきまえろ！」

近藤綱秀が怒声《どせい》を上げ、居並ぶ氏照の幕僚《ばくりょう》たちも鼻白《はなじろ》んだが、奥秋加賀は動じる素振りさえなく反論した。

「恐れながら、甲斐一国を奥州様から賜《たまわ》ったとしても、信長来たれば、空証文《からしょうもん》となるは明白。しかし、信長の娘御を内室に迎える相州御屋形様の判物があらば、信長とて、無下《むげ》に反故《ほご》にするわけにもまいらぬはず」

——そうなれば、小山田一族は信長の傘下でも安泰《あんたい》というわけだ。

幕僚たちが注視する中、氏照は瞑目《めいもく》した。

——兄者とともに北条家を守《も》り立ててきたわしの権威も、兄者の隠居とともに、徐々に弱まりつつあるのか。

氏照は、この時ほど、それを痛感させられたことはなかった。

——致し方ない。

意を決するがごとく、氏照が目を開いた。

「委細、承知いたした。甲斐一国の安堵のこと、小田原より大途の判物を届けさせる。ただし、到着までに十日余はかかる。それゆえ、徐々に開城の支度《したく》に掛かっていただきたい」

「承知いたした」

一礼した奥秋加賀は、来た時と変わらぬ渋面《しぶつら》を提《さ》げて帰っていった。

しかし、氏照の知らぬ間に、事態は意外な方向に進んでいった。

天正九年（一五八一）十月二十七日、戸倉城代笠原政晴《まさはる》が、武田方に寝返り、駿東の要衝戸倉城を明け渡したのだ。

政晴は北条家筆頭家老松田憲秀の養子であり、かつて男子のいなかった憲秀の家督継承予定者でもあった。その政晴が、勝頼の甘言《かんげん》に乗って北条家を裏切るとは、誰も予想だにしなかった。

黄瀬川河畔に陣を布く氏政率いる主力部隊も、退路を扼《やく》される前に陣を払い、小田原に退去した。

一方、戸倉城寝返りの報は、すでに岩殿城にも届いているらしく、再三の会談要請にも信茂からの返答はなかった。

信茂も、迷いに迷っていたのである。

いずれにしろ、笠原政晴の裏切りにより、織田、徳川連合軍が武田領に攻め寄せる前に、北条家の手により、上野、駿東郡はもとより、あわよくば甲斐国まで確保しようという氏照の構想は水泡《すいほう》に帰《き》した。

「何ということだ」

氏照は茫然自失《ぼうぜんじしつ》した。

「かくなる上は、力押しに攻め寄せて、岩殿を落とすしかありますまい！」

「いや、岩殿は容易に落ちぬ。すでにわれらの兵糧《ひょうろう》も尽き始めている。冬がくる前に撤兵すべし」

近藤綱秀の強硬策を、狩野一庵が一蹴《いっしゅう》した。

「わかった」

氏照は、郡内からの撤退を決意せざるを得なかった。

街道を渡る風はすでに冬の気配を帯びており、桂川の水面《みなも》に霧《きり》が立つ寒い朝であった。

五

天正十年（一五八二）二月、武田領国最西端の国人である木曾義昌《きそよしまさ》が、武田家から離反したのを機に、信長の甲州征伐が開始された。織田方は、野火《のび》のような勢いで伊那谷《いなたに》を北上し、松尾《まつお》、飯田《いいだ》、大嶋《おおじま》などの武田方防衛拠点を次々と手に入れた。

武田家親類衆の穴山梅雪《あなやまばいせつ》が、すで領国を家康に献上し、織田方の一将として甲州征伐に参陣しているという噂まで、小田原には伝わってきていた。

こうした情報は、同盟国である織田、徳川双方からは一切なく、北条家は自ら情報網を駆使せねばならなかった。

織田方の一員として、北条家が重い腰を上げたのは、勝負の趨勢が決した後の二月も押し迫った頃だった。それというのも、こうした情報の途絶が原因であった。

二月二十七日、駿河の戸倉城際まで迫った北条方は、笠原政晴に降伏開城を迫った。万事休《ばんじきゅう》した政晴は、詫《わ》びを入れて降伏し、北条家帰参を許された。

しかし、この時、政晴とともに戸倉城に籠もっていた武田勢は、降伏をよしとせず、抵抗したため、攻め寄せた北条方により、「凶徒千余人一人も討ち取り洩《も》らさず」（北条家家臣山角康定《やまかくやすさだ》書状）という惨事となった。

東駿河における武田家の退潮には、著《いちじる》しいものがあった。

戸倉城を奪還した北条方は、二月二十八日に沼津三枚橋城を、三月一日に深沢城を、翌二日には吉原《よしわら》城を攻略した。

後手に回ったとはいえ、当初の方針通り、北条家は織田、徳川連合軍の攻勢に便乗するかのように、富士川以東の河東地域を掌握した。

三月二日、織田方の猛攻により、信州《しんしゅう》の要衝高遠《たかとお》城が落ちたことで、武田家の命運は決した。高遠城に後詰《ごづめ》すべく茅野《ちの》の上原《うえはら》城まで来ていた勝頼は、甲斐本国での決戦を決意し、新府《しんぷ》城まで撤退した。ところがその途次《とじ》、将兵の逃亡が相次ぎ、新府城に戻った勝頼には、一千ほどの手勢しか残されていなかった。これでは広大な新府城を守れない。致し方なく勝頼は、新府城を破却《はきゃく》の上、さらに東に逃れた。

この時、真田昌幸の提唱する上州岩櫃《いわびつ》城への撤退案に、いったんは同意した勝頼であったが、昌幸が受け入れ準備で先行した後に翻意《ほんい》、小山田信茂の勧める郡内岩殿城への撤退を決めた。ところが、これが裏目に出る。

三月九日、勝頼一行が笹子《ささご》峠に至った時、信茂の手勢が峠から鉄砲を撃ち掛けてきた。信茂謀反《むほん》を覚《さと》った勝頼は、再び岩櫃城を目指すことにし、天目山《てんもくざん》に分け入った。しかし十一日、滝川一益《かずます》、河尻秀隆《かわじりひでたか》ら織田家先手衆《さきてしゅう》に捕捉《ほそく》され、一戦交えた後、自刃《じじん》して果てた。

武田勝頼、享年三十七。ともに自刃した嫡男信勝《ちゃくなんのぶかつ》は、わずか十六歳であった。ここに、新羅《しんら》三郎 源 義光《みなもとのよしみつ》以来、東国に武威《ぶい》を誇った甲斐源氏《かいげんじ》嫡流武田家は滅亡した。

勝頼正室の桂姫も自害して果てた。「小田原へ落ちろ」という勝頼の勧めを断っての自害だった。その死に様は、氏康息女の名に恥じないものであった。

三月十三日、甲州征伐の終了を宣した信長は、勝頼父子の首実検《くびじっけん》を行い、その首を京都に送った。

大義名分のない戦《いくさ》で武田家を滅ぼし、これといった罪状もないまま、三条《さんじょう》河原《がわら》に首まで晒《さら》した信長の行為は、京の庶民《しょみん》の心胆を寒からしめた。

土壇場《どたんば》で勝頼を見限った小山田信茂はその不忠を咎《とが》められ、助命を乞うたにもかかわらず、嫡男もろとも処刑された。


武田家滅亡の報は滝山にも届いた。あまりに呆気《あっけ》ない武田家の最後は、氏照にとっても想定外の事態であった。氏照の誤算は、手負いの獅子《しし》となった甲州勢が、西武蔵に乱入してくることを、過度に警戒したことにあった。

追い詰められた軍勢と一戦を交えることは、勝ち戦になっても損害は大きい。

しかも、無敵を誇った武田軍団である。敵味方となりつつ、長年にわたりその力を目《ま》のあたりにしてきた者だけが知る過大評価が、そこにはあった。

長篠《ながしの》以来、衰退しつつあったとはいえ、武田家が十分に余力を残している証《しょう》左《さ》は、そこかしこに見られた。現にこの一年間、北条家に対し、互角以上の戦いを繰り広げてきた武田家である。余力十分と見ることは、無理からぬことでもあった。


――信長とは、かくも強き者なのか。

氏照は、信長軍団のとてつもない強さを思い知った。

いずれにしても、甲州征伐に積極的に荷担せず、旧領確保だけに兵を動かした北条家を、信長が快く思っているはずがなかった。

――同盟関係にあるとはいえ、信長にとり、北条家は仮想敵の一つに過ぎないのだ。早晩、織田と手切れとなるつもりで、方策を練らねばならぬ。

この時、氏照は、信長の出方次第では、一戦をも辞さぬ覚悟でいた。

「桂姫の菩提《ぼだい》を弔《とむら》うべく、一曲献じましょう」

襖《ふすま》の向こうから浅尾彦兵衛《あさおひこべえ》が声を掛けてきた。

「うむ――」

月明かりに照らされて影となった彦兵衛が、横笛を吹き始めた。

その心地よい調べが、桂姫の思い出を呼び覚ました。

――いかなる気持ちで、桂は最期《さいご》を迎えたのか。

氏照の記憶にある桂は、いつも笑顔を絶やさない明るい娘であった。勝頼との婚礼が決まった折も、嫌な顔ひとつせず、甲相の紐帯《ちゆうたい》となるべき己の使命をよく心得ていた。

——越後に向かった三郎同様、甲相の絆《きずな》として武田家に嫁いだにもかかわらず、運命《さだめ》に翻弄《ほんろう》され、己の命さえも絶たねばならなかった桂。おぬしは己の思うままにならない人生を、いかに思ったのか。

三郎に続き、桂姫が、氏政の兄弟姉妹において二人目の犠牲者となった。

——「小田原に帰れ」という四郎の勧めを拒んで、桂は自決したと聞いたが、おそらく己の死だけは、己の意志で決めたかったのであろう。

彦兵衛の笛は、いつしか物哀しい調べを奏《かな》でていた。やがて襖を開けて広縁《ひろえん》に出た氏照も、〝大黒《だいこく》〟を取り出し、彦兵衛に和した。二人の笛の音は、天空をさまよい、やがて桂の眠る天目山に流れていった。

織田家と北条家の関係は、深刻な事態に陥りつつあった。

上諏方《かみすわ》に滞在する信長の許に、武田家討滅《とうめつ》の祝賀使《しゅくがし》として赴いていた板部岡江雪から、その知らせが届いたのは、三月末であった。

「此度の北条家の戦ぶりは真《まこと》に怠慢《たいまん》。甲斐に侵攻せず、上野国と河東表の確保に奔走《ほんそう》する姿は真に浅ましい。さらに、すでに織田方が確保していた富士大宮《ふじおおみや》、本《もと》栖《す》を焼き払ったことは不届き千万。よって北条家への恩賞はなし。即刻、上野国と河東表から立ち退《の》かれよ！」

　と、信長は断固たる態度で江雪に申し渡したという。

　しかし、北条家が本気で甲斐国に侵攻したらしたで、信長を不快にさせたことは間違いなかった。つまり、どういう動きを示そうが、北条家が信長に認められるはずもなかったのだ。

　江雪は弁明を試みようとしたが、信長は申し渡しが終わるや、足早に奥に消えた。以後、再三にわたる懇請《こんせい》にもかかわらず、信長は二度と姿を現さなかったという。

　四月二日、信長は占領地の知《ち》行《ぎょう》割《わ》りを行った上、国掟《くにおきて》を定め、都に戻っていった。武田遺領の知行割りは以下のようになった。

河尻秀隆　穴山領を除く甲斐国、信濃国諏方郡

徳川家康　駿河国

滝川一益　上野国、信濃国小県《ちいさがた》郡、佐久《さく》郡
森長可《もりながよし》　信濃国高井《たかい》郡、水内《みのち》郡、更級《さらしな》郡、埴科《はにしな》郡
木曾義昌　信濃国木曾郡、安曇《あずみ》郡、筑摩《ちくま》郡
毛利秀頼《もうりひでより》　信濃国伊那《いな》郡

北条家が手にできると思っていた駿河国は徳川家康に、上野国は滝川一益のものとなった。しかも、一益は東国奉行《とうごくぶぎょう》（関八州目付役《めつけやく》、東国取次役《とりつぎ》）にも任命され、北条家の関東支配は否定されることとなった。

まがりなりにも織田方として甲州征伐に参加しながら、北条家はすでに獲得していた東上野、駿東郡の領有権をも剝奪《はくだつ》されたのだ。

四月から五月にかけて、北条家は興国寺《こうこくじ》、沼津三枚橋等の駿河国諸城を徳川家に引き渡し、上野国の傘下国衆たちの城からも軍勢を引き揚げた。さらに、下野国における北条家の権益も認められず、氏照が所有していた下野小山《おやま》の祇園城も、小山秀綱《ひでつな》に返還された。

六

天正十年（一五八二）五月、その風雅な檜皮葺《ひわだぶき》の屋根に、穏やかな初夏の日差しが差しているにもかかわらず、小田原城内山ノ神台にある氏政隠居所は、険悪な空気に包まれていた。

氏政は苛立《いらだ》ちを隠し得ず、広縁をうろうろと歩き回っていた。

一方、氏照は腕を組んだまま瞑目している。

「尾張《おわり》の虚けめ、当家を何だと思っておるのか！」

「兄者、致し方なきことだ。あの武田家がわずか一月《ひとつき》で滅ぶなど、われわれの考えの及ぶところではなかった。ここはおとなしく上野国と河東表を差し出し、面《めん》従腹背《じゅうふくはい》を決め込むべし」

「源三にしては珍しい云い様よの」

座に戻った氏政は、脇息《きょうそく》に肘《ひじ》を突き、口端《くちのは》に皮肉な笑いを浮かべた。

「兄者、信長は強い。しかもその将兵の士気は高く、その兵備兵装はわれらの及びもつかぬほどだ。ここは一歩引いて様子を窺《うかが》うべきだ」

「まさか、おぬしも表裏《ひょうり》なく信長に臣従せいなどとは申すまいな?」

「云うまでもなきこと。信長は己の家臣を東国奉行に任命し、東国全土の差配を任せた。これはわれらの権力を否定し、武田に次いでわれらをも滅ぼさんとする表れ（意思表示）に相違なし」

氏照が断固たる口調で言い切った。

信長は「天下布武」を旗印《はたじるし》に、武をもって天下に号令することを理念として掲げている。一方の北条家は、あくまで関八州独立国家樹立という目的に向かって邁進《まいしん》している。到底、この二つの理念は相容れるものではなかった。

「兄者、信長は不要となれば、物であろうが人であろうが、ぼろ切れのように捨てる男だ。足利《あしかが》将軍はもとより、佐久間《さくま》出羽（信盛《のぶもり》）、林佐渡《さど》（秀貞《ひでさだ》）のような股肱《ここう》の家臣でさえ、それは同じであった。われらのように、初めから邪魔者でしかない家の末路は知れたものだ。彼奴《きやつ》に勢力を吸い取られ、いつかは潰される運命であろう。そうはならぬように面従腹背を決め込み、一朝《いっちょう》ことあらば、すぐにでも叛旗《はんき》を翻《ひるがえ》せるようにしておくべきではないか」

「面従腹背か。そんな誤魔化《ごまか》しがどこまで通用するか――」

氏政が自信なげに呟《つぶや》いた。

「しかし兄者、あの信長という男、今は昇龍の如《ごと》く、周辺を切り従えておるが、人心を掌握しようとせぬ。わしは、あの男の天下が長く続くとは思えぬ」

「実は、わしもそれを感じていた」

天下統一の総仕上げに入った信長であったが、その一方で、いまだ信長包囲網も健在であった。本願寺は紀州《きしゆう》雑賀《さいか》に退転したものの、門徒勢力は各地で根強い抵抗を続けており、越後の上杉、四国の長宗我部《ちようそかべ》、中国の毛利といった地域勢力は、いまだ信長に服従していなかった。もちろん、各大名宛てに御教書《みきようじよ》を頻発《ひんぱつ》し、信長包囲網を陰で操っている足利義昭《よしあき》も健在であった。

義昭からは、〝時を移さず滝川一益を攻めるべし〟と書かれた将軍御教書が、北条家にも密かに送られてきていた。

――少なくとも、それが大義にはなる。

「源三、おぬしの申す通り、上方に何らかの動きがあるのを待ち、その機会を捉《とら》えて上州に進駐すべきであろうな。しかし、信長に疑われずに、それをいかに行うか――」

「馬揃《うまぞろ》え（演習）の名目で、兵を北武蔵に駐屯《ちゅうとん》させてはいかが？」

「ふーむ、馬揃えか――」

「織田政権とて一朝一夕《いっちょういっせき》には倒れぬはず。しかし、上野諸将が雁首《がんくび》揃えて織田家に靡《なび》く前に、われらの武威を示しておく必要がありましょう。幸いにも昨年は豊作ゆえ、兵糧にはこと欠きませぬ。馬揃えの名目で上武国境に兵を集め、上方で信長が窮地に陥《おちい》らば、すぐにでも滝川一益を攻める態勢を整えておく――」

「なるほど」

「中国の毛利が平定されれば、遠からず信長は関東に攻め寄せましょう。彼奴の狙いは織田幕府による天下統一。幕府を開設するには、征夷大将軍《せいいたいしょうぐん》に就く必要がある。朝廷に征夷大将軍の位を上奏《じょうそう》するには、関東の平定が必須《ひっす》――」

「どのみち、信長とわれらは戦わねばならぬのだな？」

「いかにも。それならば、われらの武威が衰えておらぬことを上野表に示し、一人でも多くの国衆を、傘下に引き寄せておかねばなりませぬ」

二人の間で、北条家の方針は決まっていった。

武田家が、天目山の露《つゆ》と消えてから十日と経っていない、天正十年（一五八二）三月十九日、滝川一益が上野国箕輪《みのわ》城に入った。四月には上野国の中心である厩橋城に移り、織田家の関東仕置きが始まった。

上野や武蔵の有力国衆たちは、われ先に一益の許に出仕し、織田家に忠誠を誓った。真田昌幸までもが沼田城を明け渡して臣従した。緩慢《かんまん》ではあるが、北条家も臣下の礼をとり、当主名代《みようだい》を厩橋城に送った。

新しい時代の夜明けが、東国にもひたひたと押し寄せていた。

同年六月一日、小田原城大広間での軍事評定は紛糾していた。

「馬揃えなど断じてならぬ！　馬揃えは滝川殿に対する挑発になる。右府様（信長）は戦にあたり、大義名分など考慮せぬ。怪しい動きを見せれば、先手を打って攻められるだけだ！」

氏規が板敷《いたじき》を叩いて叫《さけ》んだ。

「その時はその時だ」

氏照がうそぶいた。

「われらが懸命に右府様の息女を輿入れさせようとしているこの時期に、馬揃えなどすれば、輿入れが延期されてしまう！」

「輿入れなどどうでもよい。滝川らに侮《あなど》られぬためにも、われらの武威を上野表に示すことが肝要だ。また、馬揃えの呼びかけに応じるか否《いな》かにより、武蔵衆、上野衆の本心を知ることもできる」

平然と言う氏照に、氏規が疑いの目を向けた。

「兄者は、まさか上野国に仕《し》寄《よ》るつもりではないか？」

「滝川が仕掛けてくれば、応ずるまで――」

「何ということを！　それでは右府様に関東征伐の口実を与えることになる！」

「どのみち、われらの征伐は彼奴らの計策《けいさく》に挙がっておる。武田を見ろ。上杉を見ろ。大義などなくとも、各地に蟠踞《ばんきょ》する大名小名を、信長は次々と滅亡に追い込んでおるではないか！」

丁度この頃、武田家に続いて上杉家が窮地に陥っていた。調略を使い、越後国内に内乱を起こさせた信長は、越中《えっちゅう》から柴《しば》田《た》勝家《かついえ》、信濃から森長可、上野から滝川一益を侵入させ、景勝を追い込もうとしていた。

「お静まりいただきたい！」

その時、氏直が怒気《どき》をあらわにした。

横に座す氏政はもとより、居並ぶ諸将も目を丸くして氏直を見つめた。

「お二人の申すことは、どちらもご尤も。陸奥守《むつのかみ》（氏照）殿の申す通り、北武蔵の国境を固めておくことは必須。さもなくば、国衆どもが雪崩《なだれ》を打って織田家に靡き、わが領国は体《たい》を成さなくなる。しかし、滝川殿を刺心《ししん》（刺激）することも考えようだ。滝川殿の関東統治に助力するという名目で、馬揃えを挙行するということではいかがだろうか。指揮はそれがしがとる。陸奥守殿――」

氏直が、氏照に鋭い視線を向けた。

「わが傍《かたわ》らで合力してほしい」

「承知仕《つかまつ》った」

「父上と美濃守（氏規）殿は小田原に在り、一朝ことあらば、後詰を担っていただきたい。おのおの方、それでよろしいか？」

一同、顔を見合わせているが、特に反論は出ない。

馬揃えの軍配《ぐんばい》をとるつもりだった氏政も、当主である氏直に押し切られてしまっては、反論のしようもなかった。ここで自ら出馬すると言い出せば、氏直の顔を潰すことになってしまうからである。

──大途はわしを指揮下に入れ、勝手な振る舞いをさせないつもりだな。小田原と遠征軍双方に意見を異にするものを配し、織田家との間に軋轢《あつれき》を生まぬようにするつもりなのだ。

北条家当主として頼もしく思う反面、氏直がしたたかな政治家になりつつあることに、氏照は気づいた。

──大途は、すでに兄者の傀儡《かいらい》ではない。ゆめゆめ侮ってはならぬ。

氏照は肝《きも》に銘じた。

「六月十四日を期日として深谷《ふかや》付近に全軍を集結させる。おのおの方、それぞれの寄子や指南《しなん》先（傘下国衆）への陣触れ、怠《おこた》りなきようお願いいたす。これにて評定を終わる」

氏直が座を払い、評定は散会となった。

氏政も憮然《ぶぜん》として氏直の後に続いた。

──ともかくも、馬揃えは挙行される。

氏照がその結果に満足し、座を払った時だった。背後から袖《そで》を引く者がいる。

「陸奥守殿」

その人物は、皺《しわ》深い面《おもて》に髪は白一色だが、目だけは若者のように爛々《らんらん》と輝いていた。

北条家内において、礼式指南《れいしきしなん》役を担う伊勢備中守貞運《いせびっちゅうのかみさだかず》である。

礼式指南とは京風の有職故実《ゆうそくこじつ》に則《のっと》り、格式の高い客を接待したり、北条家の年中行事を差配したりする役である。伊勢という苗字からもわかる通り、貞運は北条一族の遠縁にあたり、御家中衆《ごかちゅうしゅう》として遇されていた。

「何用でございますか？」

「馬揃えの名目で、上州に討ち入る所存とお見受けいたした」

「まさか」

氏照は鼻白み、素っ気ない態度で貞運の摑《つか》む袖を払った。

「陸奥守殿は敵を挑発し、厩橋に寄せるつもりでござろう？」

「たった今、大途が決した通り、戦にはなりませぬ」

「敵方の関東経営はまだ道半ば。今のうちに仕寄れば、当方の勝利は間違いない。実は、それがしに秘策がござる」

「申し訳ありませぬが、多忙ゆえこれにて――」

背後でまだ何か言っている貞運を振り切り、氏照は小田原の自邸に向かった。

――妙な御仁《ごじん》よ。

早雲《そううん》の出自でもある伊勢氏は、室町《むろまち》幕府全盛の頃、政所執事《まんどころしつじ》として権勢を振るい、武家殿中の諸礼式、儀杖《ぎじょう》、兵杖《へいじょう》の有職故実に通じた家として尊重されてきた。貞運も父祖伝来の知識を見込まれ、北条家でも、それで禄《ろく》を食《は》んでいる。

しかし、貞運が面白いのは、そうした家の生まれにもかかわらず、古今の軍書に精通し、戦場《いくさば》に出ることを厭《いと》わないところにあった。

貞運は戦とあらば常に強硬論を唱えるので、調略や政治的解決を好む氏政からは、長く疎《うと》んじられてきた。そのため、家中の若侍の間でも「伊勢殿の空軍配《からぐんばい》」として嘲笑《ちょうしょう》されていた。

氏照も、その意気は買っていたが、その意見を取り上げることはなかった。

自室に引き取ると、氏照は幕僚の一人である近藤綱秀を呼んだ。

「出羽、苦労をかけるが、すぐに米沢《よねざわ》まで行ってくれぬか？」

「密使でございますな」

「うむ、伊達《だて》家の重臣遠藤基信《もとのぶ》殿に会い、こちらの意向を伝えよ。そして一朝ことある時は、後詰として関東に入られるよう、くれぐれもお願いしてくるのだ」

北条家では、以前より奥州伊達家と友好関係を築いてきた。その奏者《そうじゃ》（取次役）が氏照である。

この同盟は、佐竹、宇都宮《うつのみや》、結城《ゆうき》など北関東諸侯への威嚇《いかく》牽制が目的であり、この時点では、軍事同盟までには至っていない。しかし、信長の脅威に危機感を抱いているのは双方とも同じなので、氏照は、強固な軍事同盟へ発展させたいと思っていた。

七

天正十年（一五八二）六月二日、各地に散らばる諸大名の勢力図を、大きく塗り替える異変が起こった。

本能寺《ほんのうじ》の変である。

小田原にその知らせが届いたのは、北武蔵に向けて、氏直主力が出陣しようとしていた矢先の六月十一日であった。

出陣は見合わせられることになり、急遽、軍事評定が開かれた。

揃って大広間に入った氏政と氏照に、重臣たちの視線が注がれた。それらの多くは、堪《た》え続けた屈辱《くつじょく》を晴らしてくれることを、期待しているかのようだった。

「右府様親子の生死が不明なうちは、軽々しく動くべきではない！」

評定の開会が宣されると同時に、氏規が先手を打ってきた。

「それを待っては時機を逸する。一気に倉賀野辺りまで寄せ、上野衆の離反を待ち、厩橋を囲む。そして、滝川殿に退去を促《うなが》すべきであろう」

氏照が、氏規の意見を押さえ込もうとした。

「兄者、気でも狂うたか!?　右府様御討死《おうちじに》が惑説《わくせつ》（誤報）であり、どこかで右府様がご存命であらば、われら手ひどい仕打ちを受けまするぞ！」

「それを恐れていては、何もできぬ」

「たとえ右府様並びに城介《じょうのすけ》殿（信忠《のぶただ》）がお亡くなりになっていたとしても、織田家は強大。すぐに態勢を立て直し、関東に攻め入ること必定！」

「信長不在の織田家など恐るるに足らぬ。この機を逃さず、関東から織田勢力を一掃すべきだ！　織田家の掲げる〝天下布武〟などに、われらは初めから従うつもりなどなかったはずだ。これを機に、われらの存念を取り戻すのだ！」

口角泡《こうかくあわ》を飛ばしながら議論する二人の間に分け入るかのように、氏直が口を挟んだ。

「お二人ともお待ち下され。まがりなりにも、われらは織田家と同盟関係にあります。同盟を一方的に破棄《はき》し、徒《いたずら》に戦端を開けば、夜盗と何ら変わりありませぬ。大義がなければ、上野衆もわれらを見限ります」

「大途」

氏政が傍らの氏直に向き直った。

「ここでわれらが情勢を観望すれば、滝川勢が退去した後の上州を、上杉の後押しを受けた真田が制圧する。それをさせては、後が厄介《やっかい》。彼の表裏者に一国を押さえられては、いかようにも駆け引きされ、逆に北武蔵まで危うくなる」

「しかし父上、われらには、滝川殿を追い落とす大義がありませぬ」

「大義ならある」

氏照が自信を持って答えた。

「われらには、将軍御教書がある」

「兄者、それが何の大義にもならぬことは、そこらの童《わっぱ》でも知っていることではないか！」

氏規が板敷を叩いて続けた。

「右府様の仇を討つべく、滝川殿はいち早く都に上りたいはず。おそらく信濃制圧に動くであろう上杉景勝を避けるべく、碓氷峠《うすいとうげ》を使わず、秩父《ちちぶ》の雁坂峠《かりさかとうげ》を目指し、北武蔵突破を図るはず。われらが馬揃えで北武蔵に赴けば、衝突は必定。兄者は両軍対峙《たいじ》して何も起こらぬとお思いか!?」

「その時はその時だ。関東におけるわれらの威信を取り戻すためにも、滝川殿には碓氷峠から引いてもらう。彼奴らが引けば、戦は起こらぬはずだ」

「引くはずがなかろう！」

「お二方とも、お待ちあれ」

いがみ合う二人を、氏直が仲裁した。

「それがしが神流川《かんながわ》を越えて滝川殿に会い、碓氷峠から中山道《なかせんどう》を使って退去してもらうべく、言葉を尽くして説得する」

「それはいかん。滝川陣に赴くなど危《あや》う過ぎる」

氏政が即座に断じたが、氏直がそれを上回る断固とした口調で言い返した。

「父上、それを決めるのはそれがしです」


六月十二日、氏直率いる北条勢主力が小田原を出発した。

一方、氏政は一益に恭順の意を示すため、すぐに書状をしたためた。

「京都の事変を知った。徳川家康よりも相次ぎ注進がきている。一益殿にはその地を堅固に防備してほしい。北条家は、けっして一益殿に敵対することはない。今後も氏政に何でも相談してほしい」という内容である。

同じ頃、甲斐国では、新国主の河尻秀隆が窮地に追い込まれていた。武田旧臣たちの煽動《せんどう》する一揆《いっき》は、本能寺の変の前よりくすぶり続けていたが、信長の死をきっかけに暴発し、遂に秀隆らを古府中《こふちゅう》（甲府）に追い込んでいた。

短いながらも、河尻秀隆の圧政は甲斐の国衆の猛反発を買っていた。

四面に敵を持つ信長政権の軍費は膨大《ぼうだい》な額に膨れ上がっており、占領地である甲斐国では、特に苛烈《かれつ》な取り立てが行われていた。実直だけが取り柄の秀隆は、闇雲《やみくも》に軍費の調達に走り、さらに織田領国に合わせて年貢《ねんぐ》の納法を変え、諸役を設けた。これでは、戦乱で農村が疲弊していた甲斐国で、一揆が起こらぬ方が不思議である。古府中に追い込まれた河尻秀隆は、傍輩《ほうばい》である滝川一益に救援を求めた。

六月十六日、大道寺政繁率いる河越《かわごえ》衆など、各地の国衆も合流した北条勢は、五万五千の大軍となり、深谷に入った。

その間も、相次いで信長逝去《せいきょ》の確報が入ってくる。

氏直は、大軍を使った威嚇を国境で繰り広げることにより、碓氷峠からの滝川勢退去を促し、戦わずして上野国に進駐する方針を立てた。

北条勢は三つ鱗《みうろこ》の旗をなびかせ、本庄《ほんじょう》城を目指した。

折しも滝川一益は、二万五千の軍勢を率い、西上の途に着こうとしていた。

一益の立場は微妙である。

北条家と一戦交えることによって上洛《じょうらく》が遅れては、ほかの誰かに信長の仇《かたき》を取られてしまう。上野一国を放棄してでも、北条家とは一戦交えずに上洛の途に着きたい。しかし、まがりなりにも東国の仕置きを任されていながら、それを放り出して上洛するわけにもいかない。光秀《みつひで》が斃《たお》され、信雄《のぶかつ》か信孝《のぶたか》を首班として新たな織田政権が発足《ほっそく》されれば、上野国放棄の責任を追及されるのは明らかである。

一益はそうした思いを抱きながら、和戦両様の構えで出陣してきた。それが彼の限界であり、なりふり構わず毛利と和睦《わぼく》し、中国大返しを演じた秀吉との差であった。

十七日、倉賀野で「北条勢北上」の報に接した一益は、決戦を決意し、全軍を三手に分けた。上野衆の一手を北方の玉村《たまむら》から利根《とね》川と神流川の合流点の砂州《さす》である毘沙土《びしゃど》に着陣させた一益は、別の一手を南の藤岡《ふじおか》付近に展開させた。続いて一益主力一万八千が、神流川を越えて金窪《かなくぼ》近辺に布陣した。敵の大軍を前にしての兵力分散は忌《い》むべきことだが、老練の一益は地勢をよく把握《はあく》し、金窪に寄せるであろう北条勢の側背を突ける位置に浮勢《ふぜい》（遊撃軍）を配置している。

決戦は必至の情勢となりつつあった。いずれにしても一益にとり、不安が募り始めている上野諸将の帰趨《きすう》を決める上で、緒戦の勝利は必須である。

時を措《お》かず、神流川河畔の金窪城に攻め寄せた一益は、これを一日で落とした。この結果、北条家に与《くみ》していた在地土豪の斎藤氏が滅亡した。

この時点で、平和裡《へいわり》に上野国を手中にしようとしていた氏直の思惑は吹き飛んだ。小なりとはいえ、傘下土豪が滅ぼされたとあっては、一矢《いっし》も報いずに道を譲るわけにはいかないからである。

一方、鉢形城《はちがた》で「滝川勢来襲」の急報を受けた氏邦は、氏直本隊とは別経路を取り、金窪城に向かっていた。

十七日夜、氏邦率いる三百騎は金窪付近に到達したが、すでに金窪城は敵手に落ちていた。

翌十八日未明、偵察を命じられ、氏直主力に先行していた松田康長《やすなが》率いる馬廻衆《うまわりしゅう》二百余騎が、金窪城を遠巻きにする氏邦勢に合流した。

本庄付近に氏直主力が到着したことを知った氏邦は、氏直に後詰勢の派遣を要請した上で、松田康長ともども、敢然と金窪城に攻撃を仕掛けた。

しかし老練の一益は、寡兵《かへい》と見て全軍に出撃を命じ、逆に北条方を叩きのめした。氏邦らはほうほうの体《てい》で撤退した。

八

本庄城に設《しつら》えられた仮陣屋の陣幕は、大きく風をはらみ、生き物のように蠢《うごめ》いている。緒戦で敗北を喫したためか、軍議は沈鬱《ちんうつ》な空気に支配されていた。

「それがしの承諾《しょうだく》を得ずして敵に討ちかかるとは、いかな所存か！」

氏直が軍配を持つ手を震わせ、摑みかからんばかりに氏邦に迫った。

「大途、それはおかしい。〝機を見て打ち掛かれ〟と、わしは兄者より指図《さしず》されていた」

矢傷の手当を受けながら、氏邦が憮然として言い返した。

「陸奥守殿、そは真か？」

「いかにも」

「何という――」

氏直が憤怒《ふんぬ》の形相《ぎょうそう》で氏照を睨めつけた。

「大途、ここまできて、平和裡にことが済むとお思いか？」

「しかし――」

「相手は手練《てだれ》の滝川一益。先手を打たねば、敵の作配《さくばい》（軍略）に乗せられ、すべては後手《ごて》に回る」

「陸奥守殿、そなたは父上と結託し、わしと美濃守殿の思惑を軽視し、初めから戦端を開くつもりであったのだろう」

「何を申されるか!?」

「大途、お言葉が過ぎまする」

松田憲秀が氏直の袖を引いたので、氏直は唇を噛んで押し黙った。

「いずれにしても――」

氏邦がほつれた髪をかき上げつつ言った。

「大途と兄者たちの意向が異なるのでは、勝てる戦も勝てぬわけだ。本隊が後詰に来ないばかりに、われら鉢形衆は百にも上る精兵を失った。後詰が来ないと知っていたら、滝川相手に、われらだけで挑みかかるような愚は冒さぬ」

「新太郎、すまなかった」

氏照が頭《こうべ》を垂れたが、氏直は唇を真一文字に結んで瞑目している。

実は、氏邦から後詰の依頼があった際、すぐに出陣しようとする氏照と状況を確認しようとする氏直の間で一悶着《ひともんちゃく》あった。その結果、後詰勢を出す時機を失い、寡兵で立ち向かった氏邦は惨敗を喫したのだ。

「ここからが切所《せっしょ》だ」

氏照が気を取り直すように言った。

「新太郎は寡兵で打ち掛かったために敗れた。大軍をもって攻め掛かれば、何ほどのこともない。特に上野諸将は動揺しており、本気で滝川づれに合力する者はおらぬだろう」

「陸奥守殿、たとえ動揺しているとしても、上野諸将の帰趨は定かではない。まずは調略を施《ほどこ》し――」

「大途、緒戦の負けにより、諸将の間に滝川強しの風評が流れる。そうなる前に敵を叩き、われらに靡かせるほかない」

氏直の慎重論を、氏照が一蹴した。

「わかった」

氏直が決然として立ち上がった。

「ことここに至らば致し方ない。一戦してわれらの武威を示して後、滝川殿に退去願おう」

「よきご思案！」

松田憲秀が膝を叩いた。

「大途の決意も固まった。明日にも金窪を奪還する！」

氏照が断じた。

その時、頃合を見計らっていたかのように、狩野一庵が口を開いた。

「敵が上州退去を焦っておるのなら、おびき出してはいかがか。縦深陣《じゅうしんじん》を布き、敵を本庄原《ほんじょうがはら》まで誘引し、包囲した上で一撃を加えるのであらば、わが方の痛手も少なく済むはず」

「城攻めは避けたいところだ。その策でいこう」

氏直が一庵の提案に賛意を示した。

作戦の詳細を練り上げるため、評定は夜を徹して行われた。

風が激しさを増し、各所に設けられた大篝火《おおかがりび》を激しく舞い狂わせたが、それを一向に気にすることもなく、氏照らは作戦の立案に没頭した。

——いよいよ北条家の命運を決する戦が始まる。

氏照の胸内に、燃えさかる篝火のような闘志が湧き上がってきた。


六月十九日辰《たつ》の刻《こく》（午前八時）、北条勢が動き出した。

先手の松田憲秀が金窪の半里《り》東の石神《いしがみ》方面に進出、二の手の大道寺政繁は迂回《うかい》して石神の半里南の富田《とみた》に陣を布いた。さらにその南では、滝山衆、そして氏直主力が、本庄原で陣形を整えている。

松田憲秀隊、大道寺隊（河越衆、松山《まつやま》衆）、氏照隊（滝山衆）、氏直本隊（小田原衆、馬廻衆）という縦深陣ができ上がった。

日和見している上野衆と下野衆は積極的攻撃を仕掛けてこないと予想されたが、万全を期すため、藤岡の押さえとして氏邦率いる鉢形衆が児玉《こだま》に進出、同じく、玉村の押さえとして松田康長隊が利根川を渡った。

北条方の動きを知った滝川一益は、城が包囲されるのを防ぐべく、神流川を隔てた北方にある落合《おちあい》村、苗木《なえぎ》村に張陣《ちょうじん》する上野衆と下野衆に、神流川渡河《とか》を促すが、その動きは鈍く、頼りにならないことは明白だった。

この時点で、一益は、自軍だけでの決戦を決意した。

一益は緒戦で敵の出鼻を挫《くじ》き、錐《きり》のように敵中を突破し、前進退却を試みるつもりであった。北条勢力の手薄な秩父方面を進み、雁坂峠を越えれば、すぐに甲斐国である。この経路をとれば、古府中で孤立する河尻秀隆を救い、その軍勢を吸収できるという利点がある。

神流川南岸に松田憲秀率いる小田原衆が布陣した。同時に、南方より大道寺政繁の率いる河越衆、松山衆も陣形を整えた。

機は熟した。

金窪城の大手門が開き、一斉に敵兵が飛び出してきた。

一益の甥《おい》にあたる滝川儀太夫益重《ぎだゆうますしげ》率いる先手勢である。

すかさず小田原衆鉄砲隊が、筒頭を並べ、応射を開始した。

耳をつんざくばかりの轟音《ごうおん》がこだまし、瞬く間に周囲は硝煙《しょうえん》に包まれた。

しかし、歴戦の滝川勢の強さは、生半《なまなか》ではない。河原に夥《おびただ》しい死傷者を残しながらも、儀太夫隊は松田隊に襲い掛かった。

たちまち切り崩された松田隊は後退を始めた。それを見た大道寺隊が、儀太夫隊の側背を突かんとばかりに前進してきた。しかしその時、すでに城を出た佐治《さじ》新助益氏《ますうじ》隊が大道寺隊に襲い掛かっていた。

瞬く間に大道寺隊も敗走を開始した。

それを確認した一益本隊が城を出た。

滝川勢は、松田、大道寺両隊を左右に押し開くように追い抜き、錐を揉《も》むように南下を始めた。しかし、それが北条方の狙いだった。松田、大道寺両隊は態勢を立て直すと、滝川勢の追撃に移った。

一益の心に生じた一瞬の焦りに付け入った作戦が奏功《そうこう》したのだ。

後方から追い立てられるように石神まで押し寄せた滝川勢は、待ち受けていた滝山衆と衝突した。

前進突破という基本方針を貫くべく、先鋒の滝川儀太夫、佐治新助両隊が、氏照勢を引き受けている間に、一益中軍は本庄原まで行き着いた。しかし、無傷の氏直本隊により、行く手を遮《さえぎ》られた一益中軍は、遂に前進突破を諦《あきら》め、金窪に向かって撤退を開始した。

ここまでは互角の戦いを繰り広げていた滝川勢であったが、撤退戦となったことで、明らかな負け戦になった。追いすがる北条勢に、歴戦の将士たちが次々と討ち取られていった。


北条家にとり、河越合戦以来の大勝利を挙げたにもかかわらず、神流川河畔に着陣した氏直は、複雑な表情を見せていた。

「大途、大勝利にございます」

氏照が勝利を祝福しても、氏直は暗い顔をしたままだった。

氏照には、「これで上方の政争に巻き込まれるのだな」という氏直の呟きが聞こえてくるようだった。

――いずれにしても、いつかはそうなるのだ。

聡明だが戦を好まない氏直の穏やかな性格に、氏照は一抹《いちまつ》の不安を抱いた。

神流川北岸に逃れようとする滝川勢との小競《こぜ》り合《あ》いは、夜半まで続いた。そのたびに起こる鉄砲の発射音が夜の静寂《しじま》を破った。

北条家本陣で行われた首実検の場には、次々と敵将の首が持ち込まれてきた。その数は、武将級で五百、雑兵首《ぞうひょうくび》を含めると三千七百六十にも及んだ。

一方、北条方の被害は、わずか六百にとどまった。

北条家にとり一方的勝利と言っても過言ではなかったが、氏直は浮かない面持ちで、手柄を立てた武将たちに感状を与えていた。その傍らで、氏照が大声で武功を称え、武将たちに首を獲った状況をつぶさに問うていた。

二人の姿は、これからの北条家を象徴するかのごとく対照的だった。

九

朝焼けが、神流川の川面《かわも》を橙《だいだい》色に染める頃、滝川勢は廐橋城目指して落ちていった。

氏直から、滝川勢追撃の命は遂に下らなかった。

追撃の命がないことに色をなす将士もいたが、氏直の顔を立て、氏照は何も反論しなかった。この戦の目的は、滝川一益の首を獲ることではなく、上野国から織田勢力を駆逐《くちく》することにあったからである。

氏照は、遂に相見《あいまみ》えることのなかった一益に同情した。

——首尾よく主の仇をとられるよう、武運をお祈りいたす。

去り行く敵の隊列を、遠く見送りながら、氏照は横笛を取り出した。

その蕭々《しょうしょう》とした調べは、対岸の滝川勢の耳にも届いているはずであった。それは敗軍に対し、これ以上の追い討ちはかけないという無言の合図でもあった。

一益は、わずかの手兵を連れ、厩橋城、箕輪城を経て碓氷峠を越え、中山道を通って本領の伊勢長島《いせながしま》に落ちていった。


六月十八日、古府中で一揆勢に囲まれていた河尻秀隆が討死《うちじに》し、甲斐が無主《むしゅ》の国となった。森長可らも上方に去り、信濃国も無主となった。

北条家の眼前に、甲信《こうしん》領有の道が開けてきた。甲信の地を手にできれば、西国勢力に対して、広大な緩衝地帯が築けるのだ。しかも、関東だけで完結させるはずであった自給自足経済圏が、甲信の地まで及べば、さらに多くの民に豊かな生活がもたらせる。

氏照の夢は広がった。

――当分の間、上方での混乱は続くはずだ。織田家重臣、徳川、毛利、長宗我部ら諸勢力、さらに信長の遺児たちの間で、血で血を洗う抗争が繰り広げられるであろう。その隙に、われらは甲信の地を併呑し、揺るぎなき版図《はんと》を築けばよい。関八州どころか、甲信までも含めた独立国家構想が、いよいよ現実のものとして、北条家の眼前に開けてきた。

――領国内の商人たちの行き来を自由にし、交易を活発にする。関税を除けば、さらに交易は盛んになり、民の生活は豊かになる。

氏照は、さらなる大きな理想に向かって邁進する決意を新たにした。

しかし、上方の政変は、氏照の予想を裏切る意外な展開を見せる。

織田家の中国方面軍司令官である羽柴《はしば》秀吉（後の豊臣《とよとみ》秀吉）が、いち早く毛利家との間に和睦を結び、畿内《きない》に反転、六月十三日、明智《あけち》光秀を討ったのだ。

これにより、秀吉が信長の後継者として名乗りを上げた。

天正十年（一五八二）六月下旬、神流川で大勝し、上野国をほぼ手中に収めた北条家は、碓氷峠を越えて信州佐久郡に侵攻した。神流川で戦った五万五千の軍勢の一部を真田昌幸の押さえとして氏邦に預け、四万三千もの軍勢が、時を措かずして信州への乱入を開始した。

「北条の大軍来たる」の報に接した小県郡、佐久郡の国衆たちは、われ先に降《くだ》ってきた。そのため北条家は、瞬く間に信濃半国を押さえることに成功した。

快進撃を続ける北条家における唯一の後顧《こうこ》の憂《うれ》いは、真田昌幸である。昌幸が越後の上杉景勝と結び、北条勢の退路（碓氷峠）を塞げば、氏直らは信州に孤立してしまう。そのため、昌幸の調略が焦眉《しょうび》の急となった。

北条家は総力を挙げて昌幸の説得にかかった。

七月十二日、待ち望んでいた昌幸の使者が来着し、昌幸が北条傘下に入ることに合意したと伝えてきた。昌幸臣従の影響は大きかった。これにより、侵攻軍の背後の脅威が除かれ、兵站線を確保できるだけでなく、万が一に備えていた鉢形衆も、侵攻作戦に加われることとなった。

実は、この時の昌幸には、川中島《かわなかじま》領有という狙いがあった。

上信《じょうしん》制圧を目標とする真田家の戦略上、川中島は欠くことのできない地であり、昌幸は北条家の力を利用して、川中島一帯を掠《かす》め取るつもりであった。

森長可が退去した後の川中島は、いち早く兵を入れた上杉景勝の勢力圏内となっていた。

昌幸は、北条家の信濃侵攻に呼応して川中島に出陣、景勝の南下を阻む役割を担うこととなった。これに激怒した景勝は、川中島目指して出撃してきた。

しかし、昌幸は強悍《きようかん》な越後勢と正面から衝突する愚を犯さず、景勝傘下で川中島を治めていた武田家旧臣、海津《かいづ》城主の春日《かすが》（高坂《こうさか》）信達《のぶたつ》と語らい、景勝勢が海津城の前面に進出してきたところで、挟撃《きようげき》する手はずを整えた。

ところが、いち早くこの策を見破った直江兼続《なおえかねつぐ》（樋口与六《ひぐちよろく》）が、有無を言わさず海津城に攻め寄せ、信達を討ち取ったため、事態は膠着《こうちやく》した。

致し方なく、昌幸は持久戦に入った。

一方の景勝にしても、川中島から真田勢を掃討《そうとう》し、北条勢の後背を突くほどの余力はない。越後国は謙信死後の内戦と織田家との抗争により、疲弊し切っていたからである。景勝と昌幸の睨《にら》み合いは八月まで続くことになる。

後顧の憂いが消えた北条家の甲信制圧戦が始まった。

対するは徳川家康である。

小諸《こもろ》城を占拠《せんきょ》していた徳川方の依田信蕃《よだのぶしげ》は、北条方の侵攻を知るや、戦わずして逃走した。そのため、北条勢は小諸城に無血入城を果たした。氏直は城代として大道寺政繁を置き、本隊はさらに南下を続けた。

大道寺政繁は小諸城を根拠地とし、山岳戦を展開する依田勢の掃討と、上野に駐屯する鉢形衆との間の兵站確保に務めることとなった。

話はさかのぼるが、氏直、氏照らが上野国に向けて出陣後、氏政は甲斐国に対しても手を打っていた。

六月十五日付けで、甲斐郡内の土豪渡辺庄左衛門《しょうざえもん》に対し、郡内確保を命じた氏政は、八代《やつしろ》郡の大村三右衛門《さんえもん》にも同様の命を下した。

北条家にとり、甲斐国確保の千載一遇《せんざいいちぐう》の機会が訪れた。しかし、北条主力は上野国にあるため、甲斐の与党を支援する余裕はない。

一方、六月二日の本能寺の変の後、家康は一刻も早く国許に帰るべく、翌日には堺《さかい》を出発、伊賀《いが》越えの後、五日に岡崎《おかざき》に帰還した。家康と行《こう》をともにしながら、途中から別行動をとった穴山梅雪は、山城国《やましろ》で一揆に殺されているので、薄氷を履《ふ》む思いでの帰国であった。

自軍を率いて、すぐに上洛するつもりの家康であったが、甲信の地に布石を打っておくことにも怠りなかった。

家康は、甲斐進出の足掛かりとして、岡部正綱《まさつな》に、穴山梅雪の旧領である巨摩《こま》郡の下山《しもやま》城接収を下命。続いて、一揆に苦戦する河尻秀隆への援軍として、本多《ほんだ》信俊《のぶとし》を派遣した（六月十四日、秀隆が疑心を抱いて殺害）。さらに、隠棲《いんせい》していた武田家旧臣の依田信蕃を、旧領の小諸城に派遣した（前述のごとく、後に信蕃は小諸城を放棄し、山岳戦を展開）。

甲信方面の手配りを済ませた家康は、信長の仇を討つべく、十四日に岡崎を出陣した。しかし、十九日、尾張鳴海《なるみ》まで来たところで、十三日の山崎合戦の結果を知り、二十一日には浜松《はままつ》に引き返した。

家康は方針を甲信奪取に変更した。

その頃、北条方に与していた大村三右衛門が甲斐国内で孤立していた。八代郡北端、古府中の二里南東にある大野《おおの》砦《とりで》に籠もった大村三右衛門は、北条家の後詰を待ったが、十八日、押し寄せてきた穴山旧臣らに討ち取られた。

この小戦闘の影響は大きかった。北条家が神流川合戦にかかりきりになっていた頃とはいえ、三右衛門を見殺しにしたことで、甲斐の国衆間での北条家への信頼が著しく失墜し、武田旧臣がこぞって徳川傘下に馳《は》せ参じる要因を作った。これにより、甲斐国での北条家の勢力圏は、渡辺庄左衛門の確保する郡内地方に限られた。

神流川の勝報を得た氏政は、次の手を打った。

氏康養子の氏忠《うじただ》と玉縄北条家当主の氏勝《うじかつ》を首班とした一万（一説に三千）の軍を編制し、甲斐国南端の御坂《みさか》口に向かわせたのだ。この部隊の目的は、御坂城に普請作事を施し、要害化した後、南から甲斐に攻め上ることにある。また、御坂城の構えを堅固にしておけば、甲信の地を制圧した後、御坂口を使わせて、氏直らを小田原に迎え入れることもできる。

七月九日、古府中まで進出した家康は、さらに軍を進め、八代郡樫山《かしやま》に陣を布いた。そこに出仕してきた武田家旧臣らを引見し、自らの傘下に収めた家康は、本格的な甲信奪取作戦に移った。

家康には、勝算があった。

武田家が命脈を保っていた頃から、家康は甲斐の地侍《じざむらい》階級に浸透を図っており、その長年の積み重ねは、北条家の比ではなかったからである。

行軍中も誘降の書状、本領安堵の朱印状《しゅいんじょう》を甲斐の国衆に濫発《らんぱつ》した家康は、この間に、八百九十五人もの武田旧臣を服属させた。

さらに、元信濃守護職の府中小笠原貞慶《おがさわらさだよし》、分家の松尾小笠原信嶺《のぶみね》、有力国人の知久頼氏《ちくよりうじ》、下条頼安《しもじょうよりやす》なども家康傘下となった。

郡内を除く甲斐国、小県、佐久を除く信濃国が靡いたことに自信を持った家康は、北条方に転じた諏方高島《たかしま》城の諏方頼忠《よりただ》を攻撃しようと、酒井忠次《さかいただつぐ》を諏方に派遣した。しかし、高島城の守りは堅く、忠次は囲みを解いて撤退した。

一方、甲斐入国を目指し、南下した北条勢は、八月一日、佐久郡柏原《かしわら》まで進出していた。

諏方高島城攻略を諦めた酒井勢は、新たな使命として、家康から氏直本隊の監視を命じられていた。柏原の西方半里の乙骨《おっこつ》まで進出した酒井勢であったが、氏直本隊が予想を上回る兵力であることを知り、家康の待つ古府中に戻った。

「北条勢迫る」の報に接した家康は、古府中を出て韮崎新府城に向かった。

危地にあって、あえて前進するという家康独特の危機打開法は、後の関《せき》ヶ原《がはら》合戦時と同様である。しかし、すでに雁坂口、御坂口から侵攻の気配を見せている北条方別働隊の存在を察知していた家康は、古府中に半数の軍勢を置いていかねばならなかった。

一方、酒井勢を追うように甲斐国に入った北条勢は、六日、新府城と目と鼻の先にある若神子《わかみこ》城に着陣した。

これにより、北条勢四万三千と徳川勢一万の睨み合いが開始された。

甲斐国人がこぞって家康の許に参じたことに、氏照は一抹の不安を抱いてはいたが、敵を圧倒する兵力に自信を持っていた。

甲斐国と相模《さがみ》国の境にあたる御坂口からは、氏忠と氏勝率いる一万の軍勢が侵攻しつつあり、さらに、武蔵国秩父との国境にある雁坂口からは、氏邦が鉢形衆二千を率い、侵攻の時機を窺っている。三方面軍の外縁部にあたる上野、信濃両国の有力国衆である真田、木曾、諏方らは、すでに傘下入りしている。

——これで勝てぬわけがない。

兵力だけでなく戦術的にも優位に立った北条家は、戦わずして、家康に甲信領有を諦めさせるつもりであった。

一方、これだけの窮地に立たされても、家康は動じなかった。家康は新府城の要害を利し、氏直主力の動きを掣肘《せいちゅう》しつつ、御坂口と雁坂口から侵攻する北条方別働隊を各個撃破する戦術を立てた。

八月九日、二百の奇襲部隊を率いた風間孫右衛門《かざままごえもん》（風魔小太郎《ふうまこたろう》）が、笹子峠を越えて、大野砦への夜襲を敢行、三十余騎を討ち取り、落城寸前まで追い込んだ。しかし翌朝、撤退するところを徳川方地侍衆に囲まれ、二十三騎が討ち取られた。

これにより、北条方の攻撃姿勢が鈍った。

北条家が思っていた以上に、甲斐地侍衆の家康に賭ける気持ちは強く、たとえ徳川勢を駆逐したとしても、甲斐国の統治は困難を極めると予想された。

一方、十二日、氏忠と氏勝に率いられた一万の北条方別働隊は、御坂城を出陣、甲斐国に下り、黒駒《くろこま》に陣を布いた。

その動きを察知した家康は、鳥居元忠《とりいもとただ》ら二千の精兵を黒駒に急派させた。釜無《かまなし》川河畔で行われた緒戦は、北条方が勝ち、三十余騎の首級を上げた。

しかし、敵を追い散らしたと思い込んだ北条方は、兵糧確保を目的とした〝苅《かり》田《た》〟を行おうと、四方に兵を分散させた。

この別働隊だけで一万もの兵数である上、甲斐若神子に滞陣する氏直本隊からは、兵糧を運び込めという催促《さいそく》もあったからである。古府中の徳川勢を制圧し、大量の兵糧を若神子の氏直本隊に送り届けるという二つの役割を、この部隊は課せられていた。

氏忠らが〝苅り働き〟を行っている時、追い払ったはずの鳥居勢が奇襲をかけてきた。兵力を分散していたため、本陣を手薄にしていた氏忠勢は、瞬く間に三百余騎を討ち取られた。退路も遮断《しゃだん》された氏忠らは、若神子目指して潰走《かいそう》した。

この敗戦により、北条方の描いていた家康包囲作戦は水泡に帰した。

しかし、最も大きな影響は、「徳川強し」の風評が四方に飛んだことである。

真っ先に真田昌幸が、続いて木曾義昌が北条方を離反した。

特に、真田昌幸の離反は痛手だった。慌《あわ》てた北条家では、雁坂口から甲斐に侵攻する予定だった鉢形衆を、真田勢の押さえのために上州沼田まで派遣、沼田城奪取を試みるが徒労に終わった。

こうして、氏直主力は若神子に孤立した。

退路を遮断された氏直本隊を救うべく、氏政は〝地黄八幡《じきはちまん》〟北条綱成《つなしげ》、埒和氏続《はがうじつぐ》らに五千の兵を付けて小諸に派遣、さらに猪俣邦憲《いのまたくにのり》に上信国境内山《うちやま》峠を押さえさせた。猪俣隊は、氏直本隊が惨敗を喫した場合の退路確保を担う部隊である。

高齢の綱成や担当方面が異なる埒和氏続を小諸まで派遣したことは、氏政の危機意識が、なみなみならぬものであることを示していた。

十

「何たる失態か――」

氏照が腹底から声を搾り出した。

地の底から湧き上がるようなその静かな怒りに、陣幕さえ揺らぐように感じられた。

「六郎（氏忠）、多くの同胞《はらから》がああして新府城の城壁沿いに首を並べておるのだぞ。あれを見て、おぬしは何を思う」

「申し訳ありませぬ――」

涙声で氏忠が詫びた。

家康は、北条方を挑発するために、黒駒合戦で討ち取った北条方将兵の首を、新府城の城壁沿いに並べていた。むろん、新府城防御に絶対の自信を持つ家康の挑発である。

「陸奥守殿、われらは指図に従い、働いたまで――」

それまで悄然《しょうぜん》と頭を垂れていた氏勝が、不貞腐《ふてくさ》れたように口を尖らせた。

「おぬしらは――」

氏照は、呆《あき》れて言葉が出なかった。

氏忠、氏勝ら北条家の中堅、若手武将たちは、指示通りにしか動くことができず、小戦闘で臨機応変《りんきおうへん》な対応を見せる三河衆の足元にも及ばなかった。

皮肉にも、それは武将の才覚に依存する臨機応変な対応力よりも、誰でも同等の結果を期待できる、教本通りの軍事行動を重視してきた北条家の指導法に原因があった。

――それを今更《いまさら》、指摘しても仕方ない。ことここに至らば、わしが城攻めで手本を示すしかあるまい。

氏照が床机に腰を下ろした時、使番が駆け込んできた。

「奥州様、大途がお呼びです」

「丁度よい」

氏直が主力決戦を決意したものと思った氏照は、意気揚々《いきようよう》と本陣に赴いた。

陣幕を引き上げた氏照が声を発しようとした時、二つの顔がこちらを向いた。

氏照の顔色が瞬く間に変わった。

「助五郎――」

「兄者、お久しゅうござった」

「江雪もか――」

「御無沙汰《ごぶさた》いたしておりました」

小田原にいるはずの氏規と板部岡江雪がやってきたことで、氏照はすべてを察した。

「おぬしらが、何用で参ったのかはわかっておる」

「兄者、ものには潮時というものがある」

「わかった風な口をきくな！」

氏照が唇を震わせた。

「兄者の無念はわしにもわかる。だがここは、御家《おいえ》のためにたえてくれ」

「助五郎、三河の狸《たぬき》に入れ知恵されたな」

「それは余りな申しようではないか――」

氏規が悲しい顔をした。

「陸奥守」

初めて氏直から敬称をつけない呼び方をされ、氏照は目を剝《む》いた。

「和睦は大殿（氏政）の御意志でもある」

「何と！」

「これを――」

江雪が、氏照に宛てた氏政の書状を差し出した。

そこには、「家康と〝矢留《やどめ》〟し、早々に陣払いせよ」と書かれていた。

茫然とする氏照に、氏直が追い討ちをかけた。

「信濃国衆でわれらに与する者はわずかとなり、すでにこの若神子も周囲を敵に囲まれている。大殿によると、手薄となった下野方面では、佐竹らが蠢動《しゅんどう》しているという」

「だからこそ、この決戦に勝ち抜き、活路を見出すほかない！」

「それをしたくとも、もう兵や馬を養う糧秣《りょうまつ》もございませぬ」

江雪が穏やかに諭《さと》した。

北条方は大軍を養う兵糧に不足し、若神子付近で〝苅田〟を広範に行ったため、津金《つがね》衆、武川《むかわ》衆ら在地領民の支持も得られず、敵中に孤立していた。大軍は諸刃《もろは》の剣《つるぎ》でもあったのだ。

「それでは明日にでも、惣懸《そうがか》りをかけるしかあるまい」

「兄者、半造作《はんぞうさ》（未完成）とはいえ新府城は、武田四郎が最後の力を振り絞り、手塩にかけて造り上げた要害だ。攻め寄せれば、相当の損害を覚悟せねばならぬ」

氏規の言葉は尤もだった。しかし氏照も、挙げた拳《こぶし》を容易に下ろすわけにはいかない。

「それでは滝山衆だけで仕寄る！」

「それはならぬ。たとえ滝山衆とて、わが命なくば、一兵たりとも動かすことは許さぬ！」

白面《はくめん》を歪《ゆが》ませ、氏直が喚《わめ》いた。

床机を蹴って立ち上がった二人の視線が、正面からぶつかった。

「兄者――」

氏規がさりげなく二人の間に入った。

「三河殿とて、ここでわれらと角突き合わせてばかりいられない事情があるのだ。実は、内々に〝泣き〟が入った」

「〝泣き〟だと?」

氏照はわが耳を疑った。

「正確に申せば、三河殿ではなく織田中将（信雄）殿の〝泣き〟だ」

氏規によると、信長後継候補の筆頭と目されていた信長次男の信雄であったが、清洲《きよす》会議の結果、秀吉の後ろ楯《だて》を得た信忠の遺児三法師《さんぼうし》に、織田家の家督をさらわれた。柴田勝家と滝川一益という後援者を得た三男信孝にも対抗していかねばならない信雄は、家康にいち早く上洛軍を発してもらい、秀吉や勝家を討伐《とうばつ》してほしいというのだ。

「ここまでわれらを詰めておきながらも、三河殿はわれらに対し、辞を低くして〝矢留〟したいと申すのだ」

「まさか――」

「それゆえ、大殿と夜を徹して語らい、われらの計策を大転換することにした」

「大転換だと？」

「向後、われらは首尾一貫《しゅびいっかん》して徳川家と結び、中将殿と三河殿の天下取りの手助けをする。その代わりに、われらは関八州を安堵してもらうという寸法だ」

その驚天動地《きょうてんどうち》の政策転換に、さすがの氏照も絶句した。

――われらの目指す関八州独立国家が、それで成るのであれば、これ以上、意地を張ることもないはずだ。

氏照は次第に冷静さを取り戻していった。

「三河殿は、われらを裏切らぬであろうな？」

「絶対にそれはない。その証《あかし》として、息女の督姫《とくひめ》様を大途に嫁がせるとまで申してきておる」

氏規が胸を張って請け負った。

――それほどまでに。

目的達成のためには、勝った相手にまで頭を垂れるという家康の底知れない合理性に、氏照は畏《おそ》れを抱いた。

「わかった」

全身の力が一気に抜けた氏照は、ゆっくりと床机に腰を下ろした。

「叔父《おじ》上、かたじけない」

肩の荷が下りたように、氏直も楯机に両手を突いて体を支えた。

和睦交渉は十月下旬に開始された。

氏規らの奔走もあり、条件はすぐに合意に達した。

一、甲斐国、信濃国は徳川領とする。

二、上野国は北条領とする。沼田領等、真田昌幸の上野国内の領地は、家康が信州に替地を与えて転封させる。

三、家康の次女督姫を氏直に嫁がせる。

これにより、家康は、三河、遠江、駿河、信濃、甲斐を領有する大大名にのし上がり、石高《こくだか》だけ見れば、北条家を上回った。しかし、一見、家康有利のうちに締結した和睦に思えるが、北条家にとって、けっして損なものではなかった。それは、関八州制圧が国家目標である北条家にとり、上野一国の完全領有こそ、信濃、甲斐二国領有以上に重要だったからである。

十一

徳川、北条間の同盟締結により、上野国はすべて北条家のものとなるはずであった。しかし、ことはそう容易に運ばなかった。

上野国には、真田昌幸がいたからである。

昌幸は厩橋城の北条《きたじよう》高広を盟友に、領土と城の明け渡しを拒んだ。これに驚いた北条家では、徳川家に強く抗議した。

徳川家でも、信濃国に同等の石高の替地を用意し、再三にわたり昌幸に上野立ち退きを命じたが、昌幸は一切を拒絶し、徳川家とも断交した。

昌幸としては、「誰のおかげで北条家に勝てたのか！」と言いたいところだったのであろう。上野一国領有は、「手柄次第」の空手形《からてがた》となりつつあった。

この事態に危機感を抱いた北条家では、早速、手を打ち始めた。

上野戦線を担当する氏邦は、この年の暮れも押し迫った頃、上州中山《なかやま》城攻略に成功する。中山城は、真田家の上野における二大拠点である沼田城と岩櫃城の連絡を分断する中山峠にあり、昌幸の活動を制限できる要衝である。

すでに北条家に与している白井長尾憲景の白井城が、沼田、厩橋間を分断しているので、北条家は、沼田、岩櫃、厩橋という敵方の三大拠点を、完全に孤立させることに成功した。

新築成ったばかりの八王子城御主殿の茅葺《かやぶき》の屋根に、昨日、降った雪が積もっていた。どの曲輪も白一色となり、別世界のようである。

しんしんと降り積もった雪に蔽《おお》われた御主殿一帯は、普段よりも深い静寂に包まれていた。

その沈黙を破るがごとく、接見の間では、氏照の興奮気味の声が響いていた。

「そうか、伊達殿はそう申されたか！」

「しかと、同盟締結を快諾《かいだく》なされました」

天正十年（一五八二）末、朗報を持った近藤綱秀が、半年ぶりに米沢から八王子に戻ってきた。

障子《しょうじ》を隔てて室内に差す雪の反射光が、氏照の顔を常よりも明るく輝かせた。

「これにより、徳川と伊達、そして当家との間に三国同盟が成った。三国合わせて十万強の兵力。西国勢に対抗するには十分過ぎるものだ」

甲信の地では徳川家の後塵《こうじん》を拝したが、氏政の外交方針の転換に従い、頭を切り替えた氏照は、新たな目標に向かっていた。それが同盟成ったばかりの徳川家と〝奥羽《おうう》の雄〟伊達家を交えた三国同盟であった。

この三月《みつき》にわたり、体調のすぐれなかった氏照は、上州戦線を氏邦らに任せ、伊達家との同盟締結に躍起《やっき》となっていた。

米沢に駐在する綱秀と頻繁《ひんぱん》に連絡を取り合った氏照は、伊達家との間に、正式な攻守同盟を締結することに成功し、さらに伊達家からは、徳川家と誼《よしみ》を通じたいとの要請を受けた。万事は思惑通りに進んでいた。

「輝宗《てるむね》殿は物腰柔らかで、誰からも慕われる名君とお見受けしました。それにも増して、そのご嫡男政宗《まさむね》殿は、隻眼《せきがん》ながらなかなかの人物で、それがしも感服仕りました」

「それほどの人物か？」

「はい、暇さえあらば、わが宿に押しかけ、関東や上方の情勢をしきりにお尋ねでありました」

「しかし、その母お東《ひがし》の方は、家督を弟の小次郎に譲らんとしていると聞くが？」

「なあに、輝宗公はお東の方様の実家最上《もがみ》家を慮《おもんばか》り、はっきりしたことを申さぬだけ。内心はすでに決しているとお見受けしました」

綱秀は庭に積もった雪を眺《なが》めつつ、濁酒《どぶろく》の入った盃《さかずき》をあおった。

「伊達政宗か――。いかな男か、会ってみたいものよの」

氏照は遠い国にいる若者のことを思った。

「政宗殿も、奥州様に会ってみたいと申しておりましたぞ」

「そうか――」

氏照は、清々《すがすが》しい風が心の中を吹き抜けていくような気がした。

「いずれにしても、伊達家の狙いはどこにあるのか。まさか、上方の政争に加わろうとしているのではありますまいか?」

「京から遠ければ遠いほど、天下への夢は膨らむものなのかも知れぬ」

「奥州様は、そうした夢をお持ちになったことはありませぬのか?」

「わしの夢は、父祖代々の存念（理念）を貫くことだけだ」

「己一個の野心、欲心を捨て去り、それだけに邁進すると仰せか?」

「そうだ。わしは天から選ばれ、その天命を全《まっと》うするためだけに、この世に存在する。それが成らない時は、潔《いさぎよ》くこの世から身を引くだけだ」

氏照の目指すものには、一点の曇《くも》りもなかった。

天正十一年（一五八三）の正月も、上州では、激戦が展開されていた。

厩橋城に押し寄せた北条勢は、氏政自らが陣頭指揮をとり、北条《きたじょう》高広を攻め上げた。当初、佐野、佐竹らの来援を楽観していた高広であったが、利根川、渡良瀬《わたらせ》川の増水により、一向に後詰はやってこなかった。致し方なく、旧主筋の上杉景勝に、卑屈《ひくつ》なまでの態度で救援を懇望《こんぼう》したが、当然のごとく、それも黙殺された。御館《おたて》の乱当時、三郎方として反逆した高広を、執念《しゅうねん》深い景勝が許そうはずもなかった。むろん、恃《たの》みの真田昌幸は、沼田城の防戦で手一杯であり、援軍など望むべくもない。

厩橋城は風前の灯《ともしび》となりつつあった。

ちなみに、前年に病《やまい》を得た氏照は、厩橋攻めには参陣できなかった。

氏照が動き出すのは、十一月になってからである。

二月、北条《きたじょう》高広を厩橋城に逼塞《ひっそく》させた氏政らは、小田原への帰途、八王子に寄った。いまだ半造作とはいえ、小田原の人々の前に、初めて八王子城がその威容を現すことになった。

「それにしても、凄《すご》いものよな」

惣構えの横山《よこやま》口門から城を遠望した氏政は、しきりに感心した。

惣構え内に入り、堅固極まりない御霊谷《ごりや》の縄張《なわば》りを視察後、幅広の大手道を通って城に向かった一行は、石畳の敷きつめられた虎口《こぐち》を通り、御主殿に至った。

「ほう」

御主殿の威容を目にした氏政が、感嘆のため息を漏らした。

四脚の二階門櫓《にかいもんやぐら》と同型の御主殿門をくぐり、御主殿前の広場に出た一行は、その広さにまた驚いた。

御主殿から会所、奥殿《おくでん》等を見学した後、観望台から溜池《ためいけ》や城山川の流れを眺めた一行は、御主殿の裏手に回り、幻庵《げんあん》作の庭園を散策した後、中腹の各曲輪を見学しながら山頂に向かった。

「これは――」

八王子城の象徴である三階櫓の前に立った一行は、その美しさに息をのんだ。

茅葺の屋根には、うっすらと雪が残り、白亜《はくあ》の壁とともに、朱色の勾欄《こうらん》を際立《きわだ》たせている。

櫓の最上階に上った氏政の口から、再びため息が漏れた。

「絶景だな――」

「ここに上れば、北の筑波《つくば》連峰《れんぽう》から南の相模湾まで、関東全域が一望の下に見渡せまする」

氏照が得意げに説明した。

「これぞまさに、関東を領国とする北条の城だ」

氏政の声もいつになく弾んでいた。

「われらの夢がいよいよ現となったのです」

氏照は感無量だった。

父祖代々の理想を実現するための城と町が、今まさに、この世に現れたのだ。

「源三よ、こうして関東平野を見下ろしていると、父祖から受け継がれてきたわれらの存念を、いよいよ実現せねばならぬという思いに駆られるな」

「民のために、われらの存念を何としても成就《じょうじゅ》させねばなりませぬ」

「わしらの目が黒いうちに、必ずや成し遂げて見せようぞ」

二人は、陶然《とうぜん》として眼下に広がる関東平野を見下ろした。

「御主殿に酒と肴《さかな》の支度ができております」

饗応《きょうおう》役を務める横地監物が一同を急《せ》き立てたので、ようやく氏政らは、三階櫓を後にした。

その日の宴《うたげ》は夜半まで続いた。

能舞台では、能や狂言が演じられ、氏照と浅尾彦兵衛の横笛も披露《ひろう》された。

「源三、もう一曲頼む」

氏政は幾度も氏照の笛を所望《しよもう》した。

「兄者、もう曲がない」

「そこを頼む」

拍手の中、氏照が、この日、何度目かの舞台に上がった。

「兄者、この曲は、三郎との送別の折に吹いたものだ」

〝大黒〟を手にした氏照が、剛毅《ごうき》さの中に繊細《せんさい》さを含んだ調べを奏でた。その悲しげな音色《ねいろ》は、そこに集《つど》う人々に、三郎との様々な思い出を呼び覚ました。

「三郎——」

氏政の瞳《ひとみ》から大粒の涙がこぼれた。

八王子城の短い歴史にとって、最も晴れがましい一日が、ゆっくりと更《ふ》けていった。

第三章　京勢催動《きょうぜいさいどう》

一

天正《てんしょう》十一年（一五八三）四月、上方《かみがた》では、賤ヶ岳《しずがたけ》合戦に勝利して柴田勝家《しばたかついえ》を滅亡に追い込んだ羽柴《はしば》秀吉が、天下の覇権《はけん》を握りつつあった。

一方、関東では、北条高広《きたじょうたかひろ》を厩橋《まやばし》城に押し込めた北条《ほうじょう》家が、真田昌幸《さなだまさゆき》の沼田《ぬまた》城への攻撃を本格化させていた。

赤城山《あかぎやま》南麓、西麓をすでに押さえ、わずかに残る北麓、東麓の経路をも遮断《しゃだん》した北条方は、下野《しもつけ》方面からの敵陣営の救援を断ち切ることに成功、沼田、厩橋両城への攻撃に専心していた。両城間も、白井《しろい》、津久田《つくだ》、長井坂《ながいざか》の城郭《じょうかく》群により遮断されており、いよいよ真田、北条《きたじょう》陣営は絶望的な状況に陥《おちい》りつつあった。

七月、北条家は沼田城を落城寸前に追い込んだ。

婚儀を目前にした氏直《うじなお》自らが出陣するほどの力の入れようであったが、あと僅《わず》かのところで、落城には至らなかった。

八月、徳川家から督姫《とくひめ》が氏直の許《もと》に輿入《こしい》れしてきた。これにより、晴れて徳川家と北条家は縁戚となり、より一層、その関係を強めていくことになる。

それを祝福するかのごとく、九月、厩橋城の北条《きたじょう》高広が降伏した。

上州《じょうしゅう》の中心厩橋城が遂《つい》に北条家の手に帰したのだ。真田家はいまだ健在であったが、これにより、北条家の矛先《ほこさき》は下野方面に向かうことになる。

応仁《おうにん》の乱以来、下野国は小領主割拠《かっきょ》の時代が続いていた。那須《なす》、塩谷《しおのや》、結城《ゆうき》、宇都宮《うつのみや》、壬生《みぶ》、皆川《みながわ》、小山《おやま》、佐野《さの》らの国衆《くにしゅう》が、何代にもわたり敵対と同盟による離合集散を繰り返し、大きな力を持つ者は遂に現れなかった。

北条家は、北条《きたじょう》高広一族を退去せしめた厩橋城に大普請《おおぶしん》を施《ほどこ》し、そこを拠点《きょてん》に西側から下野国衆への圧力を強めていった。

順調に推移しているかに見えた北関東戦線に異変が起こったのは、十一月であった。北条方の上野《こうずけ》国衆富岡秀高《ひでたか》の本拠小泉《こいずみ》城が、敵方の急襲を受けたのだ。

下野方面からの攻撃経路は完全に遮断されており、北条家にとり、ありうべかざる事態であった。

小泉城を襲ったのは、何と味方であるはずの由良国繁《ゆらくにしげ》、長尾顕長《ながおあきなが》兄弟であった。その知らせを受けた氏政《うじまさ》父子は驚愕《きょうがく》した。至急、鉢形《はちがた》の氏邦《うじくに》を救援に差し向け、自らも出陣の支度《したく》を始めた。病《やまい》の癒《い》えた氏照《うじてる》にも、陣触れが届いた。

北条家にとり、天正五年（一五七七）以来、堅持してきた新田《にった》（金山城《かなやま》）、館林《たてばやし》、藤岡《ふじおか》、榎本《えのもと》、小山（祇園城《ぎおん》）の防衛線が、よもやと思われた西から崩されたのだ。むろんこの寝返りが、佐竹義重《さたけよししげ》らの調略《ちょうりやく》によるのは言うまでもない。

これは下野戦線どころか、上野戦線にまで大きな影響を及ぼすであろう一大事であった。特に小泉城が落とされれば、上野国厩橋城と下野東部の祇園城等との連絡が断たれ、北条家の北関東経営は危機に瀕《ひん》する。

しかし、小泉城の守りは堅固だった。

天正十一年（一五八三）十一月末から翌年二月末にかけて、由良、長尾両勢に佐野勢まで加わり、猛攻を受けた小泉城であったが、一向に落ちる気配を見せなかった。

一方、北条家は小泉城を後詰《ごづめ》すべく、まずは大藤政信《だいとうまさのぶ》に率いられた工兵部隊を、小泉城から一里ほど南の巨海《こかい》に急派した。この部隊は、小泉城の南に横たわる利根川《とね》に舟橋を架《か》け、援軍派遣を容易にする使命を担っていた。

しかし、すぐにでも小泉城の救援に赴《おもむ》かねばならないはずの北条家の出足は鈍かった。それというのも、西国《さいごく》において、たいへんな事態が出来《しゅったい》しつつあったからである。

賤ヶ岳合戦で柴田勝家らを滅亡へと追い込んだ秀吉は、本願寺《ほんがんじ》の去った石山《いしやま》の地に大坂城を築き始め、いよいよ天下人《てんかびと》への道を歩み始めていた。

一方、信長次男の織田信雄《のぶかつ》は、徳川家康を頼り、秀吉に抗しようとした。

天正十二年（一五八四）三月、信雄により秀吉派の三家老《さんかろう》が誅殺《ちゅうさつ》されたのを機に、両陣営は戦闘状態に突入した。

しかし、秀吉に対し、彼我《ひが》の兵力差はいかんともし難く、家康からは、再三にわたり北条家に援軍要請が届いていた。

二月から三月にかけて、北条家内では、小泉城救援か上方への援軍派遣か、どちらへの出兵を優先するかで、激しい議論が戦わされていた。

小泉城救援を主張する氏照に対し、上方への援軍派遣に固執《こしつ》する氏規《うじのり》の間で、議論は並行線をたどった。

「すぐにでも小泉城に後詰しないと、われらの領国の崩壊は必定《ひつじょう》！」

「三河殿《みかわ》に加勢せねば、同盟が破綻《はたん》する！」

二人は口角泡《こうかくあわ》を飛ばして激論を戦わせた。

「われらの傘下《さんか》に入って以来、一度たりとも表裏《ひょうり》あるところを見せなかった富岡六郎四郎（秀高）を見殺しにすれば、われらの威信は失墜《しっつい》する。それだけでなく、国衆も民《たみ》も、われらの唱えてきた存念が偽《いつわ》りであると思うだろう。そうなれば、もう誰もついてはこぬ！」

「それも一理あるが、ここで三河殿に不義理を為せば、われらは天下に孤立する！」

「それでは、小諸《こもろ》に駐屯《ちゅうとん》する河越《かわごえ》衆、松山《まつやま》衆を回せ」

徳川家との和睦《わぼく》締結後も、北条家では信州《しんしゅう》小諸城周辺に多くの兵を入れていた。それというのも、徳川、北条間の取り決めなど、われ関せずとばかりに、越《えち》後《ご》の上杉景勝《かげかつ》が、川中島《かわなかじま》四郡等に食指《しよくし》を動かし始めていたからである。上方の政争に巻き込まれた家康は、自らの軍勢を回せる余裕ができるまで、北条家に小諸に居座ってもらうよう要請していた。

「小諸の兵を回せぬことくらいわかっておろう!」

氏規が泣きそうな顔をした。

「それでは、三河殿に対し、われらは十分に義理を果たしていることになるのではないか?」

氏規が押し黙った。確かにその通りだったからである。

「大途《たいと》、ご決断を」

氏照が膝《ひざ》を進めた。

「致し方ない——」

渋々、氏直が首肯《しゆこう》した。

北条家主力部隊と八王子《はちおうじ》衆を中心とした部隊が、巨海の渡しを越えたのは、三月下旬であった。それを知った佐野、由良、長尾勢は小泉城の囲みを解き、北東の足利《あしかが》に撤退した。これを追撃した北条勢との間で、「足利宿城《しゆくじよう》」をめぐる市街戦が展開された。この戦いは一月余《ひとつき》に及んだが、北条方優勢のうちに推移し、やがて戦いの中心は、さらに北東の佐野に移っていった。

この間、上方では、小牧長久手《こまきながくて》合戦が勃発《ぼっぱつ》していた。

四月初旬、秀吉勢と家康勢は長久手周辺で激戦を展開するが、五月に入り、両者の戦いは陣城構築戦に終始し、膠着《こうちゃく》状態となる。一方、各地では、代理戦争が始まろうとしていた。両陣営ともに、外縁部の局地戦に勝利することにより、それを契機として事態の打開を図ろうとしていたのだ。

秀吉は、上杉景勝、真田昌幸、佐竹義重らに、北条家及び、その傘下勢力を引きつけておくことを要請した。特に佐竹ら北関東諸将には、期待するところが大であった。それを受けた佐竹義重は、宇都宮国綱《くにつな》を誘い、四月、祇園城攻撃を開始した。

五月、佐野唐沢《からさわ》山城攻撃から駆《か》けつけた北条勢三千五百と、同じく祇園城攻撃から転じた佐竹、宇都宮勢三千が、下野国沼尻に着陣した。対峙《たいじ》は、三毳《みかも》山《やま》の南麓に広がる沼地を間にして、「沼へ向けて双方陣城を構え」（太田三楽斎《さんらくさい》書状）るところから始まった。

しかし、双方ともに決め手を欠き、睨《にら》み合いとなった。

こうした事情を勘案した家康は、北条家への援軍要請をしつこく求めなくなっていたが、七月に入り、情勢が再び変わりつつあった。

長久手の直接戦闘で勝利した家康であったが、真綿《まわた》で首を絞めるような秀吉の調略戦に圧迫され、外交的に行き詰りつつあった。家康は直接戦闘によって事態の打開を図るべく、北条家に再び援軍を要請してきた。

対峙しているだけでいい佐竹方と、早急に家康の許に援軍を送らねばならない北条家の立場に、微妙な差が生じ始めた。

北条家は、早急に対陣にけりをつける必要に迫られていた。

七月十五日、北条家の奇襲部隊が三毳山の北東にある岩船山《いわふねやま》を奪取した。これにより、退路が断たれた佐竹勢は慌《あわ》てふためいた。結局、戦局不利となった佐竹方と、早急に撤兵したい北条家の思惑《おもわく》が一致し、和議が成立した。

これにより、両軍は沼尻から撤兵した。

九月、遠山直景《とおやまなおかげ》を将とした上方派遣軍の先手衆《さきてしゅう》が、出陣しようとした矢先、家康から「羽柴退散の動きがあったため、加勢については近日中に判断する」という知らせが届き、上方派遣軍は待機状態となった。実際には、秀吉の調略の手が織田信雄にまで伸び、孤立しつつあった家康は、秀吉を刺激し、直接戦闘に及ぶことを躊躇《ためら》い始めたのである。

現に十一月十五日、信雄と秀吉間の単独講和が実現し、秀吉と家康の抗争も終息に向かう。

この年の後半、北条家では、氏照が中心となり、由良国繁の金山城を攻撃、年内に開城に追い込んだ。続いて、佐竹勢に占拠《せんきよ》されていた藤岡城を奪取した氏照は、そこを拠点に、長尾顕長の館林城を攻め、降伏開城に追い込んだ。

沼尻合戦のきっかけを作った二人に対する北条家の仕置きは、それでも寛大だった。国繁を桐生《きりゆう》城へ、顕長を足利城に移した北条家は、金山、館林両城に大規模な修築を施し、最新鋭の〝つなぎの城〟に改修した。

沼尻合戦により、北条家は、金山、館林両城の直轄《ちよつかつ》化という収穫を得た。しかし、そんな小さな収穫を覆《くつがえ》すような大事が、北条家の与《あずか》り知らぬところで、密かに進行していた。

二

天正十三年（一五八五）二月、下野国制覇に本腰を入れ始めた北条家に朗報が届いた。

かねてより調略を施していた下野国有力国衆の壬生義雄《よしお》が、遂に北条方に転じたのだ。

これに対し、義雄は、壬生、鹿沼《かぬま》の二城に北条方の援軍を入れ、臣従を誓った。

反北条陣営の足並みは乱れた。宇都宮国綱と那須資晴《すけはる》が弱体化した国衆の一つである塩谷氏の家督《かとく》争いに介入し、武力衝突に至ったのだ。かねてより反目していた下野国衆どうしとはいえ、ここまで北条家に圧迫されていながら内輪もめを始めたことに、佐竹義重は激怒した。致し方なく、結城晴朝《はるとも》を誘って壬生領を攻めた義重であったが、さしたる効果もなく撤兵した。

四月、ようやく那須資晴と和睦した宇都宮国綱が、佐竹勢とともに壬生領を攻めるが、これも撃退された。

反北条陣営の執拗《しつよう》なまでの壬生領攻撃は翌年まで断続的に続くが、逆に、北条家の援軍を得た壬生勢に、宇都宮城下まで攻め込まれることもあった。

さらに北条家では、皆川広照《ひろてる》への攻撃も開始した。宇都宮領、皆川領は、北条家が壬生領へ後詰する経路にあたっており、是《ぜ》が非《ひ》でも攻略せねばならない地域であった。

宇都宮国綱は詰城《つめじろ》として多気山《たけさん》城を構築し、この危機を何とか凌《しの》ぐが、皆川広照は翌年五月に降伏することになる。

八月には、佐野氏の併呑《へいどん》にも北条家は成功した。佐野氏には、氏忠《うじただ》が養子として入った。

一進一退《いっしんいったい》を繰り返しつつも、下野戦線は、次第に北条家の「本意」のままになりつつあった。

一方、十月に十九歳で家督を相続した伊達政宗《だてまさむね》は、蘆名《あしな》領への侵攻を開始した。東国《とうごく》では、伊達、北条連合に対する蘆名、佐竹連合の対立という図式が明確になりつつあった。

長久手合戦における直接戦闘で苦杯を舐《な》め、軍事的に家康を屈服させ得なかった秀吉は、征夷大将軍《せいいたいしょうぐん》任官を諦《あきら》め、天皇の権威を借りて、家康への政治的圧迫を強めていった。

七月、秀吉は関白《かんぱく》に就任する。まさに〝位押《くらいお》し〟により、秀吉は家康を追い詰めることに成功しつつあった。

一方の家康は、懸案となっていた真田昌幸の沼田領移転問題に決着をつけるべく、八月、信州上田《うえだ》城攻撃を開始するが、昌幸の奇策に翻弄《ほんろう》され、千三百もの首を献上した上、撃退される。これが世にいう神川《かんがわ》合戦である。

徳川勢の上田攻めに呼応するように、北条家も上州の真田領に攻め入った。氏邦らは、沼田城の南一里弱の森下《もりした》城を落とし、沼田城下まで迫るが、徳川勢の敗報が伝わり、空しく兵を引いた。

信州の一国衆に過ぎない真田家にてこずる家康とは対照的に、秀吉は、紀州《きしゅう》雑賀一揆《さいかいっき》、四国の長宗我部元親《ちょうそかべもとちか》、越中《えっちゅう》の佐々成政《さっさなりまさ》らを次々と平らげ、自らの包囲網を崩壊させた。

家康陣営に対する秀吉の調略作戦も功を奏し始め、刈谷《かりや》城主の水野忠重《ただしげ》、木曾《きそ》福島《ふくしま》城主の木曾義昌《よしまさ》に続いて、十一月には、家康股肱《ここう》の重臣である石川数正《かずまさ》が秀吉の許に走った。これにより、徳川家の軍制などの機密情報が秀吉に筒抜けになった。それだけでなく、数正は元信濃《しなの》守護職の府中《ふちゆう》小笠原貞慶《おがさわらさだよし》の人質を伴って出奔《しゆつぽん》したので、貞慶までもが秀吉の許に参じてしまった。これにより、家康の信濃国内における勢力圏は、佐久《さく》、諏方《すわ》、伊那《いな》の三郡となった。

天正十三年（一五八五）の両雄は、まさに長久手合戦の成果とは裏腹な果実を手にしていた。

天正十四年（一五八六）一月、織田信雄が三河国岡崎《おかざき》を訪れた。むろん家康を、秀吉への臣従に誘うためである。

着々と天下統一に向けて歩を進める秀吉に対し、じり貧状態となりつつある家康は、遂に臣従を決意した。

三月、家康は氏政と三島《みしま》と沼津《ぬまづ》で二回の会談を持ち、秀吉に臣従することを告げる。しかし、豊臣家臣になるとはいうものの、家康に北条家との同盟を破棄《はき》するつもりはなく、さらに同盟関係を強化したい旨《むね》を氏政に申し入れた。

家康は表裏のないことを示すため、沼津三枚橋《さんまいばし》城を破却《はきやく》し、備蓄してあった兵糧《ひようろう》一万俵《ぴよう》を北条家に進呈するほどの誠意を見せた。

家康の態度に不審をぬぐい切れない氏政であったが、「一時逃れの臣従」という家康の言葉を信じ、矛先を収めた。氏政としても、ここで家康と仲違《なかたが》いしてしまっては、孤立をさらに深めてしまうことになるため、家康の行動に文句をつけられなかったのである。

豊臣、徳川両家間の交渉は、とんとん拍子で進んだ。

五月、秀吉は妹朝日《あさひ》を家康の許に輿入れさせ、十月には、人質として実母の大政所《おおまんどころ》をも岡崎に送った。次々と繰り出される秀吉の懐柔《かいじゅう》策に、万策尽き果てた家康は、十月、上洛《じょうらく》の上、正式に秀吉の臣下となる。

すでに五月には、上杉景勝も秀吉に臣従しているので、北条家は周囲を敵に囲まれたことになる。家康は、「一時逃れ」どころか、秀吉の身内となり、本気で臣従したとしか思えなかった。

梯子《はしご》を外された格好の北条家は、蜂《はち》の巣をつついたような騒ぎになった。

天正十五年（一五八七）正月の大評定《だいひょうじょう》は、緊迫した空気に包まれていた。

ここのところ、岩付《いわつき》、関宿《せきやど》、佐倉《さくら》領等の利根川水系の領域経営にあたっていた氏政も、急遽《きゆうきよ》、小田原《おだわら》に戻っており、同じく北関東戦線から戻った氏直、各方面軍を任されている氏照ら兄弟衆、そして重臣たちも一堂に会していた。

「話が違うではないか！」

家康から送りつけられた書状を投げ捨て、氏政が喚《わめ》いた。

それは「関東惣無事《そうぶじ》の儀につきて、羽柴よりこの方に申し来たり候《そうろう》」で始まるもので、前半には、「関東・奥惣無事令」についての説明が、後半には、はからずも秀吉の臣下となったことの弁明が、くどくどと書かれていた。

「関東・奥惣無事令」とは、秀吉が、天皇の名において関東と奥羽各地の大名向けに発した私戦停止令である。その主旨は、戦国大名の権利である〝交戦権〟を否定し、戦争の主たる原因である領土問題を、戦闘によらず秀吉の裁定により、平和裡《へいわり》に解決していこうというものである。

諸大名にとり、この布告は、秀吉の天下統一を公式に認め、その秩序の中に取り込まれるか否《いな》かを、はっきりさせる踏絵であった。

秀吉は、その監視役ともいうべき〝関東奏者《そうしや》〟に、臣従まもない家康をあて、関東全域の支配を円滑《えんかつ》に進めようとしていた。

敵味方を問わず、北条家と領国を接する大名や国衆は、それぞれ秀吉に臣下の礼をとり、次々と豊臣政権内での立場を固めていった。こうした動きに対し、関東では、北条家だけが独立独歩の姿勢を貫いていた。

「これでは、四面楚歌《しめんそか》ではないか――」

獣《けもの》が唸るように、氏政が呟《つぶや》いた。

西方の障壁を取り除かれた北条家は、突如として四辺を豊臣与党大名で固められる恰好《かっこう》になり、根本から外交戦略を練り直す必要に迫られた。

「助五郎（氏規）、三河殿の真意はどこにあるのだ⁉」

氏政の怒声《どせい》が大広間に響いた。

「すでに申し上げたように、徳川家は徳川家の存念（方針）を貫いたまで。この上は、われらも三河殿を頼り、秀吉に誼《よしみ》を通じ、臣下の礼をとるほかありませぬ」

「何を寝ぼけておる」

それまで瞑目《めいもく》していた氏邦が、豁然《かつぜん》と目を開けた。

「小牧長久手以前から、佐竹らはこぞって秀吉に頭《こうべ》を垂れ、その東征を懇望《こんぼう》してきた。それを今更《いまさら》、われらが傍輩《ほうばい》にしてくれと申しても、誰が聞く耳を持つと申すか。たとえ戦わずして秀吉の前にひれ伏しても、われらの領国は大幅に削られ、ゆくゆくは討伐《とうばつ》されることになる」

「それでは、秀吉を敵に回して、われらだけで戦うと申すのか!? そんなことをすれば、滅亡は必定ではないか！」

負けじと、氏規が声を荒らげた。

「わしはそこまでは申しておらぬ。ただ、西表《にしおもて》（西国）に頭を垂れることしか知らぬおぬしの考え方が、気に入らんだけだ」

「何を申す！　わしは――」

「静まれ！」

氏直が怒声を発した。

「大途――」

怒声に驚いた氏政が、口をあんぐりと開けた。

「義父上《ちち》（家康）は律儀第一の御仁《ごじん》。わしが駿府でも岡崎でも赴き、真《まこと》を示せば、必ずやよしなに取り成してくれる」

「戯言《ざれごと》を申されますな。大途を押さえられては、当方は一指《いっし》も動かせませぬ」

松田憲秀《のりひで》が幼子を諭《さと》すように言った。

「義父上ともあろうお方が、それがしを質にとることなどあるまい」

「駄目だ。それだけは絶対にいかん!」

氏政が駄々《だだ》をこねるように言った。

「父上」

氏直が威儀を正した。

「それを決めるのは、それがしです」

「な、何を申すか――」

面目《めんぼく》を潰された氏政が、助けを求めるように氏照に顔を向けた。

「陸奥守《むつのかみ》、どう思う?」

「談義に及ばず」

その一言に、座の緊張は一気に高まった。

「今更、何を申しても遅い。われらは三河の古狸《ふるだぬき》に嵌《は》められたのだ」

氏照が、氏直に視線を据《す》えた。

「秀吉に臣下の礼をとるなど無用。秀吉は織田家の天下の簒奪者《さんだつしゃ》であり、時ならず没落すること必定。三河殿に秀吉と対決する気がないのなら、即刻、三河殿とも手切れすべし」

「何を申すか！　兄者は家を潰す気か!?」

氏規の顔が真っ青になった。

「それでは、古狸の二枚舌に惑わされ、おぬしはわれらの存念を捨てる所存か!?」

「そうではない。では兄者は、三河殿との同盟なくして、いかに秀吉と対していくつもりか!?」

「天下に志ある伊達を引き込み、二国で京勢に抗すればよし」

「それでは、秀吉の思うつぼではないか！」

「われらの存念を関八州《かんはっしゅう》に貫くためには、いつかは秀吉と戦わねばならぬのだ」

「関東が戦場《いくさば》と化してもよいと申すか!?」

「われらはわれらの存念を通すまで。義を違《たが》いての栄華《えいが》より、義を貫いての滅亡こそ、われらが家訓ではなかったか。関八州に王道楽土《おうどうらくど》を築くという父祖代々の存念を捨ててまで、屈辱《くつじょく》に堪《た》える必要はない。われらが天道に背いておらねば、おのずと勝利は呼び込める」

氏照が祖父氏綱《うじつな》の遺した家訓を持ち出したため、氏規の舌鋒《ぜっぽう》も弱まった。

「助五郎、信長健在の頃、わしは彼奴《きやつ》に臣従することに賛同し、兄者に膝を屈してもらった。しかし、信長はわれらの誠意を踏みにじるがごとく、高圧的な態度で上野と駿河《するが》を取り上げていった。あれ以来、わしは京衆の言葉は信じぬことにした」

「それは違う。あれは、われらにも責があるはずだ」

悲しげな顔をして首を振る氏規を、氏政が制した。

「わしも肚《はら》を決めた。この上は坂東武者《ばんどうむしゃ》の意地を貫き、秀吉に一泡吹かせるしかない。その上で、和談に及べばよい」

「大殿も血迷うたか!? 秀吉はわれらの考えも及ばぬほどの権力と兵力を有しておる。手も足も出ないままで降伏すれば、和談どころか、われらと傘下の国衆たちは揃《そろ》って領国召し上げとなる」

「それは違う」

氏照が決然として言った。

「秀吉づれの仕置きに従うくらいなら、われらは滅んだ方がましだ。彼奴の走狗《そうく》と化したわれらに、いかなる〝拠《よ》りどころ（存在意義）〟があるというのか。早雲《そう》庵《うんあん》様は関東の地に安寧《あんねい》をもたらすために立ち上がった。その存念をわれらは受け継ぎ、関東に覇を唱えてきた。しかし、秀吉の配下となれば、われらは民から糧《かて》を搾《しぼ》り取る代官の役目を担わされる。それを早雲庵様が望まれると思うか？」

「兄者の申すことは、まったく理に適《かな》っておらぬ。存念を通すために、われらどころかわれらに従ってきた国衆たちを犠牲にし、民を呻吟《しんぎん》させてもよいと申すか⁉」

「われらが立たねば、誰が傘下の国衆と民を守るのか。われらは民のためにある。われらが秀吉にひれ伏せば、民は秀吉から富と糧のすべてを搾り取られ、地獄を見ることになる。そうさせぬために、われらは戦うのだ！」

二人は座の中央で睨み合った。

「もうよい」

その白面《はくめん》に苦渋《くじゅう》をにじませつつ、氏直が口を開いた。

「叔父上《おじ》たちのご意見、ともに尤《もっと》もだ。しかし、われらだけで論じ合っていても、埒《らち》が明かぬ。わしが赴けぬなら、ひとまず駿府《すんぷ》に使者を送り、義父上の真意を糾《ただ》してみようと思う。ただし、それを待ってからでは手遅れになる。構えを〝和戦両様〟とし、陸奥守殿には、各地に防衛策をめぐらしてほしい。美濃守殿には、従前通り、秀吉との融和の道を探ってほしい」

「和戦両様と?」

氏照と氏規が同時に声を発した。

「うむ、義父上の真意が摑《つか》めるまで、和戦両様で臨む」

氏直が断固たる口調で言った。

――大途の申すことにも一理あるが、三河の古狸の真意を摑むことが、はたしてできるのか。

一抹《いちまつ》の不安を感じつつも、氏照が矛を収めた。

氏規も同様の思いらしく、口をつぐんだ。

三

天正十五年（一五八七）四月、板部岡江雪《いたべおかこうせつ》が駿府に赴き家康に拝謁《はいえつ》した。会談の席上、家康は、北条家を臣従に誘った。しかし、本音の部分は巧みにかわされ、本心から秀吉に服するのか、一時的な危機回避策としての臣従なのか、見当がつかなかった。

実は、家康の立場も微妙だった。

秀吉の真意を疑う家康は、もしもの場合に備えて、北条家との攻守同盟は継続させたい。しかし、いつまでも秀吉に頭を垂れない北条家と心中するつもりもない。それゆえ、秀吉と北条家の双方に、いい顔をしておきたかったのである。

櫓《やぐら》のように組み上げられた微妙な力関係の上で、家康も綱渡りのような外交を続けていた。

板部岡江雪が小田原に帰着した後の大評定においても、徹底抗戦を主張する氏照に対し、恭順《きょうじゅん》を提唱する氏規の間で、いつものように議論は並行線をたどった。その結果、基本方針が「和戦両様」の枠から出ることはなかった。

「和戦両様」の〝戦《せん》〟の部分を担当した氏照は、着々と決戦準備を進めていた。

まず領内の国衆に対しては、「大途天下の御弓矢立《おんゆみやたて》」と称した触れを出し、戸籍を再調査し、兵役《へいえき》、夫役《ぶやく》（普請役）等を厳格に規定した。この「人改め」令により、兵役と夫役は十五歳から七十歳までとされ、領内の男子のほとんどが駆り出されることになった。

さらに、関東各地に散らばる支城群の整備計画も策定され、船の新造、大筒《おおづつ》の鋳造《ちゅうぞう》なども、領国内の技術者、職人惣懸《そうがか》りで急速に進められた。

氏政は、五男直重《なおしげ》の後見として佐倉へ、氏照は八王子へと、それぞれの居城に戻った二人は、領民からの武器供出《きょうしゅつ》、寺社の梵鐘《ぼんしょう》の応召《おうしょう》などを実施し、決戦態勢確立へと邁進《まいしん》した。ちなみに梵鐘は、鋳潰《いつぶ》して銃丸《じゅうがん》に鋳直《いなお》すために供出を求められた。

氏政と氏照は、ともに戦うことを領民に呼びかけ、協力を促《うなが》したが、領民たちの中には窮状に堪えかね、逃散《ちょうさん》する者もいた。

北条家のお膝元である相模《さがみ》国でも、領民への要求は日を追うごとに厳しくなり、遂に「三浦郡田津浦《たと》」では、浦伝役《うらづたいやく》（海運）に苦しんだ領民の退転（他国への逃走）が生じた。さらに上野、下野の新領国では、百姓の欠落《かけおち》（逃亡）が大量に発生した。下野星野郷《ほしの》では、地侍《じざむらい》の星野氏まで欠落するに至った。

長らく四公六民の善政を布《し》いてきた北条家の歴史において、飢饉《ききん》と信玄《しんげん》侵攻時のほか、こうした事件は前例がなかった。北条家は領国の危機だけでなく、まさに、その理念の危機にも瀕していたのである。

天正十六年（一五八八）正月の大評定も、北条家の「和戦両様」の構えは変わらず、豊臣政権との接近を図る氏規ら穏健派と、決戦態勢に邁進する氏照ら強硬派の間では、対照的な活動が続いていた。

二月、重臣の笠原康明《かさはらやすあき》を京都に送った北条家は、近々の氏規上洛を伝え、平身低頭の姿勢を示した。

秀吉も鷹揚《おうよう》な態度でこれを了解した。

これにより、豊臣家と北条家の決戦が回避されたとの噂《うわさ》が、諸国に流れた。

実のところ秀吉も、前年に勃発した肥後《ひご》国衆一揆が広がりを見せ、予断を許さなくなったこと、さらに四月に予定されている後陽成《ごようぜい》天皇の聚楽第行幸《じゅらくだいぎょうこう》などで多忙を極めていたため、北条家ばかりに、かかずらってはおれなかったのである。

四月、後陽成天皇の聚楽第行幸が行われた。これは秀吉の天下統一を全国に宣言する一大祝祭であった。ところが、丁重に招待したにもかかわらず、居並ぶ諸大名の中に、北条家の祝賀使《しゅくがし》の姿はなかった。

これに激怒した秀吉は、富田知信《とみたとものぶ》、津田信勝《つだのぶかつ》らの詰問使《きつもんし》を小田原に送った。返答によっては、秀吉は一戦も辞さぬ覚悟であった。

再び緊迫の度を増し始めた両者の関係に憂慮《ゆうりよ》した家康は、「ひとまずは氏規の上洛」という線で秀吉を説得し、五月、北条家に対し、三ヶ条の起請文《きしようもん》を送りつけた。

この起請文は、「家康は北条家に対し、まったく他意のないこと」「氏規の上洛を急がせること」「豊臣政権に出仕しないのであれば、督姫を離縁してほしい」という主旨であった。いわゆる、恫喝《どうかつ》に近い家康の忠告である。

日の出の勢いの秀吉の勢威を目《ま》のあたりにし、到底、抗し得ないと覚《さと》った家康は、この頃には、北条家を見捨てることまで視野に入れつつあった。

七月、秀吉の母大政所が病に倒れ、家康夫妻が見舞いのための上洛することになった。この機に、「氏規を同行させてはどうか」、と家康から誘いがきた。

これ以上の沈黙は手遅れになると判断した氏直は、独断で氏規の上洛を決定し、氏政、氏照、氏邦らに一方的に通告してきた。


七月、小田原城では、氏規上洛を前にした大評定が開かれた。

「すでに書状で伝えたが、此度《こたび》の美濃守上洛、おのおの方、賛同いたしたということでよろしいですな」

有無を言わさぬ顔つきで、氏直が言った。

「お待ちあれ。あくまで此度は大政所見舞いの使者。これにより、当家が秀吉に臣従するということにはなりませぬぞ」

氏照が釘《くぎ》を刺した。

「兄者、それは違う。見舞いはあくまで表向きのことだ。わしは先々の臣従を念頭に置いて上洛する。そこのところを納得いただかねば、上洛する意味がない」

氏規が反駁《はんばく》する。

「それほど秀吉がわれらに臣従してほしいのなら、筋《すじ》の通し方があるはずだ。三河殿に対する秀吉の卑屈《ひくつ》なまでの態度を思い起こせ。大政所を証人に出し、妹を嫁《とつ》がせるまでして媚《こ》びへつらい、やっと臣従を勝ち得たではないか。三河殿に劣らぬ力を持つわれらに対して、悪し様《あざま》な態度で臨み、一方的に臣従せよというのは、虫がよすぎる話だ」

「兄者、それは了見違いというものだ。三河殿は長久手合戦で秀吉を打ち負かし、手強《てごわ》いところを見せたがゆえ、それだけのものを引き出せたのだ」

「それであれば、われらも手合わせいたせばよい」

「兄者、長久手当時と今では、状況が違いすぎる。秀吉は、四国の長宗我部、九州の島津までも平らげ、勢威はかの信長公を上回る。すでにわれらの敵《かな》う相手ではない」

二人のやり取りを黙って聞いていた氏邦が、口を開いた。

「それでは、臣従の見返りとして、こちらも条目を出してみたらどうか?」

「いかなる条目か?」

氏直の目が光った。

「若神子《わかみこ》対陣（天正壬午《てんしょうじんご》の乱）の折、三河殿と決した上野国領有の件は、いまだ解決しておらぬ。真田が居座る沼田、名胡桃《なぐるみ》、岩櫃《いわびつ》の領有権は、本来、われらにあるはずだ。真田も秀吉の臣下なのだから、われらが関白に臣従を誓えば、関白とて道理に従い、裁定を下さねばなるまい」

「上野全土領有を条目に持ち出すというのか？」

今度は、氏政が身を乗り出した。

「それならわれらの面目も立つ。兄者、その辺りで納得してくれぬか」

氏規の顔には、必死さが溢《あふ》れていた。

――確かに上野領有が貫徹できるならば、われらの存念成就《じょうじゅ》に一歩近づくことになる。つまり、上野から真田昌幸を追い出せれば、下野の中小国衆どもは、揃って頭を垂れてくる。さすれば、孤立した常陸《ひたち》の佐竹も、われらに従うしか道はない。つまり、戦わずとも関東を制することができるのだ。関東全土を制すれば、単独でも秀吉に対抗できる。これは悪い話ではない。

「源三《げんぞう》、このままでは、時ならず京勢が押し寄せてくる。諸城の修築がままならぬゆえ、今、秀吉と手切れになってはまずいと、話し合ったばかりではないか」

氏政が妥協《だきょう》を持ちかけた。

確かに、関東諸城の修築は予定から大幅に遅れていた。それというのも、延びる一途の最新火器の射程に対して、十分に対応できる構えを持つ城は、傘下国衆たちのものはもとより、北条家直轄のものでも少なく、それらに大幅な普請作事を施さねばならなかったからである。

——かつて父上も申したはずだ。「一見、回り道に見えても、それが存念を成就させる早道となることもある」と。

氏照が固く閉じていた口を開いた。

「わかった。ただし、臣従の見返りとして、上野国領有を譲るわけにはいかぬ」

氏規の安堵《あんど》のため息が聞こえた。

八月、大政所見舞いという名目ながら、臣従の誓書を持参した氏規が、小田原を後にした。

四

「此度は、やれやれでございましたの」

九月、八王子城御主殿《ごしゅでん》茶室で、氏照と一庵《いちあん》が茶を喫していた。

質素でありながら、東西の名品に彩《いろど》られたその茶室は、北条家きっての文化人としての、氏照の側面を如実に物語っていた。

「あくまで一時《いっとき》の便法だ」

「そうは申しても、われらの領国を揺さぶるべく、秀吉は様々な策を講じてまいりましたな」

秀吉とその奉行衆《ぶぎょうしゅう》は、北条領国を内部から瓦解《がかい》させ、秀吉に完全屈服せざるを得ない状況に追い込むべく、北条傘下の国衆に調略の手を伸ばし始めていた。

「秀吉は、三河殿を詰めた時と同じ手口で、われらに揺さぶりをかけてきておる。しょせんは、われらを滅ぼすつもりなのだ」

「まさか由良と長尾の兄弟にまで、秀吉の調略の手が伸びておるとは、思いませなんだ」

この八月、金山城主の由良国繁、館林城主の長尾顕長が、三度《みたび》、叛旗《はんき》を翻《ひるがえ》した。ここのところ、氏規の上洛や諸城の修築などで、各国衆に資金の供出や課役の負担が重くのしかかり、不満が鬱積《うっせき》していることはわかっていたが、まさか二人が秀吉の甘言《かんげん》に惑わされるとは、氏照も思っていなかった。

氏照と氏邦は、至急、足利に急行し、瞬《また》く間に長尾顕長の叛乱《はんらん》を鎮圧した。これを見た桐生の由良国繁も降伏したため、叛乱は飛び火せずに鎮火した。

「二人は領国召し上げとなり、小田原在府と決まった」

氏照がその筋張った手でゆっくりと碗を回し、茶をすすった。

「しかし、いかなる勝算があって、二人は叛旗を翻したのか、それがしにはわかりかねまする」

「うむ、佐野がわが傘下となった今となっては、どこからも後詰は来ぬはずなのだが――」

「やはり、秀吉から何らかの手が回ったのかも知れませせぬな」

「いずれにしても、猿面《さるめん》冠者《かじや》とその犬どもの甘言に乗るとは、浅はかなことだ」

「もしかすると、秀吉から遠からぬ関東侵攻を知らされた二人は、われらの与党ではないことを示すために、領国召し上げを覚悟の上で、叛乱を起こしたのではありますまいか」

「そうか――」

――己《おのれ》の家を守ることしか考えぬ輩《やから》には、しょせんわれらの筋目や存念などわかろうはずがないのだ。

「一庵、彼奴らが戦わずして城を明け渡したことから、それは十分にあり得る話だ。しかし、わしにはわからぬ。どうして彼奴らは己の家の安泰《あんたい》ばかりを考えるのか――」

「それが、人というものではありませぬか」

一庵が埋火《うずみび》を消した時である。

「申し上げます」

低い声が茶室に響いた。

声の主《ぬし》が誰かは、すぐにわかった。

茶室のにじり口が少し開くと、嶋之坊《しまのぼう》の声がした。

「猪俣《いのまた》殿、真田へ内通」

「まさか」

顔を見合わせた二人は絶句した。

「箕輪《みのわ》城を預かる猪俣能登守邦憲《のとのかみくにのり》殿が、先頃、召し抱えた元真田家家臣の中山右《う》京亮《きょうのすけ》と申す者は、沼田城将の中山九郎兵衛《くろべえ》の甥《おい》でございます。右京亮は九郎兵衛と仲違いし、北条方に身を寄せたことになっておりますが、その右京亮を仲立ちとし、猪俣殿は敵方に内通しようといたしております」

嶋之坊が淡々と報告した。

「それは確かなのか？」

「右京亮が、喧嘩《けんか》別れしたはずの中山九郎兵衛と面会しておるところを、しかと見届けました」

氏照は腕組みし、瞑目した。

——どう考えても、猪俣の方から働きかけているとは思えぬ。ただし、真田から誘いがあれば、猪俣とて乗らぬ話ではないが。

「この話、よもや真田安房《あわ》（昌幸）が謀《はかりごと》をめぐらせておるのではあるまいか？」

「その疑いもありまする」

「ということは、真田安房は猪俣を指嗾《しそう》し、何かたくらんでおるに違いない」

氏照の拳《こぶし》が怒りに震えた。

「新太郎様には何とお伝えいたしまするか？」

猪俣邦憲は氏邦の重臣であるため、氏邦にも伝えておくのが筋である。

「このことは他言無用《たごんむよう》。まずは猪俣や中山右京亮を泳がせ、謀反《むほん》の手はずを摑め」

「御意《ぎょい》」

嶋之坊の気配が瞬く間に消えた。

「それにしても――」

一庵が、何ごともなかったかのように言った。

「秀吉といい真田安房といい、人の心の隙《すき》を衝《つ》き、己の思うままに動かそうとする輩が、世には多過ぎまする」

「そうした私利私欲に囚《とら》われた者らに鉄槌《てっつい》を下すことが、早雲庵様以来のわが家の〝拠りどころ〟なのだが――」

氏照は、遠い京にいるはずの氏規のことを思った。

八月二十二日、上洛した氏規は、聚楽第《じゅらくだい》において、諸大名列席の下、秀吉に拝謁した。居並ぶ諸大名が秀吉から官位の上奏《じょうそう》を受けており、衣冠束帯《いかんそくたい》姿であったのとは対照的に、五位の叙爵《じょしゃく》さえ受けていない氏規は、ただ一人だけ侍烏帽子《さむらいえぼし》に褐色《かちん》の直垂《ひたたれ》といういでたちであった。

そのため、諸大名の中には氏規を嘲笑《ちょうしょう》する者もいたが、氏規はなりふり構わず、目的に向かって邁進した。

上野国の裁定について、後日、詳しい者を上洛させれば、吟味の上、裁定を下すとの秀吉の内意を得た氏規は、秀吉側の条件である「関東・奥惣無事令」の遵守《じゅんしゅ》と、氏政の上洛について同意した。

二十九日、氏規は勇んで帰国の途に着いた。

明けて天正十七年（一五八九）、秀吉の「御赦免《ごしゃめん》」により、小田原には一時《ひととき》の平和が訪れていた。しかし、北条家に「御赦免」の条件の一つとして課せられた

「氏政上洛」については、一向に進んでいなかった。

　氏規が家康に送った書状によると、「氏政は御隠居と称して引き籠《こ》もり、少しのことについても『重ねては関与しない』と云って取り合わない。どうしようもない」とある。

　氏政は、一時的な臣従は仕方ないとしても、自らが秀吉の膝下《しっか》にひれ伏し、本気で臣従する気はなかったのである。

　お手上げとなった氏規は、秀吉に沼田領移転問題の裁定を仰《あお》ぎ、その御礼言《ごん》上《じょう》として、年内に氏政を上洛させるべく、まず板部岡江雪を上洛させた。江雪は沼田領移転問題に詳しく、秀吉の「詳しい者を上洛させよ」という条件にも適っていた。

　一方、紛争調停機関としての統一政権の威信にかけても、秀吉は公平な裁きを下さねばならなかった。そのため真田昌幸は、上野国内すべての拠点を取り上げられる可能性が高かった。昌幸は家臣を派遣し、「先祖代々の墳墓《ふんぼ》の地である名胡桃は残していただきたい」という一点だけを主張した。

　考えれば、信州上田が発祥の地である真田家の墳墓が、上州名胡桃にあるわけがない。それは誰にもわかる話であったが、あえて秀吉はそれを許した。豊臣政権の威信を守るためにも、北条家の要求を一方的にのむわけにはいかなかったからである。しかし昌幸には、その名胡桃を使った深慮遠謀《しんりよえんぼう》があった。

二月末、秀吉の裁定は以下のように決まった。

●沼田領三万石の地を三等分する。
●その三分の二を北条家の領土とする。
●残る名胡桃の地は真田家の領有とする。
●真田家の失った沼田領二万石の替地は、徳川家が補塡《ほてん》する。

沼田領の裁定は以上のように下されたが、むろん秀吉は、「氏政か氏直のどちらかを上洛させよ」という条件の履行《りこう》を付け加えるのを忘れなかった。

この知らせを受けた北条家では、早速、大評定が開かれ、すべての条件に合意することを決した。今度ばかりは、氏政も覚悟を決めざるを得なかった。

一方、依然として「和戦両様」の構えを貫こうとする氏照ら強硬派は、正月もなく諸城の整備や軍需物資の調達におおわらわとなっていた。

氏邦は「穀物は収納次第に箕輪城に搬入し、郷中に一俵も残さないよう」命じ、氏照は「くい物たるほどの物」は郷中に残さず、すべて八王子城に入れるよう領内に触れを回した。氏規の動きとは裏腹に、氏照らはいまだ「惣国」防衛体制の強化に狂奔《きょうほん》していた。

そんな折、自ら陣頭に立ち、八王子防衛の強化に奔走《ほんそう》していた氏照の許に急報が届いた。佐竹義重の意を受けた多賀谷重経《たがやしげつね》が、北条方の常陸国南部の橋頭堡《きょうとうほ》である牛久沼《うしくぬま》周辺諸城に攻め寄せてきたというのである。

その知らせを受けた京都滞在中の板部岡江雪は、早速、「関東・奥惣無事令」に違背《いはい》する行為として、佐竹らの非を鳴らしたが、石田三成《みつなり》をはじめとした秀吉奉行衆が取り合うはずもなかった。実は、北条家を挑発するよう、秘密裡《ひみつり》に佐竹らに命じていたのは、奉行衆だったからである。

北条征伐《せいばつ》の大義名分を得るべく、秀吉陣営と真田昌幸は、個別に策動を始めていたのである。

五

氏照らが牛久城に駆けつけた時、すでに城は多賀谷勢の手に落ちていた。

「遅かったか!」

馬を下りた氏照が馬上鞭《ばじようむち》を叩きつけた。

篝火《かがりび》に照らされたその顔は、憤怒《ふんぬ》に歪《ゆが》んでいた。

「申し訳ありませぬ。御霊《みたま》送り(盆祭り)で、外郭を守る地侍衆が手薄となった隙を、多賀谷めに衝かれました」

牛久城の西隣にある東林寺《とうりんじ》城で氏照を迎えた岡見治部大輔治広《おかみじぶたゆうはるひろ》が、がっくりと肩を落とした。

牛久城は、足高《あだか》、谷田部《やたべ》の二城とともに、牛久沼周辺に根を張る常陸国衆、岡見一族の拠点であった。岡見氏は、佐竹方の多賀谷氏と領国を接しているため、独力ではその侵攻に堪え切れず、天正元年(一五七三)頃、北条傘下に入っていた。

「牛久番の井田《いだ》はどうした!?」

「はっ、申し訳ありませぬ。最初にわれらが駐屯する東林寺城を攻められ、撃退したまではよかったのですが、それを追って敵の八崎《はつさき》城まで攻め寄せた隙に――」

「敵の〝掛け合い調儀（陽動作戦）〟に掛かったのだな?・」

「はい――」

井田因幡守《いなばのかみ》胤徳《たねのり》が消え入るように頭を下げた。

牛久城は敵方との最前線に位置しているため、氏照は、井田、高城《たかき》、豊島《としま》氏ら下総《しもうさ》国衆を、輪番《りんばん》で牛久城の西に構築した東林寺城に詰めさせていた。

これに対し、「関東・奥惣無事令」を無視した侵攻を続ける佐竹、多賀谷両勢は、すでに足高、谷田部の岡見氏拠点の攻略にも成功し、岡見氏と牛久番衆を追い詰めていた。そのてこ入れとして、氏照が牛久を目指している途次《とじ》、牛久城が奪取されたのだ。

「とられたものは致し方ない。佐竹勢の後詰がある前にとり返す!」

「応《おう》!」

氏照の言葉に八王子衆の意気は揚がったが、敵方拠点となった足高、谷田部両城から、後詰が寄せてくることは必定であり、ことを急ぐ必要があった。

「実はあの――」

早速、城攻めにかかろうとした氏照に、岡見治部が言いにくそうに切り出した。

「まだ何かあるのか？」

縄張図《なわばりず》から目を離さずに、氏照が問い返した。

「実は、城内に娘の滝姫《たきひめ》がおります」

「おぬしは、娘を置き去りにしてきたのか⁉」

氏照が驚いて顔を上げた。

「いや、娘が敵を引き受け、その隙を縫《ぬ》い、それがしは城を抜け出しました」

「話がよくわからぬ」

「娘が殿軍《しんがり》を引き受け、それがしを逃がしたということです」

周囲がどっと沸《わ》いた。

「娘が殿軍を引き受けるとは聞いたこともない。常陸国とは面白《おもしろ》きところだな」

氏照も苦笑を禁じ得なかった。

「わが娘の滝は、この辺りでは今滝夜叉《たきやしゃ》と呼ばれる武芸練達の者。それがしは男子が少なく、致し方なく滝に武芸を教え、戦陣にも立たせてきました」

岡見治部が消え入るように言った。

滝夜叉とは、平将門《たいらのまさかど》の娘と言われる伝説上の女傑のことである。

「まあよい。城はすぐに奪回してやろう。どんなに恐ろしげな顔をしているか、その滝夜叉とやらの顔も見たい」

早速、氏照は城攻めの手配りを始めた。

夜陰《やいん》に乗じて、城の近くまで迫った中山勘解由《かげゆ》ら先手衆が、敵勢に気づかれたことで、戦闘の火蓋《ひぶた》が切られた。

八王子衆先手と二の手約三百の将兵が、喚《おめ》き声《ごえ》を上げつつ城に襲いかかった。

しかし、牛久城は典型的な沼城《ぬまじろ》であり、接近するには細い畦《あぜ》を縦列にならなければならない。そこに、敵の攻撃が集中される。

瞬く間に、周囲は轟音《ごうおん》と喚声の巷《ちまた》と化した。

全身泥土《でいど》にまみれつつ、中山隊が北端の大手《おおて》にあたる角馬出《かくうまだし》の近くに到達した時、二の手の金子家重《いえしげ》らは、いまだ沼地に釘付けにされていた。敵の銃火に晒《さら》された金子隊は、引くに引けない状態となっていた。

その時、本陣で指揮をとる氏照の耳に、聞き慣れない筒音《つつおと》が聞こえた。

——あれは南蛮《なんばん》の大筒ではないか。なぜ、多賀谷ごときが持っておるのか⁉

塁壁《るいへき》上で何かが閃《ひらめ》き、天地《あまつち》を揺るがすばかりの轟音が響きわたると、氏照の本陣まで泥土が降ってきた。その中には、味方兵の手足も含まれている。

「大筒だ。身を隠すよう、勘解由らに伝えよ！」

そう言ってはみたものの、先手衆は、身を隠すものとてない泥田の中に、半身を埋めているだけである。

——これでは全滅になる。何とかせねば。

氏照が「撤退」を命じようとしたその時、塁壁から鉄砲や大筒を放っていた城兵が、城内に気をとられ始めた。中には、城内に向かって鉄砲を撃ち込む者もいる。

空をもつんざくほどだった筒音も、にわかに已《や》んだ。

城内で混乱があるらしく、怒声が交錯《こうさく》し、塁壁の持ち場を離れる者の姿も見える。その下に見える馬出の兵たちが、城内に戻っていく姿も垣間《かいま》見えた。

「惣懸り！」

氏照の下知《げじ》と同時に、けたたましい鉦鼓《しょうこ》の音が鳴り響き、そこかしこで首をすくめていた先手衆が馬出に殺到した。中山隊に続き、金子隊も城内に突入した。

日の出ぬうちに全曲輪《くるわ》を制圧した中山、金子らは、夜明けとともに氏照を城内に迎え入れた。

「大儀であった」

氏照が、勘解由と金子家重の労をねぎらった。

「しかし、あれだけの砲火の中、よく大手門を破ったな」

「いや、大手門は内から開きました」

勘解由が屈託《くったく》のない笑みを浮かべた。

「内応か？」

「さて、その様子もなく――」

勘解由と家重が顔を見合わせた。

「わしじゃ」

その時、取り巻く輪の後方から若々しい声がした。

一同がその声の方に顔を向けると、そこに深紫《ふかむらさき》の陣羽織《じんばおり》をまとった若武者《わかむしゃ》が立っていた。

「その方、見慣れぬ顔だが、岡見の手の者か？」

「そうじゃ」

物怖《ものお》じせずに答える若武者の背後から、岡見治部が転がり出てきた。

「これ、平伏せよ！」

「治部、よいのだ。この者は虜囚《りよしゆう》となりながらも城内で蜂起《ほうき》し、内から門を開いた剛《ごう》の者だ。その方、名は何と申す？」

「滝じゃ」

氏照と重臣たちが啞然《あぜん》として顔を見合わせた。

「そなたが滝姫か？」

「はい、これが滝にござります」

岡見治部が、滝姫の後頭部を押さえるようにして頭を下げさせた。

その様を見て、氏照と重臣たちが哄笑《こうしょう》した。

「滝姫、その方は父に似ず武勇に秀《ひい》でた者と見た。これからも父と兄を扶《たす》け、この地を守っていくがいい」

拝跪《はいき》する滝姫に、氏照は手ずから脇差《わきざし》を下賜《かし》し、その場を去ろうとした。

「お待ち下さい」

滝姫が氏照を呼び止めた。

「奥州《おうしゅう》様、それがしを御陣の端にお加えいただけませぬか？」

「これ、何ということを――」

岡見治部が、おろおろしつつ滝姫の肩を押さえた。

「そなたは女子《おなご》の身で、われらとともに戦塵《せんじん》にまみれたいと申すか？」

「はい」

滝姫が威儀を正した。

「ここにいても、どこぞの地侍の嫁に出されるだけでございます。それならいっそ、奥州様にお供し、関東の戦野を駆けめぐりたいと――」

「戦場は楽ではないぞ」

「覚悟はできておりまする」

「わかった。それならついてこい」

そう言うと、氏照は岡見治部に向き直った。

「治部、そなたは子の少ないことをいいことに、証人を出すことを渋っておったな。此度の牛久奪還の返礼に姫をもらうが、文句はあるまい」

「はっ――」

戸惑《とまど》う治部を尻目に、満面に笑みを浮かべた滝姫が勇んで平伏した。

上野、下野両国の大半を制した北条家の次なる矛先は常陸国であったが、惣無事令の手前、大胆な軍事行動は控えざるを得なかった。しかし、すでに岡見、土岐《とき》ら常陸南部の国衆は、北条家に靡《なび》き、佐竹を中心とした常陸国北部の対抗勢力は、もはや独力で北条家に抗し得ないほどに追い込まれていた。かろうじて、上方から船便で届く最新の武器や軍需物資により、佐竹らは命脈を保っているに過ぎなかった。まさに、惣無事令という足枷《あしかせ》がなければ、北条家の関八州制圧は目前であった。

六

秀吉が北条家の上洛臣従を急ぐ背景には、北条家以上に平然と惣無事令を無視する伊達政宗の存在があった。

この年の六月、政宗は、佐竹家と緊密な関係を結ぶ蘆名義広《よしひろ》と、磐梯山麓摺上《ばんだいさんろくすりあげ》原《はら》において大合戦に及び、蘆名氏を滅亡に追い込んだ。いかに北条家でも惣無事令を憚《はばか》り、専守防衛に徹していたこの時期に、秀吉を無視するかのごとく、政宗は堂々と大合戦に及んだのだ。

その知らせを聞いた秀吉は激怒した。

伊達家に対し、何の制裁も加えなければ、豊臣政権の権威は失墜する。

秀吉は、すぐさま上杉景勝と佐竹義重に伊達家追討を命じるが、北条家の動きを警戒する両者は、おいそれと領国を留守にするわけにはいかず、秀吉親征を懇《こん》請《せい》した。

秀吉は、上杉らの後顧《こうこ》の憂《うれ》いを取り除くためにも、氏政を上洛させ、証人として京にとどめ置く必要があった。

秀吉からの再三の要請に、北条側も氏政の上洛を十二月上旬と決した。しかし、周囲の情勢を踏まえると、上洛すれば、氏政が囚人《とらわれびと》となることは明らかである。そのため小田原城内では、上洛反対論が力を盛り返してきた。

むろん、氏照ら強硬派は「和戦両様」の構えを解かず、八王子衆、下総衆など二万余の大軍を牛久城に駐屯させ、即座に伊達家救援に赴けるよう態勢を整えていた。

伊達家よりも北条家を難敵として捉《とら》えている秀吉とその幕僚《ばくりょう》の頭には、「伊達家を征伐することにより、北条家を臣従させる」という図式が、にわかに浮上してきた。

しかし、ここに一人、秀吉の目を再び関東に向けさせたい男がいた。

伊達家が滅んでも一文《もん》の得にもならない男、真田昌幸である。

秀吉の下した裁定により、七月下旬、不気味なほどの素直さで、昌幸は上州沼田城の明け渡しを行った。北条側は佐野（北条）氏忠を受取人に派遣、立会人には徳川家の榊原康政《さかきばらやすまさ》、検視には豊臣家の富田、津田両氏があたった。明け渡しが終わり、晴れて北条家の所有となった沼田城には、猪俣邦憲が入った。一方、昌幸は名胡桃城代《じょうだい》に鈴木重則《しげのり》を入れ、副将格として、中山九郎兵衛を付けた。

八王子城御主殿の広縁《ひろえん》から篝火に照らされた夜の庭を眺《なが》めつつ、氏照の胸に、様々な思いが去来していた。

——わしはここまで、父祖の存念を全《まっと》うすべく、脇目《わきめ》もふらず人生を駆け抜けてきた。そのため、わし一個の人生というものを振り返ったことはなかった。

十四夜《じゅうよんや》の寒月が、池に寒々とした姿を浮かべていた。

その面を風が吹き抜けていくたびに、月は様々な形に姿を変えた。

——室の比佐《ひさ》とはすでに疎遠となり、唯一の子もすでに身罷《みまか》った。わしは何のために、誰のために、懸命に働いているのか。

氏照は大石《おおいし》氏に入婿《いりむこ》する際、その息女の比佐姫を娶《めと》っていた。しかし、戦に明け暮れる日々を送るうちに夫婦仲は冷え、昨年、家中の山中頼元《よりもと》に嫁いでいた唯一の娘を亡くしてからは、比佐とは、ほとんど離別状態になっていた。

「お体が冷えます」

知らぬ間に滝姫が傍《かたわ》らにいた。

「そちとこのようなことになるとは、夢にも思わなんだ」

「それはわたしも同じです」

その切れ長の瞳《ひとみ》に水面《みなも》の月を映しつつ、滝姫はきっぱりと言った。

「人の縁《えにし》とは不思議なものよの」

「人は、仏縁により前世から結ばれていると聞きます」

「仏縁か――」

牛久出陣の後、八王子に戻る途中の宿館で、氏照が湯浴みをしていると、滝姫が背を流しに来た。

黙って背を流されていると、滝姫がすねたように「抱きませぬのか？」と問うてきた。そのあまりに大胆で唐突な物言いに、氏照が苦笑していると、滝姫は嗚咽を堪えて走り去ろうとした。氏照はそれを呼び止めた。

目鼻立ちは整っているものの、滝姫の肌はあさ黒く、その体は少年のように骨ばっていた。しかし、そうした滝姫の無駄のない体が、氏照には愛《いと》しかった。

「わしは、わが家の存念を貫くために生き、戦ってきた。それが己に課せられた天命だと思ってきた。そのわしが――」

中天に上った月は、その青白い光を武蔵野《むさしの》に注いでいた。

――よもや女人《にょにん》に想いを寄せることになるとはな。

氏照は苦笑した。

「奥州様、一曲、所望《しょもう》してもよろしいか」

「いかな曲か？」

「奥州様の今のお気持ちを表す曲を――」

〝大黒《だいこく》〟を取り出した氏照は、物悲しい調べの曲を吹き始めた。

「どうしてそんな悲しい曲を奏《かな》でまするか？」

一息ついたところで、すねたように滝姫が問うてきた。

「わしは運命《さだめ》というものを思っていた」

「二人の運命が、それほどに悲しいものと――」

「そうではない。わしは――」

氏照が眉間《みけん》に皺《しわ》を寄せた。

「死んでいった弟と妹、そして家臣どものことを思うて吹いた」

「そうでしたか――」

滝姫が憂いを含んだ瞳を向けてきた時、庭木が揺れた。

武芸の心得のある滝姫が片膝を立てた。

「曲者《くせもの》?」

氏照は笛を擱《お》き、平然とその影に声をかけた。

「構わぬ。嶋之坊、姿を見せよ」

影は音もなく近寄り、平伏した。

「常は女人と床を共にせぬ奥州様ゆえ、失礼いたしました」

「気にするな。して、いかがいたした?」

「猪俣殿謀反の手立てを知り得ました」

氏照の顔が武人のものに戻った。

「やはり、陰で糸を引くのは真田か?」

「いかにも」

「して、手はずは?」

それは、真田昌幸の意を受けた猪俣邦憲が名胡桃城に侵攻し、惣無事令違反として、秀吉に関東征伐の口実を与えるというものであった。

秀吉の軍勢が伊達征伐に向かってしまっては、昌幸として得るものがない。おそらく、伊達家滅亡を目のあたりにした北条家は恐れをなし、一も二もなく秀吉に臣従を誓うことになる。北条家が臣従してしまっては、上信《じょうしん》の地で、これ以上の領土拡張は望めず、昌幸は田舎《いなか》国衆として、その生涯を終えることになる。

そこで、昌幸はその全知全能を絞り、秀吉の方針を北条征伐に再転換させる方策を探った。その切り札こそ、猪俣邦憲と名胡桃城であった。

一方、沼田城代を任されていた猪俣邦憲は、北条家の将来を見限り、転身の機会を狙っていた。そうした邦憲の思惑を知った昌幸は、邦憲にあえて自らの城を噛《か》ませるという大胆な策を考えついたのだ。

「たいした古狐《ふるぎつね》だ」

「いかがなされまするか？」

嶋之坊が、上目遣いに鋭い視線を投げかけてきた。

——ここでいかなる判断を下すかで、わが家の命運は決まる。

傍らに控《ひか》える滝姫も、畏《かしこ》まって氏照の決断を待っていた。

——秀吉と戦い、手も足も出ず負けた時はどうする？　存念を貫くために家を失ってもよいのか。北条家はわしだけのものではない。大途のものであることはもとより、家臣や民のものでもあるのだ。敵が来たれば、関東平野は焼き尽くされ、民は糧《かて》を失い呻吟する。それでもいいのか。

重い沈黙が、夜の帳《とばり》をさらに黒く塗り込めた。

——いや、われらが立たねば、この世は救いようのない地獄となる。秀吉の欲心はとどまるところを知らない。関東の民をその果てしない欲心の犠牲にしてはならない。しかも、秀吉に頭を垂れ、その代官として民から糧を搾り取るなど、われらにできようか。たとえ、関東の沃野《よくや》が焼き尽くされようが、義の旗を掲げて立ったわれらのことを、民はわかってくれるはずだ。

あまりに強く嚙み締めていたため、唇《くちびる》が切れて血の味がした。

その苦味《にがみ》を味わいつつ、氏照の心にかかる雲が、次第に晴れていった。

やがて、氏照の心には一点の迷いもなくなっていた。

「捨て置け」

「新太郎様にお伝えしなくて、よろしいのですな？」

これまで、一度たりとも氏照の言葉を確かめたことのなかった嶋之坊が、初めて問い返した。

「構わぬ。こちらも望むところだ」

中腰のまま後ずさった嶋之坊は、音もなく闇《やみ》の中に溶け込んでいった。

「滝よ、われらの存念を天に問う時がきた」

「よろしいのですね」

滝姫の思い詰めたような視線が氏照を射た。

「かの餓狼《がろう》どもは、いずれは隙を見て、われらが領国に襲い掛かってくる。それならば、秀吉の天下が定まらぬうちに叩いておくべきだ」

「わかりました。滝は奥州様と運命《さだめ》をともにいたしまする」

「滝よ――」

腰を落とした氏照が滝姫の肩を抱いた。

――いよいよ、われらが存念を貫くための大戦《おおいくさ》が始まる。

滝姫の肩越しに見える池の月が、風に大きく揺らいだ。

十月下旬、年末に控えた氏政上洛のための準備におおわらわとなっていた小田原に、その驚くべき報が飛び込んできた。

「猪俣能登守、名胡桃城奪取！」

その知らせが届いた時、氏直らは、氏政上洛のための供揃《ともぞろ》えの割り振りや、役《やく》銭《せん》の負担などを論じている最中《さなか》であった。

報に接した氏規は天を仰いで嘆き、氏直は大きなため息をついた。

穏健派の努力は、すべて水泡《すいほう》に帰《き》したのだ。

上洛準備の評定は、すぐさま軍事評定に切り替わった。しかし、あまりに突然の事態に、基本戦略さえ定まらない有様だった。

そのため、おのおの国許に帰り、防備の手配りと戦力の積算をし、正月を期して、小田原に参集することとなった。

それでも和平の道を模索する氏直は、氏規の助言を容《い》れ、豊臣政権の関東取次《とりつぎ》役である富田知信と津田信勝に弁明使を送ることにした。

一方、真田昌幸から名胡桃城を奪取されたとの報が届くや、秀吉は激怒した。

ただでさえ上洛勧告に応じず、何のかのと言い訳をして時期を延ばす北条家の態度に痺《しび》れを切らしていた秀吉にとり、名胡桃事件は戦端を開く恰好の口実であった。

十一月二十四日、北条征伐決定の布告が諸大名に発せられると同時に、秀吉は氏直宛てに宣戦布告状を送りつけた。

これを受けた氏直は、徳川家康に取り成しを依頼すると同時に、秀吉に返書を送った。

名胡桃の一件を、氏直は「わが下知にあらず、辺土の郎従（配下）ども不案内の慮外（不慮の事件）なり」として、自らが関知していないことを弁明するが、秀吉に認められるはずもなかった。

七

天正十八年（一五九〇）正月、小田原では一門、重臣のすべてが参集し、大軍事評定が開かれていた。

この時、意外な人物が発言を求めたことで、事態は思わぬ展開を見せる。

その人物とは伊勢《いせ》備 中《びっちゅうの》守《かみ》貞運《さだかず》である。

「雑説（情報）によると、敵は二手に分かれて関東に攻め入る模様。前田筑前《ちくぜん》（利家《としいえ》）、上杉弾正《だんじょう》（景勝）、真田安房ら北国《ほっこく》勢は碓氷峠《うすいとうげ》を越え、秀吉率いる敵主力は東海道《とうかいどう》を下り、箱根《はこね》峠から侵攻してくるに如《し》かず。松井田《まついだ》の衆で敵を碓氷峠に釘付けすると同時に、われら小田原衆は全軍で富士川の線まで押し出し、敵の渡河《とか》途中を叩く。これが唯一の勝機と存ずる」

それまでの鬱積《うっせき》を吐き出すごとく、貞運は見事な弁舌《べんぜつ》で持論をまくし立てた。

「富士川の渡河地点は限られており、大軍が一斉に押し渡ることは困難。先手を預かる三河殿は、それをよく心得ておるゆえ慎重を期すはず。しかし、同じく先手を 承《うけたまわ》る中納言《ちゅうなごん》秀次《ひでつぐ》は、長久手の失態から功を焦っておる。必ずや無理に押し渡ろうとする」

「そこを狙うと申すのだな?」

氏政が体を乗り出した。

「いかにも」

——ご老人の策には一理あるが、そこで調儀（作戦）が齟齬《そご》を来たせば、取り返しのつかないことになる。ここは、勝てぬまでも負けぬ戦をすべきなのだ。調儀は勝つためでなく、伊達家の来援が実現することを当て所《あどころ》として立てねばならぬ。

　氏照が反論しかけたその時、機先を制するように松田憲秀が発言を求めた。

「備中殿のお考え、なるほどご尤も。しかし難点がいくつかある。まず、三河殿が本気で戦うべく押し渡ってきた折は、いかがいたすおつもりか？　続々届く雑説では、三河殿はわれらに同情する家臣たちから起請文《きしょうもん》を取り、なみなみならぬ覚悟で、この戦に臨んでおると聞く。徳川勢の野戦の強さは、われら甲州《こうしゅう》対陣（天正壬午の乱）でつくづくと味わわされた。さらに、中納言勢はけっして弱いとは申せぬ。秀吉は弱兵を前に出すほど愚かではない。股肱の老臣で中納言の左右を固め、押し出してくること必定」

　威圧するような視線で周囲を見渡しつつ、憲秀が持論を展開した。

「お待ちあれ」

　憲秀を制するように、それまで黙していた氏邦が口を開いた。

「まずは、それがしが二万の精鋭を率い、富士川の線まで押し出す。そして、敵が渡河したところを一当たりし、敗れたふりをして撤退すれば、敵は必ず追撃に移る。そこで、兄者たちが西伊豆《にしいず》水軍を駆って清水辺りに上陸し、敵の後背《こうはい》を衝く。富士川と黄瀬《きせ》川の内に敵を押し込め、痛手を負わせ、〝北条手強し〟という気分を作る。その後は固く城に籠もり、敵に隙を見せず、頃合を見計らって三河殿を動かし、和談を始めればよい」

自信を持って氏邦が続けた。

「三河殿に痛手を負わせては、当方に寝返ることは叶《かな》わぬ。この調儀は、徳川勢をいかに豊臣勢から引き離し、豊臣勢だけを叩くかにかかっておる」

「お待ちあれ」

今度は、重臣の一人、大道寺政繁《だいどうじまさしげ》が発言を求めた。

「水軍を絡ませるのは危険この上なし。船戦《ふないくさ》は風雨に左右されます。連携がうまくいかなかったら何といたしまするか。兵力は分散され、各個撃破されまする。しかも、あえて緒戦で負けるふりをするなど、もってのほか。雑兵《ぞうひょう》どもは四散し、武田家の二の舞となること必定」

「何を申すか――」

「安房守（氏邦）殿、お待ちあれ」

反論しようとする氏邦を押さえた氏直が、憲秀と政繁に問うた。

「貴殿らは、籠城《ろうじょう》のほかに策はないと申すのだな？」

「いかにも」

大きくうなずく二人に、伊勢貞運が声を荒らげた。

「往古《おうこ》の昔から、籠城は後詰があってのもの。いかに天下の名城でも、後詰なき籠城が成功した例《ためし》はない。しかも小田原は、われらが領土の西に偏《かたよ》っている。蟻《あり》の這《は》い出る隙もないほどの大軍で、小田原が囲まれれば、われらは手も足も出ず、支城が次々と自落していくのを拱手傍観《きょうしゅぼうかん》するのみ。いかな策をとろうとも、伊達勢の南下を呼び込むためには、緒戦の大勝が必須《ひっす》！」

評定の場が、水を打ったように静まった。

それを見計らい、氏照が口を開いた。

「緒戦の勝利はいかにも肝要。しかし、よしんば敗れれば、取り返しのつかないことになる。われら関八州百余城に十万の大軍で籠もる。この規模は往古より例がない。例がない規模の籠城戦ゆえ、過去の合戦の例は引き難いはず」

「しかし――」

反論しようとする貞運を、氏照の筋張った手が制した。

「確かに伊達勢の南下は戦況次第。しかし、緒戦の勝利よりも、粘り強く抗戦することが、やがては事態の打開に結びつく。つまり即戦即決よりも、負けぬようにすることで、伊達勢を呼び込むのだ」

憲秀と政繁が、「わが意を得たり」とばかりにうなずいた。

「兄者、それは関八州のわが与党が、一味同心（一致団結）して戦うという前提の話だ。野州《やしゅう》（上野国、下野国）の諸将は上方の大軍を見るや、すぐに降伏すること必定。すでに京衆と誼を通ずる者もおると聞く」

氏邦は、ここが切所《せっしょ》とばかりに譲らなかった。

「武田を見よ。あの時、われらは武田の力を過信した。しかし、その最後は実にあっけないものだった。まさかあの時、武田家一族衆や譜代《ふだい》家臣までもが、草木が靡くがごとく織田方に寝返るなど、誰が思うたか。われらとてそうならぬと、誰が云い切れよう」

「あいや待たれよ」

赤ら顔をさらに朱に染めた憲秀が、身を乗り出した。

「それでは、われら何のために、関八州百余城の修築にすべての財を注ぎ込んできたのか。外敵の侵入には、籠城をもって凌ぐという大聖院《だいしょういん》様（氏康《うじやす》）以来の調儀があったからではないか。特に、ここ小田原は天下の名城。たとえ百万の大軍に囲まれようと、五年は籠城できる。かの謙信《けんしん》や信玄でさえ、外曲輪一つ奪えなかったではないか。秀吉ごときに何ができよう」

額《ひたい》に玉の汗を浮かべつつ、負けじと政繁も応じる。

「野州をとられても、それは一時《いっとき》のこと。武相《ぶそう》の地を守り切らば、秀吉ごときを撃退するは容易。そのうち三河殿や織田中将（信雄）が、勝手に陣払いを始める」

氏照が再び口を開いた。

「野州も放棄する必要などない。松井田近辺に北国勢を釘付けにしている間に、伊達家に越後を牽制してもらえば、景勝めは勝手に陣払いする。佐竹や宇都宮も同様だ」

憲秀も追い討《う》ちをかけるように言った。

「箱根の線も同じ。足柄《あしがら》、山中《やまなか》、韮山《にらやま》の城は堅固。いかな大軍でも、一月《ひとつき》は足止めできる。たとえ突破されたとしても、屏風山《びようぶやま》、鷹巣《たかのす》、宮城野《みやぎの》、塔ノ峰《とうのみね》などの箱根山城塞群《じようさい》で防げば、小田原へ至ることは容易ではない。小田原が西に偏っているとはいえ、小田原への道には支城を密に置いている。敵はこれらを落とすか、各城に押さえの勢を置かねばならず、兵力は減殺《げんさい》される。小田原にたどり着く頃には、たかだか数万ということになる。そこを陣前逆襲に転ずれば、勝利はおのずと転がり込む」

「何たる愚作！」

伊勢貞運が甲高《かんだか》い声を上げた。

「真田一人に十年以上にわたり苦しめられてきたわれらが、いかにして北国勢を松井田の線で押さえられようか！　さらに、東海道をやってくる秀吉主力は強大。足柄、山中、韮山のいずれかが落とされれば、箱根の小砦群《しようさい》など、とたんにもみ潰される。唯一の勝機は、富士川か黄瀬川の線で敵を断つことだ！」

それまで瞑目し、双方の議論を聞いていた氏規が口を開いた。

「それならいっそのこと、わしが大途の供をし、富士川河畔《かはん》で関白殿下を迎える。すべての責を一身に負い、そこでわしが腹を切る。さすれば、相模と伊豆だけでも安堵されるはずだ」

氏規の意見は双方の激しい反発を買った。戦わずして事態を収めるには、すでに〝手遅れ〟という雰囲気が、座に満ちていたためである。

氏規は何か期するものがあるかのように口を閉じ、二度と発言しなかった。

夜になっても、議論は並行線をたどった。

「ひとまず今日は仕舞いとしよう」

焦燥《しょうそう》を深めた顔で、氏政が言った。

「いずれにしても、明日、われらの方針を決めねばなるまい」

氏直が宣言し、夜も更ける頃、大評定は散会となった。

八

「人は何のために生まれ出るのか、わしはわからなくなった」

打ち寄せる波音が聞こえる小田原城内安斎小路《あんさいこうじ》の館《やかた》から、氏照と滝姫は冬の月を眺めていた。

「人には、必ず何らかの使命があると聞きます。奥州様には、きっと大きな使命があるに違いありませぬ」

「いかに大きな使命があろうと、力なき者は敗れる。それが現世《うつつよ》というものだ」

「敗れたらどうなるのです？」

「北条家は滅び、わしは死ぬだろう」

氏照が苦い笑いを口端《くちのは》に浮かべた。

「奥州様を死なせはせぬ」

滝姫の瞳には、必死の色が表れていた。

「滝よ、人は清き国（世界）から生まれ出で、生きていくうちに穢《けが》れを一重《ひとえ》ずつまとっていく。死するということは、すべての穢れを一時にぬぐい去り、元の住《す》処《か》である清き国へ帰っていくだけなのだ。その穢れを、仏教では五蘊《ごうん》と呼ぶ」

「その清き国とやらに、奥州様を帰らせはせぬ」

「わしとて帰りたくはない。しかし、帰らねばならない時が、いつかはくる」

氏照の言葉に首を振りつつ、滝がしがみついてきた。

「奥州様は負けぬ。たとえ負けても、死なせはせぬ。この子のためにも——」

その言葉に、氏照はわれに返った。

「いま何と申した？」

「嬰児《やや》ができた」

滝姫が恥ずかしそうに俯《うつむ》いた。

翌日の大評定は開始と同時に大荒れとなった。

何と、前日まで出戦《でいくさ》を強硬に主張していた伊勢貞運が、内通の疑いありとして捕縛《ほばく》されたのだ。それは、松田憲秀のもたらした情報によるという噂だったが、氏直は出所を明らかにせず、ただ「疑いが晴れるまで、当面、伊勢殿の出仕を差し止める」とだけ発表された。

これには、氏邦が憤激《ふんげき》した。

正確には「内通の疑いあり」というだけに過ぎなかったが、伊勢貞運とともに、出戦の論陣を張ってきた氏邦の不利は否めなかった。

氏邦はそれでも野戦を主張したが、もう誰も同意する者はいなかった。下手《へた》に同調すれば、伊勢貞運のように謀反の嫌疑をかけられるからである。

軍議はしぜんと籠城論に傾き、穏健派の氏直と氏規も、致し方なく籠城論に同意した。彼らは、防備に徹した消極的な戦を繰り広げることで、秀吉の機嫌《きげん》を損ねず、最終的な和睦への道を探ろうという方針に切り替えていたからである。

午後からの評定は、籠城戦の詳細な作戦計画と人員配置に移った。

退席はしないまでも、氏邦は憮然《ぶぜん》として、一切、発言しなかった。それだけが唯一の気がかりだったが、氏照は結果に満足し、小田原を後にした。

一方、氏政は下総国佐倉に急行し、佐竹対策の最後の手配りに奔走した。

その他の一門や重臣たちも、それぞれの本領に戻り、防戦の手配りを済ませた後、将兵を連れ、小田原ないしは指定された支城に入ることになった。

敵主力の攻勢正面にあたる山中城には、松田康長《やすなが》率いる馬廻衆《うままわりしゅう》と北条氏勝《うじかつ》率いる玉縄《たまなわ》衆が籠もることになった。同じく韮山城には氏規が、足柄城には氏忠《うじただ》が入った。また、北国勢の侵攻路にあたる松井田城には大道寺政繁が、鉢形城には氏邦が防備を固めて敵を待った。

その後、伊勢貞運にかけられた嫌疑はすぐに晴れたが、すでに後の祭りだった。

氏直に強く抗議した貞運であったが、幾度問うても、噂の出所だけは教えてもらえなかった。これ以上の疑心暗鬼《ぎしんあんき》が城内に蔓延《まんえん》することを、氏直が極度に恐れたためである。

天正十八年（一五九〇）三月一日、秀吉率いる主力軍七万が東下を始めた。それに先立ち、先発した徳川勢は、秀吉本軍のための街道の整備や宿の手配りを進めていた。

水軍衆一万四千も大小の船に分乗し、集結地点の清水に向かった。

信州の北条与党を掃討《そうとう》した北国勢三万五千も、碓氷峠の西麓に集結を終えた。

総勢二十二万四千人もの軍勢は、過去のあらゆる戦を上回り、空前絶後《くうぜんぜつご》の動員数となった。

出陣の前日、秀吉は聚楽第で連歌会《れんがかい》を催した。当代きっての連歌師里村紹巴《さとむらじようは》は「関越えて行く末なびく霞《かすみ》かな」と詠《よ》み、その門出《かどで》を祝った。

出陣当日、秀吉は濃紅色《のうこうしょく》の短い胴服《どうふく》に、ビロードでおおわれた緋色《ひいろ》の帽子を被り、黒馬にまたがり、沿道を埋め尽くす民衆に笑顔を振りまいて進んだ。その前後を鮮やかな色彩の母衣衆《ほろしゅう》、太閤桐《たいこうぎり》の背旗を差した馬廻衆などが従った。

高く掲げられた金瓢簞《きんびょうたん》の馬標《うまじるし》が、春の日に煌《きら》めき、東下する軍勢に、敗戦の気配は微塵《みじん》もなかった。

二月下旬、八王子城にいる氏照に氏政からの飛札《ひさつ》が届いた。

「急ぎ来られたし」

その文面を見て胸騒ぎを覚えた氏照は、馬を駆って小田原に赴いた。

「――という次第で、わしの身も危うい」

氏政からことの顚末《てんまつ》を聞いた氏照は唖然とした。

「大途と助五郎が兄者を放逐《ほうちく》するというのか!?」

「うむ、大途がわしに佐倉城に入ってくれと申してきた。つまり、追放ということだ」

「兄者なくして城内はまとまらぬ。彼奴らは、それくらいのこともわからぬのか！」

「そうではない。彼奴らは初めから戦うつもりなどないのだ」

「何ということだ。先手を打ち、大途を軟禁しよう！」

「ばかを申すな。それでは城内で同士討ちとなる」

「では、どうするというのだ!?」

氏照が天を仰いだ。

「もう敵はそこまで迫っている。この期《ご》に及んでは、彼奴らを牽制し、勝手なことをさせぬようにするだけだ」

刻々と入る京勢の威容を聞いた氏直は、氏規と相談し、秀吉に頭を垂れ、戦わずして降伏しようとしていた。しかし、氏政が小田原城にいる限り、ことは容易に運ばない。そこで氏政に、下総佐倉城に入ることを要請してきたというのが真相であった。

すでに氏直らの動きを察知していた氏政は、即座に要請を拒否したが、手勢というものを持たない氏政は、実力行使されれば手も足も出ない。下手をすると、氏政自身が体よく軟禁される恐れも出てきた。

起こそうとしているのだ。

二十二万の大軍の侵攻を目前にして、当主による叛逆《クーデター》という前代未聞《ぜんだいみもん》の椿事《ちんじ》が起ころうとしているのだ。

——この期に及んで降伏しても、すべて取り上げられるだけではないか！

氏照は、西国とは陸続きの関東が、九州や四国のように、容易には赦免されないことを覚っていた。

「兄者、ここまできて意地の一つも見せねば、さらに過酷《かこく》な条目を出されるぞ！」

「彼奴らにも、そんなことはわかっておるはずだ」

「ではなぜ？」

「秀吉との戦となれば、死に行く者も多く出る。彼奴らは、北条家よりも配下と民の命が大切などと、申しておるということだ」

「何と——」

「本曲輪にもぐり込ませておる同朋《どうぼう》（茶坊主《ちゃぼうず》）が、そう伝えてきたわ」

氏直と氏規のあまりの弱腰に、氏照はこれまでにない怒りを覚えた。

「それは違う。心底から民のことを思うておるのなら、民のために戦うべきだ。

われらが義の旗を降ろせば、誰が民を守るというのか。彼奴らは関東の民を秀吉に売り渡すつもりなのだ！」

氏照は立ち上がると広縁に出た。

その背後から氏政の言葉が追ってきた。

「われらが心を一にして戦うには――」

しばし逡巡《しゅんじゅん》した後、ぽつりと氏政が言った。

「八王子衆を率い、おぬしに小田原に入ってもらうほかない」

「何と！」

氏照が絶句した。

すでに八王子では、兵員配備など防御計画の手配りがすべて済ませてある。

氏照が主力勢を率いて小田原に入るなど、まったくの想定外であり、もしそうなれば、広大な城域の防御は手薄となり、敵は各所より侵入してくるに違いなかった。しかも、問題は八王子だけのものではなかった。

「兄者、それはできん。それをやったら八王子が捨城《すてじろ》となるだけでなく、松井田の大道寺、鉢形の新太郎、そして八王子のわしという北国勢に対する三段構えの防御陣が破綻する」

「このままでは、彼奴らはわしを押し込め、戦わずして降伏するつもりだ。小田原が開城しては、いかに堅固な防御陣とて意味を成さないではないか」

氏照は、敵味方双方から追い詰められたことを覚った。

「ここまできて、手塩にかけた八王子城を捨てられようか――」

「しかし、小田原が降伏して八王子だけで戦えまい。おぬしが来られぬというなら、わしを八王子に連れていけ」

そこまで言われては、氏照も拒否できなかった。

「兄者、わかった。しばし考える猶予《ゆうよ》をくれ――」

「わしは待っても、秀吉は待ってはくれぬぞ」

氏政が憮然として呟いた。

氏照には、勝てぬまでも負けない戦に持ち込める戦略構想があった。それが三段構えの防御陣である。すなわち、小田原城が秀吉の東海道軍に対して籠城戦を展開している間に、松井田、箕輪、厩橋を軸とした第一線防御陣が北国勢に損害を与える。それでも敵が漏《も》れてきた場合は、鉢形、忍《おし》、館林を中心とした氏邦の第二線が叩く。各所で敵が疲弊《ひへい》した頃を見計らい、松山、河越、岩付の第三線に加えて、八王子勢が逆襲に転じるというものであった。

それが成功すれば、小田原城を囲む秀吉主力も動揺し、兵を引くのではないかという筋書きであった。むろん、その通りになるとは限らない。しかし、最悪の場合でも、それぞれの防御線に散らばる城郭群が、ともに連携しながら粘り強い籠城戦を展開すれば、敵は疲弊し、活路が見えてくるというものであった。

――負けぬ戦を、あえて負けようとしている輩がいる。しかも、それが当主とは。

氏照は重い足取りで小田原を後にした。

街道には、春の到来を待ちかねたかのように、花々が蕾《つぼみ》を開花させようとしていたが、道を急ぐ氏照にとっては、すべては無味乾燥《むみかんそう》な風景でしかなかった。

すでにこの頃、北関東では、緒戦の火蓋が切られていた。

三月十五日、上信国境碓氷峠を越えた北国勢は、怒濤《どとう》の勢いで、峠に設けられた愛宕山城《あたごやま》を突破した。

敵が予想を上回る大軍であることを知った大道寺政繁は、峠の各所に設けられた防塁《ぼうるい》を放棄し、松井田城に全軍を集めた。

一方、緒戦で小競《こぜ》り合《あ》いはあったものの、ほぼ無傷で峠を越えた北国勢は、松井田城を四方から取り囲んだ。

北国勢は、前田利家、上杉景勝、真田昌幸ら三万五千余から成る大軍である。対する城方《しろかた》は大道寺政繁率いる一万余――。

松井田城をめぐる攻防は二十日に始まった。

四方より一斉に攻め寄せた北国勢であったが、「人に人が重なりて、手負死人百人に及びけり」（『上州治乱記《じょうしゅうちらんき》』）という惨状《さんじょう》を呈《てい》し、この日の攻撃は失敗に終わった。当初の目論《もくろ》み通り、松井田城は善戦していた。

九

三月中旬、八王子城御主殿大講堂には、八王子衆の主立《おもだ》つ者すべてが集まっていた。

開口一番、氏照が方針転換を告げた。

「諸般の事情により、われら八王子衆主力部隊は、小田原に入ることになった。これは、大殿とわしが決めたことであり、議論の余地はない」

大講堂は騒然となった。

「それでは、この城はいかがなされるおつもりか?」

横地監物《よこちけんもつ》が声を荒らげた。

「この城を守り抜くことに変わりはない」

「残していただける兵力は?」

「小田原に四千は連れていかねばならぬ。それゆえ残留部隊は二千となる」

再び大講堂は騒然となった。

広大な城域の八王子城を守るのに、わずか二千という兵力が、いかに現実離れしているかを、皆、よく知っていたからである。

「しかし、旧古河公方《こがくぼう》領を守る近藤綱秀《つなひで》が、一千の軍勢を率いて帰ってくる。すでに伝えてあるので、まもなくやってくるはずだ」

天正十一年（一五八三）の古河公方足利義氏《あしかがよしうじ》の死去に伴い、その遺領は義氏遺児の氏姫《うじひめ》に引き継がれた。氏姫は氏政兄弟の姪《めい》にあたるため、栗橋《くりはし》、関宿、古河、水海《みずうみ》、榎本の諸城に守られた公方領は、実質的に氏照のものとなっていた。

「奥州様、それでは陣替えの必要が――」

大石照基《てるもと》が怜悧《れいり》な視線を向けてきた。

「うむ、総大将は横地監物、副将は大石照基、この二人には全軍の指揮を執ってもらう。中山、狩野《かのう》、金子らには、切所となる曲輪に入ってもらう」

氏照が新しい陣割りを発表したが、兵力の少なさはいかんともし難く、各将の間には、沈鬱《ちんうつ》な空気が漂った。


主力部隊が小田原に向けて発つ前夜、八王子城御主殿で送別の宴《うたげ》が催された。まだ寒気が緩むには早かったが、満月が清明な光を武蔵野に振りまく清々《すがすが》しい宵《よい》であった。

別れゆく父子や兄弟も多く、そこかしこで形見を交換する姿も見られた。

宴もたけなわ、氏照は浅尾彦兵衛《あさおひこべえ》を誘い、懸崖《けんがい》舞台に渡った。

氏照と彦兵衛の奏でる横笛の競演が始まった。その縦糸と横糸を紡《つむ》ぐような繊《せん》細《さい》な合奏《がっそう》に、人々は静かに耳を傾けた。

演奏が終わるや、氏照は愛笛〝大黒〟を丁寧《ていねい》にぬぐい、彦兵衛に差し出した。

「こ、これは？」

「もう、わしには要らぬものだ。そちにやる」

「滅相もございません！」

彦兵衛はうろたえた。

「わしは明日から修羅《しゅら》になる。もう笛は吹かん」

「修羅に――」

「うむ、わしは残る生を修羅となって全うするつもりだ」

「奥州様――」

「死して後、わしは魂魄《こんぱく》となり、この地に戻る。そして、おぬしの吹く〝大黒〟を聴くつもりだ」

彦兵衛が、舞台の板敷に額を押し付けて嗚咽《おえつ》した。

「奥州様ご帰還の日まで、この彦兵衛、〝大黒〟を大切に保管いたしまする」

彦兵衛が大黒を押し戴《いただ》いた。

その時、氏照の立つ舞台に、緑溢れる武蔵野の香りを載せた一陣の風が吹き抜けていった。

——武蔵野よ、さらば。

大篝火に照らされた渓谷《けいこく》を見下ろしつつ、氏照は故郷に別れを告げた。

宴が終わり、ようやく氏照は滝姫と二人になれた。

今までの喧騒《けんそう》が嘘《うそ》のように、御主殿は静まり返っていた。

大篝火に照らされた庭園も、本来の幽玄美《ゆうげんび》に包まれていた。

「どうしても、小田原にご一緒させていただけませぬか？」

「ならぬ」

木々を渡る風の音にまぎれて、滝姫の啜《すす》り泣きが聞こえてきた。

滝姫は懐妊《かいにん》しており、小田原まで連れいくことは困難であった。

「奥州様は、赤子《あかご》の顔も見ずに、討死《うちじに》なさるおつもりであろう」

滝姫が愛憎半《あいぞうなか》ばした視線を向けてきた。

その問いに答えず、氏照は庭を渡る風の音に耳を傾けていた。

「奥州様は、ここに戻れぬことを知っておる」

「たとえこの身は戻れずとも、心は常におぬしと赤子の傍らにある」

「われらは一年と寄り添えなかった――」

滝姫の言葉が氏照の胸を衝いた。

「たとえ一夜の契《ちぎ》りだろうが、百年寄り添うことに勝るほどの出会いがある。それがわれら二人なのだ」

氏照が滝姫を抱き寄せた。

滝姫の嗚咽が、氏照の厚い胸にかき消された。


「出陣！」

牛頭《ごず》八王子権現《ごんげん》を前にして必勝祈願と三献《さんこん》の儀を済ませた氏照が、軍配《ぐんばい》を振り下ろした。出陣の法螺《ほら》が高らかに吹き鳴らされ、御主殿前に整列した小田原派遣部隊が、粛々《しゅくしゅく》と行軍を開始した。

具足の触れ合う音が城内に響き、将兵の顔にも緊張感が満ちていた。

正室のお比佐の方、側室の滝姫を筆頭に、女房たちも御主殿の広縁に正座して、氏照の出陣を見送った。

お比佐の方に最後の言葉をかけた氏照は、滝姫と視線を合わせた。

二人の間に言葉は要らなかった。

氏照が未練を断ち切るように視線を外し、鐙《あぶみ》に足を掛けると、横地監物が轡《くつわ》を取った。

「お任せいただいたからには、この城、わが命に代えても守り抜く所存」

監物に続き、狩野一庵が言った。

「われら、奥州様の名に恥じない戦をいたすつもり。それゆえ、心置きなく小田原で戦い下され」

「わかった。そのつもりだ」

氏照が力強くうなずいた。

引橋を渡り、大手門に至った時、氏照が居並ぶ重臣たちに向き直った。

「これが今生《こんじょう》の別れになるやも知れぬ。しかし、離れていても、われらの心はひとつだ」

監物を筆頭とした留守居《るすい》の将たちが、落涙《らくるい》を抑えた。

「皆に頼み置きたいことがある。まずは彦兵衛」

氏照が家宰《かさい》の浅尾彦兵衛を呼んだ。

「落城必至となった折は、お比佐のことをよろしく頼む」

「はっ、しかと承りました」

彦兵衛が涙をぬぐった。

落城の際、東国では、正室は虜囚の辱《はずかし》めを受けることを恥じ、自裁《じさい》することが多かった。「よろしく頼む」とは、比佐の自裁を扶けてほしいという意である。

「監物」

氏照が傍らの横地監物に向き直った。

「もしも落城ということにならば、おぬしは滝姫を連れて逃げよ。滝姫は八王子に来て日も浅く、ここで果てるのはあまりに不憫《ふびん》。もう皆も知っておることだが、嬰児《やや》も身籠もっておる。わしは、どうしても滝姫と子を救ってやりたい」

「その思い、しかと承りました。しかし、それがし城代として、落城の折は城と命運をともにする所存でおりましたが――」

監物が困った顔をした。

「勘解由、近藤、金子らは武官だが、おぬしは文官だ。おぬしの善政により、武蔵野の隅々までおぬしを慕う地侍がおる。その顔の広さを利して、何とか二人を逃がしてほしいのだ」

この時、すでに岡見一族は、牛久周辺の本領を捨て、小田原に入っていた。そのため、滝姫は実家に戻ることも叶わなかった。

「わかりました。奥州様の思い、この監物、しかと承りました。それがしの力の及ぶ限り、何としてもお二人をお逃《のが》しいたしまする」

涙をにじませて監物が言った。

「皆、聞け」

氏照が威儀を正した。

「この戦いは正義の戦いだ。民のためにわれらの存念を貫く義戦なのだ。それゆえ、われらは勝つ。絶対に勝つ。たとえこの武蔵野が焦土《しょうど》と化しても、それを信じて戦い抜いてくれ！」

「応！」

「われらの存念を天に問うのだ！」

「応！」

将たちの声は、さらにその配下に伝わり、大きなうねりのような勝鬨《かちどき》となっていった。

第四章　武相灰燼《ぶそうかいじん》

一

天正《てんしょう》十八年（一五九〇）三月二十七日、沼津《ぬまづ》三枚橋《さんまいばし》城跡の仮陣屋で、総大将豊臣秀吉《とよとみひでよし》を迎えた上方《かみがた》勢東海道《とうかいどう》軍は、緒戦の山中《やまなか》城を力攻めで落とすことに決した。

山中城は箱根《はこね》山麓《さんろく》西側中腹に位置し、箱根外輪山《がいりんざん》より派生した三本の尾根と南北の急峻《きゅうしゅん》な谷《たに》地形《ちけい》を巧みに取り入れた山城である。西国《さいごく》から続く三島道《みしまどう》（東海道）と伊豆《いず》から続く韮山《にらやま》道（下田《しもだ》街道）は、城下の韮山辻《つじ》で合流し、箱根道となって城内を通過した後、箱根峠《とうげ》を越えて小田原《おだわら》へと向かう。

この山中城こそ、上方勢にとっての最初の関門であった。

東海道の喉首《のどくび》を扼《やく》すように居座るこの城を、秀吉は何としても力攻めで落としたかった。小田原への進路を阻む要害というだけではなく、この戦いこそ、豊臣家の武威《ぶい》を東国に示す緒戦であり、その勝敗の如何《いかん》によって、今後の戦局が大きく左右されるからである。

北条《ほうじょう》家にとっても、それは同様であった。北条流築城術の粋《すい》を極めた山中城が、その威力をいかんなく発揮し、鉄砲を主体とした大軍の来襲にも抗堪性《こうたんせい》があることを証明できれば、関東諸城に籠《こ》もる味方の士気を鼓舞《こぶ》するだけでなく、伊達《だ て》家の来援をも呼び込めるのである。

しかし、最低でも一万の守備兵を前提とした防衛構想を持つこの城には、四千の将兵しか配されていなかった。直前になり、松田憲秀《のりひで》が「小田原の防備が心許ない」と言い出し、急遽《きゅうきょ》、山中城派遣部隊が減らされたためである。しかも、火力の装備も間引かれ、強大な敵に対し、城方《しろかた》は絶望的な戦いを挑まねばならなかった。

三月二十九日、総勢七万の軍勢による山中城への攻撃が始まった。

敵方の攻勢正面に位置する岱崎曲輪《だいさきくるわ》を守るのは、間宮康俊《まみややすとし》とその一族である。康俊は八王子衆《はちおうじ》の間宮綱信《つなのぶ》の兄にあたる。

開戦と同時に、康俊は獅子奮迅《ししふんじん》の活躍を見せたが、衆寡敵《しゅうかてき》せず、一刻《いっとき》も経ずして岱崎曲輪は陥落の危機に瀕した。それでも、少ない兵力と火力を駆使《くし》し、秀吉股肱《ここう》の重臣一柳直末《ひとつやなぎなおすえ》までも討《う》ち取った康俊であったが、中納言秀次《ひでつぐ》勢のなりふり構わぬ攻撃により、ほどなく玉砕《ぎょくさい》した。

休む間もなく本城域に殺到した秀次勢は、北条流築城術の精華《せいか》である障子堀《しょうじぼり》を前に苦戦を強いられた。それでも、被害を顧《かえり》みぬ猛攻を繰り返し、わずか一日で山中城全曲輪を制圧した。

城将の松田康長《やすなが》はもとより、四千余の守兵の大半がこの戦いで討死《うちじに》した。将官で唯一生き残った北条氏勝《うじかつ》は、わずかな供回りを連れ、自城の玉縄《たまなわ》まで逃げ帰った。

この知らせに、小田原は震え上がった。

「山中の城が、一日で落ちるはずがあるまい」

氏政《うじまさ》が同意を求めるように周囲を見回したが、それに応える者はいない。

ここに至り、ようやく北条家首脳は、敵の持つ兵力、火力、士気の高さを思い知らされたのだ。

山中城の人員配備計画が変更されていたことまで関知していなかった氏照《うじてる》は、当初の予定通り、一万余の兵が籠もっているとばかり思っていた。それが四千に減らされていたことを知ったのは、落城した後だった。

それほど、北条家内における情報伝達は動脈硬化を起こしていたのだ。

評定《ひょうじょう》は重い空気に包まれていた。

「確かに山中失陥は痛手だ。山中落ちなば小田原までの道は一筋。しかし敵とて、箱根山の天険《てんけん》を容易に越せるはずがない。しかも、屛風《びょうぶ》山《やま》、鷹巣《たかのす》、宮城《みやぎ》野《の》、塔ノ峰《とうのみね》等の箱根山諸城を、逐一《ちくいち》、攻略していかねばならぬのだ」

氏照は内心の不安を隠し、皆の戦意を鼓舞することに努めた。

「陸奥守《むつのかみ》殿、伊達の後詰《ごづめ》はどうなっておるのか？」

氏直《うじなお》が、懊悩《おうのう》を隠し切れない面《おも》持ちで問うてきた。

再三の援軍要請にもかかわらず、年が明けてから、伊達政宗《まさむね》からは梨《なし》の礫《つぶて》であった。実は伊達家も内憂《ないゆう》を抱えていたのである。

この頃、伊達政宗は、弟の竺丸《じくまる》小次郎《こじろう》を擁する実母お東《ひがし》の方との確執《かくしつ》が、自らの暗殺未遂事件にまで発展し、小田原救援に赴《おもむ》く余裕はなかった。

「われらが小田原を死守し、戦《いくさ》が長引けば、伊達の後詰は必定《ひつじょう》となりましょう」

「三河《みかわ》殿と織田中将への調略《ちょうりゃく》はいかがなっておる？」

氏直は、なおも問うてきた。

「三河殿は兵を損じないよう、うまく立ち回ろうとするでしょう。織田中将も戦意は低いと聞きます。われらがこの苦境を堪《た》え忍べば、必ずや機会を捉《とら》え、秀吉に叛旗《はんき》を翻《ひるがえ》すことでありましょう」

「勝機を呼び込むために、こちらから仕掛けずともよいのか？」

「此度《こたび》の戦は、負けぬようにすることが肝要。粘り強く戦うことで、勝機が見出せまする」

「奥州《おうしゅう》様の申す通りじゃ。城内、心を一《いっ》にして敵に当たれば、必ずや勝機は訪れよう」

松田憲秀が同調した、その時である。

「お待ちあれ」

末席の方から嗄《しゃが》れた声が掛かった。

伊勢貞運《いせさだかず》である。

「京勢《きようぜい》は雲霞《うんか》のごとき大軍。かくなる上は、秀吉の首をいただくほか、手はありませぬ」

あまりの飛躍した発想に、一同は呆気《あつけ》にとられた。

「何か策でもあるのか？」

氏政がうんざりしたように問うた。

「いかにも」

貞運が得意げに胸を張った。

「この策は、それがしが入念に練り上げた秘策。お人払いをお願いいたしたく」

「ここに集まるは北条家股肱の重臣ばかりだ。人払いなど不要！」

松田憲秀が赤ら顔をさらに赤くして怒鳴《どな》った。

「まあ待て」

氏政の取り成しにより、大広間には氏直、氏政、氏照、そして松田憲秀だけが残った。氏邦《うじくに》、氏規《うじのり》、大道寺政繁《だいどうじまさしげ》は各支城に散っているため、この時、北条家の首脳と呼べるのはこの四名だけである。

貞運は、疑い深そうな視線を憲秀に据《す》えたまま、押し黙っている。

「人払いはした。申してみよ」

氏直に促《うなが》され、ようやく貞運が重い口を開いた。

「西方より攻め寄せる敵が小田原を囲もうとする際、本陣を定める地はいずことお思いか？」

「そうさな。箱根の東麓で城郭《じょうかく》なみの構えがあるところであろう」

首をひねっていた氏政が、思いついたように顔を上げた。

「早雲寺《そううんじ》か？」

「いかにも。それがし、極秘裡《ごくひり》に住持《じゅうじ》と語らい、早雲寺本坊方丈《ほんぼうほうじょう》下に地下壕《ちかごう》を掘っておきました。そこには空気穴が穿《うが》たれ、すまし（飲料水）や食いものが隠されております」

一同は息をのんだ。

「秀吉は必ず本坊方丈を寝所に定めます。風魔《ふうま》の手の者をそこに入れ、頃合を見計らって秀吉を襲えば、その首もころりと落ちましょう」

「これはいい」

氏政が膝《ひざ》を打った。

「すでに手配りは済ませてあります。後は大途《たいと》の許しを待ち、風魔を入れるばかり」

「ことここに至っては致し方ない」

氏直の意を受けた貞運は深く平伏し、勇んで退出した。

「あの男を今まで重用せなんだわしが不明であった」

氏政が驚きの余韻《よいん》を引きずりながら感嘆したが、松田憲秀だけは何か言いたげである。

「尾張入道《おわり》（憲秀）、この策に賛同しかねるようだが？」

氏政の問いかけを、憲秀が即座に否定した。

「いや、上策かと――」

――この男。

氏照に疑念が生じた。しかし、松田家は初代早雲庵以来の筆頭《ひっとう》家老《かろう》である。

――恐ろしいのは疑心暗鬼《ぎしんあんき》だ。

氏照は自らの考えを強く打ち消した。

二

四月二日、山中城に続き、韮山城への攻撃が始まった。

北条氏規麾下《きか》三千六百の将兵が籠もるこの城には、織田信雄《のぶかつ》を総大将とする四万四千の軍勢が攻め寄せた。この部隊には、蒲生氏郷《がもううじさと》、蜂須賀家政《はちすかいえまさ》、福島正則《ふくしままさのり》、細川忠興《ほそかわただおき》ら名だたる将が加わっていた。

信雄勢は三手に分かれ、執拗《しつよう》な攻撃を繰り返したが、北条早雲〝創業の城〟は、敵の度重なる攻撃を幾度も撥《は》ね返した。

それを聞いた秀吉は、攻撃をいったん中止させ、包囲封鎖《ふうさ》に切り替えた。

それというのも、東海道から外れた位置にある韮山城を落とさずとも、山中城さえ落としてしまえば、小田原への行軍は可能だからである。こうして、周辺に多くの付城《つけじろ》を築かれた韮山城は、完全に孤立する。

同じ頃、北条方の西伊豆水軍諸城の攻略を本多重次《ほんだしげつぐ》麾下の徳川水軍に任せた豊臣水軍は、北条水軍の本拠下田城に迫っていた。下田城には、清水上野介康秀《こうずけのすけやすひで》を城将に、約二千の水軍衆が籠城《ろうじょう》していた。対する豊臣水軍は、加藤嘉明《よしあきら》、脇《わき》坂安治《さかやすはる》、長宗我部元親《ちょうそかべもとちか》、九鬼嘉隆《くきよしたか》らに率いられた一万四千の精鋭である。

四月上旬、寄手《よせて》は上陸作戦を敢行し、下田城下を焼き払った。これにより、城方は城内への逼塞《ひっそく》を余儀なくされた。一方、豊臣方もこれ以上の攻撃を手控《てびか》え、海陸両面から城を封鎖した。

四月一日、秀吉本隊の嚮導《きょうどう》役を担い箱根路に踏み入った徳川勢は、屏風山、鷹巣、宮城野、塔ノ峰等の箱根山諸城をほとんど戦わずして攻略、三日には小田原城近くに着陣した。また、徳川別働隊を率いる井伊直政《いいなおまさ》は、足柄山《あしがらやま》方面に進出し、足柄、浜居場《はまいば》、新城《しんじょう》を接収した。瞬《また》く間に、北条家が恃《たの》みとした箱根、足柄防衛線が崩れ去ったのだ。これは、山中城の失陥があまりにも早かったため、到底、それ以下の城では、敵の攻撃に堪え切れないという松田憲秀の主張により、小田原に兵力を集中させた結果であった。

一方、熱海口《あたみぐち》から進んだ堀秀政《ほりひでまさ》、池田輝政《いけだてるまさ》らは、根府川《ねぶかわ》城を自落させ、海岸線沿いに小田原に迫っていた。

四日には、中納言秀次、徳川家康、宇喜多秀家《うきたひでいえ》ら五万の軍勢が、小田原城の北から西に展開を終えた。西から南にかけては、堀秀政、池田輝政ら三万が着陣した。

さらに、下田城攻略の目処《めど》が立った水軍部隊も、小田原城の東南に広がる相模《さがみ》湾を封鎖した。

これら豊臣方の迅速《じんそく》な動きにより、四日の時点で、小田原城は十万の軍勢に四方から包囲された。

山中城の戦後処理を終え、露払《つゆはら》いの済んだ箱根路を悠々《ゆうゆう》と東下《とうか》した秀吉は、四月六日、湯本《ゆもと》早雲寺に着陣した。

そこで秀吉は、小田原城を西から見下ろす笠懸山《かさがけやま》（後の石垣山《いしがきやま》）に、聚楽第《じゅらくだい》や大坂城に劣らぬ総石垣、瓦葺《かわらぶき》の本格的な城郭の構築を命じる。

七日から八日にかけて、韮山城の封鎖を福島正則らに委《ゆだ》ねた織田信雄、細川忠興、蒲生氏郷らも、続々と包囲陣に加わった。

これを見て動揺した北条方下野国衆《しもつけくにしゅう》の皆川広照《みながわひろてる》は、八日、小田原城内の自らの役所《やくしょ》（持ち場）を捨て、敵方に降《くだ》った。尤《もっと》も、広照は内通を前提として小田原城に入ったが、それが発覚しそうになったため城を脱したともいわれる。

秀吉から北条方の出城である富士山砦《ふじやまとりで》の攻撃を命じられた細川忠興は、二日間にわたる攻防の末、十一日、富士山砦を落とした。

一方、北条家の陣触れに従い、関東各地の国衆は小田原に向かいつつあった。彼らは、すでに小田原城が包囲されているとは知らずに敵陣に近づき、飛んで火に入る夏の虫のごとく捕らえられた。

その他の地域でも、小競り合いが始まっていた。

十三日、主力部隊を韮山城に入れ、手薄となっていた氏規の本拠三崎《みさき》城が、里見《さとみ》水軍により制圧された。

四月中旬に至っても、松井田《まついだ》城は抗戦を続けていた。

力攻めでは、この堅城を落とせないことを覚った前田利家《としいえ》ら北国《ほっこく》勢は、その支城群を攻略し、松井田を孤立させ、城兵の動揺を誘うという作戦に切り替えた。

甘楽《かんら》郡に進撃した藤田信吉《ふじたのぶよし》は、宮崎、国峯《くにみね》、多比良《たいら》の三城を攻略した。藤田信吉は氏邦の義弟にあたり、かつて北条家の沼田《ぬまた》城将であったが、武田方に寝返り、その滅亡後は上杉家に転じていた。

また、依田信蕃《よだのぶしげ》の息子康国《やすくに》は西牧《さいもく》、石倉《いしくら》両城を攻略した（康国は石倉城で討死）。厩橋《まやばし》城も四月十九日に自落した。

二十二日、松井田城に向けて再び惣懸《そうが》かりしてきた北国勢により、一部の曲輪を制圧された大道寺政繁は、ようやく降伏勧告を受け入れた。

しかし、降伏してきた大道寺一族に対し、秀吉の意を受けた軍監木村重茲《しげこれ》は容《よう》赦《しゃ》なかった。助命と本領安堵《あんど》という降伏開城条件は、大道寺勢の武装解除とともに反故《ほご》にされ、北国勢の道役（案内役）として、抜群の働きを見せた場合のみ、関白《かんぱく》に上申されることになった。

政繁は自らの不明を悔いたが、時すでに遅かった。

婦女子を人質に取られた大道寺一族は、追い立てられるように北国勢の先頭に立たされ、昨日までの傍輩《ほうばい》を討つために、関東各地を転戦することになる。

松井田城自落を知った箕輪《みのわ》城も、二十四日に開城した。

ところが、それらの勝報を伝えるべく小田原に向かった前田利家は、秀吉の勘気をこうむった。降伏開城ばかりを促す利家のやり方が「手ぬるい」というのが、その理由である。

いずれにしても、秀吉は予想を大幅に上回る成果に満足し、二方面作戦を三方面作戦に切り替えた。すなわち、小田原包囲部隊と北国勢に加え、家康率いる徳川勢を主力とした部隊を編制し、相模国東部から武蔵《むさし》国東部方面へと進撃させたのである。

また、下野東部と下総《しもうさ》北部方面攻略を担当する佐竹《さたけ》、宇都宮《うつのみや》、結城《ゆうき》らは、四月二十一日、小田原籠城中の壬生義雄《みぶよしお》の壬生城と鹿沼《かぬま》城を落城に追い込んだ。壬生義雄ら主力部隊は、いまだ小田原で健在とはいえ、壬生氏はここに滅亡した。

同じく佐竹らにより、五月には、氏照直轄《ちょっかつ》の祇園《ぎおん》、榎本《えのもと》の二城が落とされることになる。

二十三日、敵水軍の攻撃を凌《しの》いでいた伊豆下田城も降伏開城となった。戦国最大の水軍城と謳《うた》われた下田城の真《まこと》にあっけない最後であった。

二十六日には、東相模の〝つなぎの城〟玉縄城が開城した。玉縄城には、山中城から逃げ帰った北条氏勝が籠もっていたが、家康の説得に応じ、戦わずして城を開けた。その後、間宮一族の本拠笹下《ささげ》、小机《こづくえ》、茅ケ崎《ちがさき》、沢山《たくさん》城等の久良岐《くらき》郡から鶴見《つるみ》川流域の支配拠点《きょてん》や兵站《へいたん》基地も、戦うことなく次々と自落していった。

二十七日には、江戸《えど》城と葛西《かさい》城が開城した。徳川勢は降伏した氏勝を開城説得要員として先頭に押し立て、下総方面に向かった。

四月末、小田原城内は深刻な空気に包まれていた。次々ともたらされる凶報《きょうほう》に、最初は疑念を抱いていた北条方首脳部も、この頃には、それらがすべて事実と判明し、驚きを通り越した絶望感に打ちひしがれていた。

「こんなはずはない。いったい何が起こっておるのだ」

茫然自失《ぼうぜんじしつ》した氏政が、うわごとのように呟《つぶや》いた。

「兄者、松井田、箕輪、厩橋の失陥は織り込み済みだ。鉢形《はちがた》、忍《おし》、館林《たてばやし》を中心とした二の手（第二線）に敵を引きつけ、相応の損傷を与えた上で、松山《まつやま》、河越《かわごえ》、岩付《いわつき》の三の手（第三線）で、敵を撃滅すればよいだけのことだ」

周囲を鼓舞するため、氏照が強弁したが、氏直はそれを無視して言った。

「われらはいたって不利な状況にある。それを踏まえて善後策を講じねばならぬ」

「善後策？　それは〝あつかい（和睦《わぼく》）〟のことではありますまいな!?」

「叔父《おじ》上、現《うつつ》から目を背けることはできぬ。ことここに至らば、一人でも多くの兵と民《たみ》を救うべく——」

「血迷うたことを申されますな！」

氏照が板敷を叩いた。

「大途、ここで戦をやめて何とする！　矢留《やどめ》するということは、配下の兵と民を秀吉に明け渡すことになる。それが民を救うことになりますか。民はわれらとともに戦い抜くことを望んでおる！」

「陸奥守殿、それは違う。ここで民を救わねば、われらが百年にわたり懸命に取り組んできたことが無になる」

「二人とも待て」

氏政が疲労感を漂わせた顔を上げた。

その眼は落ち窪《くぼ》み、十歳以上も老《ふ》けたように感じられる。

「ここで仲違《なかたが》いしていてどうする。それこそ秀吉の思うつぼだ。表裏《ひょうり》定まらぬ上野《こうずけ》諸将が恃むに足らんことは、初めからわかっていた。源三《げんぞう》の申す通り、ここから粘り強く戦い——」

「父上、降伏したのは上野衆だけではない。大道寺駿河《するが》でさえ寝返り、敵の先手《さきて》を務めていると聞く」

淡々とした口調で氏直が言った。

「それは風聞《ふうぶん》に過ぎない。重代相恩《じゆうだいそうおん》の大道寺ともあろう者が、寝返りなどするはずがない！」

「兄者、残念だが、それは真らしい。敵の包囲の間隙《かんげき》を縫《ぬ》って入城する使者たちが、口を揃《そろ》えて同じことを申しておる」

氏照が憮然《ぶぜん》として答えた。

〝めぐり三里〟（実際は全周九キロメートル）と称される小田原城大外郭には、東南にある山王口《さんのうぐち》から反時計回りに渋取《しぶとり》、井細田《いさいだ》、久野《くの》、荻窪《おぎくぼ》、水之尾《みずのお》、早川《はやかわ》の七口があったが、四月下旬になると、各支城からの使者が、どの口からも容易に入れるようになった。

「まさか、あの大道寺が――」

氏政が絶句したその時、悲痛な面持ちの使者が大広間に入ってきた。

「わが主《あるじ》、玉縄左衛門大夫《さえもんのたいふ》（氏勝）よりの口上《こうじよう》！　玉縄城、やむなく降伏開城とあいなり、申し訳なしとのこと！」

使者は、手を震わせながら書状を氏直に奉《ほう》じた。

「戦わずして開城など、あろうはずがない！」

氏政が唇《くちびる》を震わせた。

「無念ではありますが、わが主左衛門大夫は徳川殿とともに下総諸城の開城説得にあたるとのこと。〝小田原もいち早く降るべし〟との助言も添えられております」

「たわけたことを申すな！　氏勝は地黄八幡《じきはちまん》の家の主だぞ。祖父綱成《つなしげ》の武名に泥を塗る気か！」

すでにこの時、綱成は鬼籍《きせき》に入っていたが、北条家の武辺を一身に背負ってきたその名は、いまだ色あせてはいなかった。

「申し訳ありませぬ！」

使者は身を縮めるように平伏した。

「ところで、おぬしはいかにして敵の包囲陣を突破したのか？」

まったく敵と争った形跡のない使者の姿に、不審を抱いた氏照が問うた。

「いや、実は敵陣内を通り、入城いたした次第」

きまり悪そうに使者が答えた。

「何だと⁉」

「敵は、敗報を告げる使者を素通りさせておるようです」

「何と――」

その言葉に、氏照は天を仰《あお》ぎ、氏政は首を振り続けた。

「御免！」

その時、伊勢貞運が入室してきた。

「おう、備中《びっちゅう》！」

氏政が藁《わら》にもすがるような眼差《まなざ》しを向けたが、貞運の顔は沈んでいた。

「申し上げます。わが秘策が露見した模様」

「真か⁉」

「はい、早雲寺本坊の下に潜んでいた風魔の首が、井細田口に晒《さら》されておりました」

「ああ」

氏政が天を仰いだ。

「露見するはずがなかろう。かの秘事はわれら五人しか知らぬはずだ」

氏照の視線がゆっくりと松田憲秀を捉えた。

「あっ、いや、わしは知らぬぞ！」

憲秀の腰が浮きかけた。

「陸奥守殿」

氏直が厳しい顔を向けた。

「もはや済んだこと。このことは詮議《せんぎ》に及ばぬ」

「大途、それでは――」

「詮議に及ばぬと申したはずだ！」

またしても二人は睨《にら》み合ったが、今度ばかりは、氏照が視線を外した。

――大途の申す通り、尾張めを疑ったところで、疑心暗鬼の種を城内に撒《ま》くだけのことだ。

唇を嚙《か》んで、氏照が引き下がった。

一方、憲秀は赤ら顔を引きつらせつつ、威厳を取り繕《つくろ》っている。

その時、伊勢貞運が進み出た。

「かくなる上は、城を出て戦うことをお許しいただきたい」

一同は驚き、貞運を注視した。

「だらしなくも、各支城が次々と降伏開城していることは、城内にも知れわたっております。中には一族の安否を気遣う余り、小田原の開城を願っている者さえおると聞きます。かくなる上は、それがしが敵陣に討ち入り、北条武士の誉《ほま》れを満天下に示し、城内の士気を高めるしかありませぬ」

「そうか、そこまで考えていてくれたか」

氏政が涙ぐんだ。

一同の顔にも驚きの色が浮かんだが、憲秀だけは疑い深そうな目を向けた。

「伊勢殿、まさか城を出て、敵方に降るつもりではあるまいな?」

「とんでもござらぬ。それがしをお疑いなら、松田殿も馬首を並べ、ともに敵陣に駆《か》け入りましょうぞ」

「いや、そこまでは申しておらぬが――」

「そなたの覚悟のほどはよくわかった。此度はそなたに限り、出戦《でいくさ》を許そう」

氏直が感極まったかのように言った。

「ありがたきお言葉！　それではすぐに館《やかた》に戻り、支度《したく》をいたしまする。さて、どうせ散るなら、最も強き敵にあたるのが武士《もののふ》というもの。徳川勢の守る山王口の開門をお願いいたしまする」

「あいわかった」

貞運は、少年のように頰《ほお》を紅潮させて大広間を後にした。

三

五月初旬、大道寺政繁の本拠河越城を容易に開城させた北国勢が、松山城に迫った。松山城は上田憲定《のりさだ》が城主を務める国衆の城だが、憲定は主力部隊を率いて小田原城に籠もっているため、城代《じょうだい》の山田直安《なおやす》に率いられた二千五百の兵が留守を守っていた。

三万五千の大軍に対し、抗戦を試みた直安であったが、ともに城に詰めていた難波田《なんばだ》、木呂子《きろこ》ら地侍《じざむらい》衆《しゅう》の裏切りに遭《あ》い、あえなく降伏した。かくして松山城も敵手に落ちた。

城将の難波田、木呂子らは、大道寺政繁同様、北国勢の道役となった。

五月初旬、下総から上総《かずさ》に侵攻した徳川勢は、氏勝を先頭に押し立て、芸人の巡業のように降伏勧告を行っていた。氏勝の説得には目覚しい効果があり、小《こ》金《がね》、臼井《うすい》、土気《とけ》、東金《とうがね》、万喜《まんき》、大多喜《おおたき》、佐貫《さぬき》、勝浦《かつうら》など両総《りようそう》主要十七城が悉《ことごと》く城を開けた。しかし、その報告のため、氏勝を伴い小田原に戻った家康は、秀吉から強く叱責《しつせき》された。

秀吉は、見せしめとして、同一地域でせめて一、二城は凄惨《せいさん》な落城を見せたかったのである。これを〝一宥一威《いつこういちい》〟の法という。

家康の消極戦法により、房総《ぼうそう》半島で、この効果がほとんど発揮できなかったことに、秀吉は腹を立てていたのだ。

領国を関東に移されることを見据え、両総の国衆を手なずけておきたい家康と、その領国統治を困難に陥《おとしい》れたい秀吉の確執は、すでに始まっていた。

五月十九日の晴れわたる空の下、三献《さんこん》の儀式を執り行った伊勢貞運は、勇躍して己《おのれ》の館を出た。白髪小兵《こひょう》ながら、源平《げんぺい》時代さながらの緋縅《ひおどし》の大鎧《おおよろい》をまとったその姿は、『東鑑《あづまかがみ》』の英雄が眼前に現れたかのようであった。

貞運の後には、伊勢一族に率いられた郎党所従数十騎が続いた。

山王口に着いた貞運らが開門を促すと、眼前の山王原《さんのうはら》には、酒井《さかい》、榊原《さかきばら》、井伊ら徳川勢が陣容を整えて待っていた。貞運の出戦が筒抜けになっているのは明白だった。しかし、貞運は少しも動じず、軍配《ぐんばい》を振り上げた。

「いざ、後世に名を残さん！」

貞運が先頭を切って駆け出すと、一門の者たちも続いた。

一団となった数十名は、城内を振り返ることなく敵勢の中に飛び込んでいった。一方、すべてを心得た敵も、鉄砲や弓矢の飛び道具を使わず、功名《こうみょう》を挙げんと名乗り出た若武者《わかむしゃ》たちが、長柄《ながえ》の打物を構えて立ち向かってきた。

山王原に砂塵《さじん》が舞い上がり、馬蹄《ばてい》の音が轟《とどろ》いた。

城内からは、すでに敵味方の判別さえもつかなかった。砂塵の中で兜《かぶと》の立物《たてもの》が幾度か煌《きら》めき、やがてそれも已《や》むと、そこかしこに屈《かが》んだ敵兵が、首を掻《か》いている様が目に映った。

城内の櫓《やぐら》や塁壁《るいへき》に取り付き、その様を見る者は数知れなかった。皆、息をのみ、この殺戮《さつりく》に見入っていた。

ことここに至らば、こうした自殺的突撃も、味方を鼓舞するどころか、恐怖心を植え付ける役割を果たすだけであった。

五月二十日、北条家の〝つなぎの城〟の一つである岩付城が、本多忠勝《ただかつ》勢と浅野長吉《あさのながよし》（長政《ながまさ》）勢二万の猛攻を受けて落城した。この城も、城主の北条氏房《うじふさ》が三千の兵を率いて小田原城に入っていたため、伊達房実《ふさざね》が城代として二千の守備兵の指揮を執っていた。しかし、小田原城に匹敵する総延長二里の「大構《おおがまえ》」を守るには、二千の兵では少な過ぎた。

必死の防戦に務めた房実であったが、衆寡敵せず、最後には降伏した。

小田原に次ぐ要害と謳われた岩付城も、その巨大な「大構」の威力を十分に発揮せぬまま潰《つい》え去った。

五月中旬、北国勢が鉢形城を囲んだ。

この時、大道寺勢ら新参衆《しんざんしゅう》を加えた北国勢は、五万の大軍に膨れ上がっていたが、心配された糧秣《りようまつ》や補給物資も、降伏開城した北条方諸城のものを入手できたため、まったく不安はなかった。

しかし、鉢形城は武蔵北部における北条方の〝つなぎの城〟であり、その城主は、長年にわたり、武田、上杉、真田《さなだ》らと渡り合ってきた北条氏邦である。

氏邦は、すでに他城の戦況などに関心はなかった。ことここに至らば、鉢形城とそれを取り巻く支城を守ることだけに、氏邦は専念するつもりでいた。

開き直ったかのようなその泰然自若《たいぜんじじやく》とした姿に、三千の将兵は絶大な信頼を抱いていた。

鉢形城は、荒川《あらかわ》の急崖《きゆうがい》と荒川支流の深沢《ふかざわ》川に挟まれた段丘上に築かれた平山《ひらやま》城《じろ》である。二つの河川の合流点近くに位置するため、他の一辺を掘り切ることで、城外から完全に遮断《しやだん》される。それゆえ、古くから攻めるに難い城として名を馳《は》せていた。周辺には、日尾《ひお》、天神山《てんじんやま》、虎ヶ岡《とらがおか》、高松《たかまつ》、八幡山《はちまんやま》、花園《はなぞの》などの支城群が配置され、これらと連携することで、鉢形城は一層の要害と化していた。

しかし、またしても信じ難い事態が出来《しゆつたい》した。

この大合戦のきっかけを作った猪俣邦憲《いのまたくにのり》が、敵と一戦も交えず、持ち場に火を放ち、敵陣に降ったのである。名胡桃《なぐるみ》事件を深く反省し、死を覚悟して最前線の防衛を志願した邦憲に、全幅の信頼を置いていた氏邦の落胆は大きかった。

敵方に降った猪俣邦憲は、卑怯を嫌う前田利家の手により、後に処刑されたと伝わる。しかし、邦憲を指嗾《しそう》して名胡桃城を襲わせた真田昌幸《まさゆき》が、戦後のどさくさにまぎれ、邦憲を抹殺《まっさつ》したことも十分に考えられる。

それでも氏邦の抗戦は続いた。五月十九日の敵方の大攻勢を辛くも撃退した氏邦は、断続的に仕掛けられる敵の攻撃を悉く退け、粘り強く戦った。日尾、花園等の支城群も奮戦を続けていた。

六月五日には、館林城を落とした石田三成《みつなり》らにより、忍城攻撃が始まった。この城も、城主の成田氏長《なりたうじなが》が小田原城に籠もっているため、城主不在となっていたが、叔父の成田泰季《やすすえ》に率いられた二千六百の城兵は健闘し、降伏開城は七月十六日となる。

一方、小田原城内にも動きがあった。

六月八日夜、上野国衆の和田信業《のぶなり》が大外郭の役所に火を放ち、配下の将兵百五十人とともに、家康の陣所に逃げ込んだのである。真偽は別としても、和田内応の噂が城内に広まり、いたたまれなくなっての逃亡であった。

城内には、疑心暗鬼が横行し始めていた。

降伏した留守《るす》部隊が北国勢に加わったため、疑惑の目が向けられていた上野国衆の小幡信貞《おばたのぶさだ》は、密かに城外と連絡を取っていたが、脱出を勧める寄手に対し、「此方《こなた》は苦しからず候《そうら》へども、城中にて御法度《ごはっと》つよく候」と返事し、日増しに城内の疑心暗鬼が増幅し、警戒が厳重になっている様を伝えている。

またこの頃、奮戦する忍城を開城させせんと、成田氏長が逃亡を企《くわだ》てているという噂も城内に広まり、氏長の陣所回りの警戒が一段と厳しくなった。

城内は、すでに味方に向けて兵を割く状況に陥り、敵と戦うどころではなくなりつつあった。

そして六月九日、決定的な事態が出来する。

白装束《しろしょうぞく》に身を包んだ伊達政宗が、普請《ふしん》半ばの笠懸山に出頭したのである。

北条方にとり、伊達政宗の秀吉への従属は致命的であった。これで後詰勢来援の可能性は皆無《かいむ》となった。

秀吉はこの一事を城内に知らせるべく、織田信雄家臣の岡田利世《としよ》を使者として送り込んだ。これにより、〝あつかい〟の噂が城内に流布《るふ》され、厭戦《えんせん》気分が蔓延《まんえん》し始めた。

四

「若狭《わかさ》、いよいよ最後の時が訪れたようだ」

六月十一日、いくつもの大篝火《おおかがりび》が焚《た》かれた館内で、氏照と間宮綱信が向かい合っていた。

綱信は小田原城大外郭の普請を手伝うべく、氏照入城以前から小田原城に入っていた。

「いよいよでございますか」

綱信がため息をついた。

「いつ何時《なんどき》、大途が独断で降伏するともわからぬ状況とあいなった。もう小田原は駄目だろう。かくなる上は小田原を脱し、八王子に向かおうと思う」

氏照が、初めてその決意を口にした。

「八王子に戻るのでございますか⁉」

「うむ、ここにいては座して死を待つだけだ。たとえ卑怯者と誹《そし》られようと、われらは敵陣を蹴破《けやぶ》り、八王子に戻る」

しかし、それが極めて困難なことを、氏照は心得ていた。

蟻《あり》の這《は》い出る隙《すき》もなく包囲している敵陣を突破することは、困難を通り越して不可能に近い。よしんば突破できたとしても、敵の追撃をかわすことは至難《しなん》の業《わざ》である。すなわち、氏照はまったく勝算のない出戦を始めようとしていた。

――ほかにとるべき道はない。帰郷という思いで将兵を束ね、死地に飛び込ませるほかに、いかなる策があるというのだ。

「しかし奥州様、敵陣を突破するのは、容易なことではありませぬぞ」

「確かにその通りだ。山王原には徳川勢、甲州道には織田勢や蒲生勢が立ちはだかっている。容易な相手ではないが、秀吉の直臣《じきしん》ほど士気は高くないはずだ。夜《や》陰《いん》に乗じ、一気に敵陣を突破し、街道をひた走るのだ」

その時、庭の草木が動いた。

「曲者《くせもの》！」

刀に手を掛ける綱信を、氏照が笑って制した。

「出て参れ」

影は音もなく現れると、庭石の上に拝跪《はいき》した。

「嶋之坊《しまのぼう》、久しいのう。何かあったか？」

嶋之坊の口端《くちのは》に、わずかな微笑《ほほえみ》が浮かんだ。

「ご嫡男《ちやくなん》、ご誕生の由《よし》にございます」

「そは真か!?」

氏照の顔に、歓喜の色が広がった。

「母子ともにご壮健《そうけん》とのこと」

「祝 着《しゆうちやく》至極にございます！」

綱信も喜びの声を上げた。

氏照が八王子の空を見やった。

「遂《つい》に男子を授かったか――」

氏照は感無量であった。しかし、置かれている状況を考えれば、喜んでばかりもいられなかった。嫡男の顔を見ることが、至難の業であることに思い至った氏照の面《おもて》から、次第に喜びの色が消えていった。

「また、差し出がましいとは思われますが、ことここに至らば、小田原の開城は間近と思われます。お望みであらば、奥州様を八王子にお逃がしすることもできまするが――」

「ありがたい申し出だが、それだけはできぬ。わしがここを出るのは、堂々と兵を率いて行く時だけだ。浅ましい姿で、万が一、敵に捕らわれれば、末代までの恥辱《ちじょく》となる」

「御意《ぎょい》」

「おぬしら〝霞《かすみ》の衆《しゅう》〟は、われらに実によく尽くしてくれた。これからはおぬしらの気ままに生きよ。おぬしらに限っては、もう進退自由だ。いつでも退転し、どこぞの大名にでも仕えよ」

黄金の小判を数枚取り出した氏照は、綱信に命じ、固辞する嶋之坊に無理に握らせた。

「かたじけのうございます」

「いいからとっておけ」

「奥州様、長きにわたりお世話になりました」

嶋之坊は平伏すると、闇《やみ》の中に吸い込まれるように消えていった。


六月十四日、頑強に抵抗していた鉢形城が、遂に降伏した。

敵方の執拗な攻撃に晒されながらも、もちこたえてきた鉢形城であったが、大筒《おおづつ》で大手口《おおてぐち》を破壊され、敵兵の乱入を許したため、遂に落城のやむなきに至った。氏邦は自害せずに降伏し、出家剃髪《ていはつ》して近くの寺に入った。

後に氏邦は許され、前田利家に召し抱えられ、加賀国《かが》に赴くこととなる。

翌日、鉢形落城の知らせが小田原に届いた。

氏直は天を仰ぎ、氏政と氏照は愕然《がくぜん》として声もなかった。

事実上、ここに北条方の組織的抵抗は終わった。しかし何よりも、これにより、条件付きで和睦する余地がほとんどなくなった。

「もう、いかん」

氏政の呟きには、もはや焦燥《しょうそう》感よりも、諦《あきら》めがにじんでいた。

氏直が威儀を正し、氏政に顔を向けた。

「伊達も帰順した上、恃みの鉢形も落ちました。もはや勝機はありません。義父《ちち》上（家康）にすがり、城内将兵の助命だけでも嘆願しようと思います」

「伊豆一国でも残していただけるよう、如水《じょすい》殿に取り計らってもらいまする」

黒田如水から降伏開城勧告を受けていた板部岡江雪《いたべおかこうせつ》が、口添えした。

「そうだな――」

氏政の面には、もはや闘志の欠片《かけら》さえなくなっていた。

軍議は降伏開城に傾きつつあったが、一矢《いっし》も報いず降伏することに、氏照は承服しかねた。

「お待ちあれ。このままでは、われらは後世の笑い者。これまで奮戦した各支城の面々にも顔向けできませぬ。この上は、われら八王子衆に出陣の機会をいただきたく――」

「ならぬ」

氏直が言下《げんか》に否定した。

「叔父上、ここで城を出ては、抗戦意志があると思われる。われら揃って頭《こうべ》を垂れてこそ、関白の慈悲《じひ》深い裁きが下る」

「大途、そうまでして生き延び、家を存続させる意義があろうか。義を違いての栄華《えいが》より、義を貫いての滅亡こそ、われらが家訓ではなかったか。ここで戦うは、早雲庵様も是《ぜ》とするに違いない！」

食い下がる氏照を、氏直が制した。

「それは違う。家臣の命を一人でも多く救えと、早雲庵様は申されるはずだ」

「否《いな》！　ことここに至らば、家臣とて覚悟はできておるはず。ここで降れば、われら同様、彼らもすべて失うことになるからだ！」

「それでも、命だけは助かる」

「何を仰《おお》せか！　たとえ命を長らえても、家臣たちは帰農させられ、新しい領主の下で屈辱《くつじょく》的な日々を送ることになる。しかも上方では、役銭《やくせん》、地子銭《じしせん》（税金）がわれらの倍だ。それでは、あまりに不憫《ふびん》ではないか！」

「叔父上、彼らの多くは土とともに生まれ、土とともに生きてきた。彼らは再び土にまみれることを厭《いと》わないはずだ」

「それは違う！　坂東武者の誉れを満天下に示すことこそ、彼らの望むところだ！」

二人の視線が火花を散らした。

「恐れながら――」

それまで、黙ってやり取りを聞いていた松田憲秀が、膝を前に進めた。

「奥州様も早まってはいけませぬ。ここ小田原に籠もる兵は六万、しかも長期籠城となっても、糧秣と〝すまし〟にはこと欠きませぬ。あえて討ち出でて、敵に付け入る隙を与えては、元も子もありませぬ。一方、大途も諦めが早い。敵は大軍、兵站は日ならずして切れまする。気長に構えて動じぬことが肝要。甲州崩れの折も、武田四郎（勝頼《かつより》）がいま少し逃げ回れば、信長は本能寺《ほんのうじ》で斃《たお》れ、武田家は滅亡を免《まぬか》れ得たではありませぬか」

赤ら顔をほてらせ憲秀は懸命に論じたが、要は何もしないで事態を静観しようということである。

しかし、氏直と氏照の対立により、憲秀の主張が容れられた形で、結論は持ち越された。

五

六月十六日、北条家にとり、決定的な事件が起こった。

北条家重臣筆頭の松田憲秀が、養子の笠原政晴《かさはらまさはる》と語らい、謀反《むほん》を企《くわだ》てたのだ。

憲秀は自らの役所である早川口を開け、敵勢を引き入れるつもりでいたが、直前に嫡男直秀《なおひで》により見破られ、政晴とともに捕縛《ほばく》された。

憲秀は独自の経路で豊臣方と接触を図っていたらしく、ことは計画的に進められていた。消極戦法への肩入れ、山中城はじめ箱根諸城への配備兵力の間引きなど、かなり以前より、憲秀が、豊臣方の指示により動いていたことは明白だった。

捕縛された憲秀は、これまでの功を認められて一命を救われたが、政晴は斬首刑に処せられた。

「尾張入道でさえ寝返るのでは、もう終わりだ」という空気が城内に満ち、士気は低下の一途をたどっていた。

六月十九日、鉢形城を開城させた北国勢は、鎌倉街道上道《かみつみち》を南下、一路、八王子城を目指していた。

無人の滝山《たきやま》城を接収した北国勢は、さらに南下し、八王子城に迫ると、北の楢《なら》原《はら》、調原《ととのいはら》から南の椚田《くぬぎだ》に至るまで、南北浅《あさ》川の線に沿い、東方から半円形の陣を布《し》いた。

この南北浅川の線が、八王子城の第一の防衛線であった。本来、この線で敵の渡河《とか》を阻むという前提の下に、八王子城の防衛構想は練られていたが、兵力過少により、城方はこの防衛線を放棄せざるを得なかった。

六月二十日、軍議を開いた前田利家、上杉景勝《かげかつ》、真田昌幸の三将は、降伏勧告を行わず、〝我攻《がぜ》め〟により城を落とすことに決した。

特に、秀吉から「手ぬるい」と叱責されてきた利家は、怒り心頭に発しており、この戦いで、壮絶な討死を遂げるつもりでいたという。

大手口方面からの攻撃は、前田利家と真田昌幸一万五千が受け持ち、同じく大手方面でも、御霊谷《ごりや》から太鼓《たいこ》曲輪に向かう部隊を、上杉景勝八千の部隊が担った。これは、大手道を南から守る太鼓曲輪の側面援護を封じるためである。

一方、搦手《からめて》攻撃部隊は、前田利長《としなが》を総大将に、直江兼続《なおえかねつぐ》、真田信之、藤田信吉《のぶゆき》ら総勢一万五千が編制された。

二十二日、亥《い》の刻《こく》（午後十時頃）、四ツ谷《よつや》付近に集結した北国勢が進軍を開始した。ところが、その頃、湧き出してきた濃霧《のうむ》が北国勢の足元に立ちこめ始めた。「月さえ霧《きり》に遮《さえぎ》られ、天地漠々《てんちばくばく》たる乳白の一色」（『茶道太閤記《さどうたいこうき》』）という状況に、一時的に北国勢の進軍は止まった。

二十三日、丑《うし》の刻（午前二時）頃まで、その場に停止していた北国勢であったが、ようやく霧が晴れ始め、進軍を再開した。

丑の下刻《げこく》（午前三時頃）、横山口門に至った前田利家隊は、大城戸《おおきど》を取り囲むように陣を布き、鉄砲、弓矢、投げ炮烙《ほうろく》による猛攻を開始した。凄《すさ》まじい火勢に動揺した城方は、横山口を放棄して敗走した。わずか半刻《はんとき》の攻防で横山口門を破った前田利家隊は、無人の町屋を焼き払いながら、横山原《よこやまがはら》を西に進んだ。

大手道の南に位置する月夜峰《つきよのみね》を進んだ上杉景勝隊は、瞬く間に城方の抵抗を退け、そのまま尾根伝いに御霊谷方面に向かった。

一方、搦手攻撃部隊は北浅川沿いに西進し、未明には、小田野《おだの》城の攻撃を開始した。

八王子城の搦手には、進軍経路である案下道《あんげみち》（陣馬《じんば》街道）を塞ぐように、小田野城が立ちはだかり、続いて要塞化された心源院《しんげんいん》、その北側対岸には、浄福寺《じょうふくじ》城が街道を扼《やく》している。特に浄福寺城は、大石《おおいし》一族の詰城《つめじろ》として、長く使われてきた要害である。

小田野城は搦手を守る最初の要害にあたるが、守将の小田野源太左衛門《げんたざえもん》は一戦《ひといくさ》すると、城を捨てて逃げ去った。続いて、心源院砦を焼き払った搦手攻撃部隊は、川原《かわはら》宿に進んだ。

八王子城は山頂曲輪を中心に、階郭《かいかく》式に曲輪が配置されている山城《やまじろ》である。山頂曲輪は物見台の役割を果たしているだけで、実際の本曲輪は山頂曲輪群の中でも一際大きい中曲輪である。その中曲輪を中心に、北に小宮曲輪、西に山頂曲輪、南に松木曲輪が取り巻き、さらに山頂曲輪を隔てた西には、無名曲輪が配されていた。無名曲輪のさらに西には、谷を隔てて詰の城と呼ばれる曲輪が築かれていた。この曲輪は、西からの敵を防ぐ役割を果たしている。

中腹に目を向けると、小宮曲輪の北方眼下には、高丸《たかまる》と呼ばれる曲輪が造られ、搦手方面を見下ろしていた。山頂曲輪群と大手口御主殿《ごしゅでん》方面の間は、山王台曲輪がつなぎ、さらにその北には柵門台《さくもんだい》と呼ばれる曲輪が設けられていた。この山王台と柵門台が、八王子城山頂中核部を守る最後の関門となる。その柵門台の東方眼下に金子曲輪がある。さらにその山麓には、東から西にかけて、近藤、山下、あしだの曲輪群が連なっていた。

この日、空が白んできても、山麓には、雲海のような霧が立ち込めており、本来、手に取るようにわかるはずの敵の動きが、城方には、一切、摑《つか》めなかった。

中曲輪と松木曲輪を守る中山勘解由、中腹の金子曲輪を守る金子家重《いえしげ》も、山麓の動静は一向に摑めていなかった。搦手方向小宮曲輪の狩野一庵《かのういちあん》、その北方眼下にある高丸の比留間大膳《ひるまだいぜん》にも、搦手方面の様子は一向にわからない。あしだ、山下、近藤の山麓曲輪群を守る近藤綱秀《つなひで》も、さして変わりはなかった。

夜明け前、中宿門《なかしゅくもん》を守る馬場但馬守《ばばたじまのかみ》隊と寄手が衝突したことは、激しい筒音《つつおと》と喊声《かんせい》によってわかったが、次々と走りくる物見の報告と、進みつつある状況に時間差が生じ、援兵を送る時機が摑みにくい。

濃霧により、高所から戦域全体を見渡せるという城方の優位性は、吹き飛んでいた。それぞれの曲輪どうしの見通しが利かないため、綿密に立てられた防御手順もまったく機能していなかった。しかも、城域広大なこの八王子城にかき集められた将兵は、わずか三千五百である。農民や神官僧侶を除いた実質戦闘力は二千に満たない。

城方は、絶望的な戦いを始めようとしていた。


同じ頃、搦手では、川原宿を焼き払った寄手に、浄福寺城の兵が襲い掛かっていた。籠城して出てこないとばかり思っていた城兵の襲撃に、寄手はたじろぎ、いったん、東方に退避しようとした。ところが、搦手の山間《やまあい》に隠れていた小田野勢が尾根伝いに小田野城に戻っていたのだ。小田野城から放たれる鉄砲に驚いた寄手は、押されるままに北浅川を渡り、大久保《おおくぼ》方面に逃れようとした。

寄手はまんまと城方の術中に嵌《はま》った。大久保は狭隘地《きょうあいち》で、大軍を進退させるには向いていない。密集した寄手に、南北の崖上《がけうえ》から銃弾と矢が降り注いだ。

しかし城方も、寄手を殲滅《せんめつ》するだけの決定力は持ってはいない。唯一の勝機は城内からの後詰であったが、濃霧により、いくら待っても後詰はやってこなかった。やがて、狭隘地を脱した寄手は、態勢を立て直し、巻き返しに出てきた。

一方、大城戸口を押し破り、中宿門に達した前田利家隊は、馬場但馬守率いる城方の執拗な抵抗に遭っていた。その南側の城山《しろやま》川沿いに築かれた曲輪群からも横矢《よこや》が掛かる。しかし、前田利家隊は一万五千の大軍である。やがて中宿門は破られ、前田利家隊の進軍が再開された。道幅宗尺《そうしやく》四間《けん》（約八メートル）の大手道を横いっぱいに広がり、前田利家隊が殺到した。

同じ頃、月夜峰から尾根伝いに御霊谷門に達した上杉景勝隊も、激戦を展開していた。御霊谷の曲輪群には、敵を誘い込み、あらゆる角度から横矢が掛かるよう、考え尽くされた縄張《なわば》りが施《ほどこ》されていたが、こちらもその芸術的縄張りを駆使するだけの兵力に乏《とぼ》しく、南に流れる御霊谷川方面から回り込まれた上杉景勝隊により、まず低地部が制圧され、やがて最も堅固な北側台地上の上《うえ》ノ山曲輪とそれに続く番屋曲輪も占拠《せんきよ》された。城方は西側背後のじゅうりん寺山方面へと逃げ去った。

城方は広い城域をもてあまし、めりはりを利かせた防御陣が布けないでいた。

寅《とら》の中刻（午前四時頃）、いよいよ八王子城の中核域の入口にあたる近藤曲輪で、両軍の衝突が始まった。先手は前田利家隊に属する大道寺政繁隊である。

西側の山下曲輪で指揮をとっていた近藤綱秀は、大道寺政繁の揚羽蝶《あげはちょう》の旗を見るや、怒りをあらわにし、必死の突撃を敢行した。しかし、大道寺隊とて、退却すれば殺される。凄まじい白兵戦《はくへいせん》の末、山麓曲輪群も最後の時を迎えた。櫓はすべて焼け落ち、防柵は見る影もなく押し倒され、そこかしこから敵兵の乱入が始まった。近藤綱秀も乱戦の中で討死を遂げ、近藤、山下、あしだの山麓曲輪群が敵手に落ちた。

一方、御霊谷からじゅうりん寺山に攻め上った上杉景勝隊は、大手道を進む前田利家隊と並行するように、太鼓曲輪を西に進んだ。

太鼓曲輪は、城山川と並行に走る尾根を削平した細長い曲輪である。大手道を攻め上る場合、太鼓曲輪からの横撃を常に受けねばならず、これが、八王子城の防衛構想の一つの柱であった。しかし、上杉景勝隊の猛攻の前に、太鼓曲輪は大手道援護どころではなくなっていた。

太鼓曲輪の防衛を任された平山左衛門尉綱景《ひらやまさえもんのじょうつなかげ》は、数箇所の堀切《ほりきり》を使って、敵の進撃をうまくさばいていたが、城方の兵員消耗は激しく、やがて太鼓曲輪の西の端に追い込まれて全滅した。敵は、いよいよ御主殿に迫らんとしていた。

山麓の状況が摑めず、焦慮《しょうりょ》を募らせていた城方首脳の耳に轟音《ごうおん》が響いた。寄手の放つ大筒である。

あしだ曲輪に引き据えられた大筒から、金子曲輪への砲撃が開始されたのだ。大筒は御主殿にも撃ち込まれた。御主殿にある建造物からも、火の手が上がり始めた。氏照自慢の懸崖《けんがい》舞台も、炎に包まれ、城山川に崩れ落ちた。

この時、御主殿には、中下級武士の妻子たちがいたが、大筒の炸裂音《さくれつおん》に驚き、もはやこれまでとばかりに、城山川に身を投げる者が続出した。

卯《う》の上刻《じょうこく》(午前五時頃)、金子曲輪をめぐる攻防が始まった。守将の金子家重は七重に連なる馬蹄段《ばていだん》を巧みに使い、前田利家隊を容易に寄せ付けなかった。深沢山《ふかざわやま》は金子曲輪辺りから、急峻な山道となる。この金子曲輪の攻防から、前田利家隊の苦戦が始まった。しかし、大筒による援護射撃の効果は大きく、そこかしこにめぐらせた虎落《もがり》、鹿垣《ししがき》、木柵《もくさく》は破壊され、防戦は困難を極めていった。卯の下刻（午前七時頃）、遂に金子曲輪も力尽き、守将の金子家重も乱軍の中で首を獲られた。

同じ頃、御主殿を制圧した上杉景勝隊は、四段にわたる石垣を配した堅固な段状曲輪群を攻め上っていた。上杉景勝隊は、金子曲輪から攻め上る前田利家隊と競うように山頂を目指す恰好《かっこう》となった。一方、後続の真田昌幸隊は、あしだ曲輪から山王台を目指していた。

上杉景勝隊と真田昌幸隊は山王台へ、前田利家隊は柵門台へと、熾烈《しれつ》な攻撃を開始した。

山王台と柵門台を突破されれば、山頂曲輪群の死命は、決せられたも同じである。中山勘解由を守将とした城方は、死力を尽くして防戦に努めた。

一方、死を覚悟した利家は、周囲の押しとどめる手を振り払いつつ、前へ前へと進んだ。

利家の覚悟のほどを横から見せつけられた景勝と昌幸も、負けじと攻め上る。

この攻防こそ、戦国史の最後を飾る凄まじいものとなった。

城方は、ここが切所《せっしょ》とばかりに、温存してきた火力を集中した。防柵の間から鉄砲が間断なく火を噴き、無数の矢が寄手の頭上に飛来した。それに抗《あらが》うように、寄手は防柵を押し倒そうと、連楯《れんだて》や大竹束《おおたけたば》を押し立てて迫った。

利家は自らの馬廻衆《うままわりしゅう》すべてを繰り出し、遂には自ら槍《やり》をとった。

『前田家記』によると、利家の近習《きんじゅ》馬廻だけで三十余騎が、ここでの戦いで討死を遂げた。勝者の近習馬廻がこれだけ討死した戦は、ほかに例を見ない。

日は遂に中天を過ぎ、激戦は八時間に及んだ。

一方、搦手でも死闘が続いていた。

激戦の末、浄福寺城を制圧した寄手は、その勢いを駆り、松竹《まつたけ》から搦手口に攻め寄せた。

松竹から棚沢《たなさわ》にかけての搦手道は、十分な普請が間に合わず、最も防衛力に不安のある地帯だったが、半沢坊俊定《はんざわぼうしゅんてい》ら修験《しゅげん》、僧侶、神官たちが、捨て身の反撃を試み、数度にわたり寄手を弾き返した。

寄手と城方は、松竹と棚沢の間で一進一退《いっしんいったい》の死闘を繰り広げた。

搦手攻撃を担当した直江兼続配下の藤田信吉は、平井無辺《ひらいむへん》という地侍を伴っていた。

無辺は、氏照の家臣として、長らく八王子城搦手の普請に駆り出されていたため、搦手のことは手に取るようにわかっていた。信吉は無辺を嚮導役として、搦手東の水の手道という伏道《ふせみち》（隠し道）を進み、高丸に襲い掛かった。

高丸を守る比留間大膳は奮戦したが、突如現れた敵勢を支え切れず、無辺を道連れに、壮絶な討死を遂げた。これにより、棚沢で奮戦していた修験たちも前後に敵を持つことになった。追い詰められた修験者《しゆげんじや》たちは行き場を失い、俊定をはじめとする大半の者が、敵と刺し違えるように憤死していった。

寄手から見て高丸の背後にあたる小宮曲輪は、狩野一庵の持ち場である。実はこの時、狩野隊はその大半を山王台の戦いに投入していたため、小宮曲輪には、わずか数十名という兵しか残されていなかった。

「敵勢迫る」の報を受けた一庵は、必死の防戦に努めるが、衆寡敵せず、遂に虎口《こぐち》を破られた。それを見た一庵は陣所に入り、静かに自害した。

狩野一庵宗円《そうえん》、前名は狩野伊賀守泰光《いがのかみやすみつ》。齢《よわい》は六十八と伝わる。

小宮曲輪が落ちたことにより、八王子城攻防戦の大勢が決した。

背後で上がる勝鬨《かちどき》を聞いた中山勘解由は、柵門台を放棄し、中曲輪に退いた。

いよいよ攻防は、山頂曲輪群に絞られてきた。

落城を覚悟した横地監物《よこちけんもつ》が、氏照の正室お比佐《ひさ》の方《かた》の居室に赴くと、すでに浅尾彦兵衛《あさおひこべえ》により、すべては終わっていた。彦兵衛も、お比佐の方とその女房衆とともに、その場で自害していた。

彦兵衛の傍《かたわ》らに落ちていた〝大黒《だいこく》〟を懐《ふところ》に入れた監物は、滝姫《たきひめ》の居室に赴いた。

幾度か呼んでも声がなかったため、監物が踏み込むと、滝姫も自害していた。

滝姫の亡骸《なきがら》に手を合わせた監物は、その傍らで甲高《かんだか》い泣き声を上げている赤子《あかご》を抱え、申《さる》の下刻（午後五時頃）、奥棚沢の伏道を使って脱出した。

なおこの後、八王子城を脱出した横地監物は、檜原《ひのはら》城を経て小河内《おごうち》村まで逃れたが、敵方に捕捉《ほそく》され、そこで討死を遂げた。

監物が脱出した頃には、すでに日は西の山陰《やまかげ》に隠れ始め、周囲は茜色《あかねいろ》に染まっていた。しかし、そこかしこに上がる紅蓮《ぐれん》の炎は天を焦《こ》がし、敵味方に夕闇が訪れたことを忘れさせた。

乱戦の中、自らの陣所に戻った中山勘解由は、実母、室、嫡男照盛《てるもり》の室と男子二人を刺し殺した後、自害して果てた。

山頂曲輪で最後まで指揮を執っていた大石照基《てるもと》は、館や櫓などに火を放ち、残った者たちとともに刺し違えて果てた。

三階櫓の白壁は、その優美な肢体《したい》を紅蓮の炎に染め上げられ、やがて朽ちるように身を横たえていった。

この時、八王子城攻防戦は終わった。

それは、戦国時代の終わりを告げる戦いであった。

城方の死者は三千名余――。

一方、寄手も、この戦いだけで千二百六十名もの死者を出した。圧倒的兵力差を誇る勝者が、敗者の半数にも上る損害を出すほどの戦いは、極めて稀《まれ》である。

すでに武蔵野に日は沈み、周囲に漆黒《しっこく》の闇が訪れていたが、深沢山の山頂だけは夜を通して燃え盛り、昼のように明るかったと伝わる。

氏照の夢は一日にして灰燼に帰した。

六

八王子落城が小田原に伝わったのは、二十五日の夜であった。

「そは真か――」

氏政とともにその有様を聞いた氏照は、絶句した。

「滝姫は死んだか――」

深いため息とともに、氏照の中でも何かが死んだ。

――儚《はかな》い夢であった。

氏照の脳裏《のうり》に、滝姫や重臣たちの面影《おもかげ》が浮かんだ。

「脱出後、消息を絶った横地様以外の重臣はすべて討死。降伏した足軽《あしがる》、陣夫ら、男という男は悉く〝撫《な》で斬り〟となりました」

「まさか――」

あまりに過酷《かこく》な戦後処理に、氏照は愕然とした。

「何と酷《むご》いことを――」

　氏照の胸内に、沸々《ふつふつ》とした怒りがこみ上げてきた。

「源三、八王子と韮山が落ちては万事休《ばんじきゅう》すだ。後は氏直らに任せよう」

　氏政が重い口を開いた。

　頑強に抵抗を続けていた韮山城も、二十四日、降伏したことが伝えられたばかりである。さらにこの日、津久井《つくい》城も降伏することになる。

「兄者、これでわれら帰る城もなくなった。八王子から連れてきた将兵にも、すでに未練はないはずだ。かくなる上はわれら一丸となり、死《し》に花《ばな》を咲かせるほかない」

「源三、おぬしはそれでよいかも知れぬが、氏直はどうする？」

　氏政の意外な言葉に、氏照は面食らった。

「いいか源三、滅び行く家の当主とは辛《つら》いものだ。わしやおぬしであらば、好き勝手に死に花を咲かせられる。しかし、当主はそうはいかぬ。ここまで付き従ってくれた配下の命を助けるために、あらゆる手を講じねばならぬ」

　いつになくしっかりした顔つきで、氏政は続けた。

「わしらが討って出れば、八王子同様、小田原も悉く〝撫で斬り〟となるだろう。ことここに至らば、氏直の命だけでも救ってもらい、家臣たちの行く末を見届けさせる。そして細々《ほそぼそ》なりとも、北条家を残してもらう。それだけがわれらに残された仕事だ」

すでに白髪ばかりになった氏政の鬢《びん》を眺《なが》めつつ、氏照は、この兄とともに歩んできた長い道のりを振り返った。

――兄者同様、わしも肩の荷を降ろすべきかも知れぬ。しかし、わしが意地を貫かねば、ここまで付き従ってくれた家臣や民を裏切ることになる。

「兄者、われらの存念はどうした！　民に誠を尽くしてきたわれらが、ここで白旗を掲げるということは、秀吉の政権を認めることになる。われらは関東の民を秀吉に明け渡すことになるのだぞ！」

「そうではない。われらが力及ばず秀吉に屈しても、民は負けてはおらぬ。必ずや、したたかに生き抜いていくはずだ」

「兄者――」

その時、使番《つかいばん》が慌《あわただ》しく入ってきた。

「申し上げます。山王原にほど近い海上に、多数の船影あり！」

「大筒でも放っておるのか!?」

「いいえ、その船の上に――」

「どうしたというのだ？」

一瞬、口ごもった使者が、口端《くちは》を引きつらせつつ言った。

「八王子衆の女子供が鎖《くさり》につながれ、引き据えられております」

「何だと!?」

二人が顔を見合わせたその時、また慌しく走り寄る足音が近づいた。

「申し上げます。山王川を隔てた対岸に、八王子衆の首が並べられております」

「おのれ秀吉！」

氏照が立ち上がった。

「やはり、行くのか？」

氏政の声が追いかけてきた。

「兄者、行かせて下され」

氏照は威儀を正して平伏した。

「わしは隠居の身だ。これ以上、申すことはない」

「ありがたきお言葉――」

館に戻った氏照は、八王子衆に翌々日の出撃を命じた。

口惜しさに無念の臍《ほぞ》を噬《か》んでいた八王子衆は、勇躍して出陣の支度にかかった。

しかし、痺《しび》れを切らしていたのは、城方だけではなかった。

同日夕刻、小田原城東端、山王川と渋取川の合流地点に突き出た出城の〝篠曲《ささ》輪〟が敵手に落ちた。敵の包囲網は確実に狭まりつつあった。

さらに翌二十六日朝、目覚めたばかりの小田原城の将兵は、驚くべきものを眼にした。

石垣山城である。

それまで、笠懸山に陣城を築いているという噂は、小田原城内にも伝わっていた。確かに陣幕を張り巡らし、足場を築いている様子が遠望できた。しかし、頭上に現れたそれは、総石垣の上に築かれた瓦葺五層の大天守《だいてんしゆ》であった。

これにより、小田原城内が、敵方から手にとるように見渡せることになった。

同日、落成を祝う筒音の中、秀吉が石垣山城に入城を果たした。

二十七日早暁《そうぎょう》、小田原城内氏照館に集まった八王子衆は、必勝祈願と三献の儀式を済ませて出陣した。

夏は盛りを迎え、小田原城内にも、灼熱《しゃくねつ》の太陽が容赦なく降り注いでいた。そのきらめく陽光の中を、八王子衆は粛々《しゅくしゅく》と進んだ。

――遂に、本意を遂げる日がきた。

氏照の脳裏には、様々な思いが駆けめぐっていた。

幼少年時を過ごした小田原城、青年期を過ごした滝山城、そして長年の夢を実現させた八王子城での日々が、鮮やかによみがえった。

――わしは本意を貫いた。何の悔いがあろうか。これこそが「如意成就《にょいじょうじゅ》」なのだ。

氏照は、自らの印判の文字に使っていた「如意成就」の境地に、今こそ達したと感じた。

「出陣！」

氏照の号令と同時に、ゆっくりとした調子で押し太鼓が叩かれ、隊列が動き始めた。その雄姿は、死に行く部隊とは思えぬほどの凛《りん》とした気迫に溢《あふ》れていた。沿道に鈴なりに連なった人々の多くが、それを見て涙ぐんだ。皆、これが北条家最後の出撃と知っているからである。

やがて、隊列は早川口に差し掛かった。

氏照は、出撃口を八王子への帰路にあたる井細田口ではなく早川口にした。行く手には、秀吉のいる笠懸山があるからである。

「全軍、止まれ！」

氏照が右手を挙げた。

「これから早川口より笠懸山に攻め上り、秀吉の首をいただく！」

「応《おう》！」

隊列から喊声《かんせい》が上がった。

「開門！」

氏照が開門を命じた時だった。

人垣が左右に割れると、氏直馬廻衆が駆けつけ、筒頭《つつがしら》を並べて門前に広がった。

「そこをどけ！」

氏照の命《めい》にもかかわらず、馬廻衆は微動だにしなかった。

「邪魔する者は、斬り捨てても進む！」

なおも立ちはだかる馬廻衆に向けて、氏照が怒鳴った。

背後にいた八王子衆鉄砲隊も前面に展開した。

おおよそ二十間（約三十六メートル）の距離を隔てて、双方は睨み合った。

沈黙の中、硝煙《しょうえん》の匂いだけが立ち込めている。

「待て」

その時、人垣が二つに割れると、長身痩軀《ちょうしんそうく》の人影が現れた。

それを見た氏照は、驚きの余り絶句した。

「大途――」

氏直は、当主とは思えぬ黒木綿《くろもめん》の道服《どうぶく》姿に、褐色《かちん》の袷袴《あわせばかま》といういでたちで、まるで庭でも散策するかのように、ゆっくりと近づいてきた。

「わが往く道を邪魔する者は、大途とて容赦せぬ！」

馬を下り、今一度、闘志を奮い起こした氏照は、氏直に向けて弓を引き絞った。しかし、慌《あわ》てて氏直をかばおうとする馬廻衆を制し、氏直はなおも近づいてくる。

「寄るな！」

弓を引き絞ったまま、氏照が叫んだ。

二人の距離が十間に縮まった。

「叔父上」

その時、氏直が初めて口を開いた。

「もういいではありませぬか。われらは民のために意地を貫いた。それだけでも十分だとは思いませぬか？」

「来るな！」

氏照はじわじわと後ずさりした。

「父祖の存念を貫くため、叔父上は関東の戦野を駆けめぐってきた。しかし、それももう終わったのです」

「終わってはおらぬ！」

氏照の気組みを外すかのように、氏直は清々《すがすが》しげな微笑を浮かべていた。

「こうしてすべてを失うとなると、何とも気楽ではありませぬか。われらは今、初めて人としての道を踏み出すのです。叔父上、その道をともに往《い》きましょう」

奮い起こせば起こそうとするほど、氏照の体から闘志が抜けていった。

――確かに、すべてはもう終わったのかも知れぬ。

手から矢が落ちた。

己の体を支え切れず、氏照は片膝を突いた。

「叔父上、北条家のために苦労をかけました。さぞ、お疲れでございましょう。もう肩の荷を下ろして下され」

氏照を助け起こした氏直は、その肩を抱くように歩き出した。

取り巻く将兵たちは、唖然《あぜん》として二人を見送った。

「大途――」

喉の奥から、ようやく言葉が出た。

「苦労をかけたのは、それがしの方です」

「もういではありませぬか」

「大途を無理な戦に駆り立て、北条家を潰してしまった——」

氏照の胸奥《むねおく》から嗚咽《おえつ》がこみ上げてきた。

それでも氏直は、涼《すず》やかな微笑を絶やさなかった。

「叔父上、蛙《かわず》のことを覚えておいでか？」

「蛙と？」

あまりに唐突な言葉に、氏照が啞然とした。

「子供の頃、それがしが大事にしていた蛙のことです。その蛙が死んだ時、悲しむそれがしを叔父上は慰《なぐさ》めてくれた。天地《あまつち》の清き中から生まれ出でたものは、生きるうちに身につけた穢《けが》れを払い、元の住処《すみか》に戻るものと——」

「五蘊《ごうん》？」

「そう。人は皆、死する時、それまでまとった五蘊を捨て、清き中に帰り行く。それは蛙も同じだと、叔父上は教えて下さった。泥水の中で動かなくなった蛙が精一杯生きたことを、それがしは、その時、覚《さと》ったのです。そして、どんなに辛くとも、生は死よりも崇高《すうこう》であることを知りました」

歩みを止めた氏直が、氏照に視線を据えた。

「だからこそ、人は精一杯、この世を生きねばならぬ。泥にまみれても生きねばならぬ。それゆえ、一人でも多くの兵や民に、寿命を全《まっと》うさせてやろうではありませぬか。それにより、われらの武名が汚《けが》れても、構わぬではありませぬか。いつの日か、われらの決断をわかってくれる人もおりましょう」

氏照は絶句した。

優柔不断《ゆうじゆうふだん》で女々《めめ》しいとばかり思っていた氏直が、いつのまにか大きな存在となっていたのだ。

「叔父上、われらの命は朽ちても、われらの掲げた存念は、民とともにこの地に残る。それでいいではありませぬか」

氏直が、ゆっくりと氏照の肩に手を置いた。

「今、この時まで――」

氏照は、その場に平伏した。

「それがしは大途を見誤っておりました」

「面を上げて下され。これからはただの叔父と甥《おい》。主《あるじ》も家臣もありませぬ」

氏照を抱き起こそうとする氏直の手は、優しくいたわりに満ちていた。

「大途、ご立派になられた――」

すでに日は中天を指し、笠懸山の城の白壁を、一層、際立《きわだ》たせていた。

その様を眺めつつ、氏照は、すべてが終わったことを覚った。

七

八王子衆と離された氏照は、氏政とともに本曲輪内に一室を与えられた。

体《てい》のいい軟禁である。

翌二十八日より、本格的な和睦交渉が開始された。

秀吉は戦後処理をめぐり、家康と協議を重ねていた。

前田利家は、反抗的な態度をとったため、箱根山中に蟄居《ちっきょ》させられており、石田三成ら秀吉の幕僚《ばくりょう》たちも、依然として降伏しない武蔵国忍城に張陣《ちょうじん》したままである。

この時、秀吉の相談相手は家康だけであり、しぜん家康の言葉に、秀吉は耳を傾けるようになった。

これが北条家に幸いした。

家康は女婿《むすめむこ》氏直の助命を強く望んだ。それは単なる督姫《とくひめ》かわいさからだけではなく、すでに秀吉から申し渡されていた関東移封を見据え、北条家助命嘆願運動を通して、北条家旧臣の心を摑もうという思惑《おもわく》があったからである。

城兵の助命と将領の仕官先の斡旋《あっせん》などの条件が、次々と受諾されていった。しかし秀吉にも、一つだけ譲れない条件があった。

氏政と氏照の助命である。

氏直は、自らの命に代えて二人を救おうとしたが、主戦派の二人を、秀吉が許そうはずもなかった。

交渉期限前日の二十九日、家康と氏規の説得により、氏直がその条件をのんだ。そして、六月三十日、遂に交渉は妥結《だけつ》した。

氏直は七月五日を投降日として通知し、その支度に掛かった。

七月五日、斎戒沐浴《さいかいもくよく》し、白装束に着替えた氏直は、沿道に整列した将兵に見送られて城を出た。やがて久野口が開かれ、一行は降伏仲介の労をとった織田信雄の陣中に消えていった。

翌日には、降伏の調印がなされ、開城の手順などが決まった。

八日早朝、小田原惣構《そうがま》えの各門が一斉に開かれた。

前日の下級兵士たちの解放に続き、この日、町衆など非戦闘員が解放された。開門と同時に、人が城外に溢れた。抱え切れないくらいの荷物を両手に持つ者、懸命に車を押す者など、思い思いの姿で人々は散っていった。

同日午後には、将領、上級武士の退去が始まった。武装解除された彼らは、疲労の色を見せながらも、堂々とした態度で四方に散っていった。

そして七月九日、いよいよ氏政と氏照が、城を出ることになった。

少ない供回りに守られた二人は、ゆっくりと城下を進んだ。

白装束に身を包み、徒歩で進む二人を、すでに城内に入った豊臣方の将兵たちが、蔑《さげす》むように見つめていた。

——思えば、長いようで短い日々であった。

戦に明け暮れた毎日を送った氏照にとり、小田原城とその城下を、これほどゆったりとした気持ちで歩むのは初めてであった。

――何はともあれ、小田原の城と町は残った。

氏照は自らに言い聞かせた。

――この地を再興させるのは、わしらではなく民の仕事だ。

三曲輪から城下に下りた氏照が見上げると、以前と変わりなく、小田原城はその威容を四囲に示していた。

――勝ち残ったのは、秀吉ではなく民なのだ。

氏照の心は、晴れわたった空のような清々しい気分に満たされた。

同日、氏政と氏照の二人は、家康の陣屋から氏政の侍医《じい》である田村安栖《あんせい》宅に移された。安栖の出迎えを受けた二人は奥座敷に通され、秀吉からの申し渡しを待った。やがて使者が現れ、十一日、二人を切腹に処することを申し渡した。

申し渡しが終わった後、穏やかな口調に変わった使者は、氏直が助命されたことを二人に伝えた。その意味するところは、たとえ石高《こくだか》は低くとも、北条家の存続が許されたということである。二人にとり、それは何ごとにも代え難い喜びであった。

同じ頃、小田原城本曲輪では、城の引き渡しが行われていた。

すでに上使による儀礼的な引き渡しは六日に終わっていたが、この日は、秀吉奉行衆《ぶぎようしゆう》の下役《したやく》による宝物《ほうもつ》、武具、什器《じゆうき》、糧秣などの引き渡しと、潜伏しているかも知れぬ不満分子を排除するための〝城あらため〟である。

この作業が終わると、板部岡江雪ら北条家残務処理部隊も退去となり、本曲輪に掲げられていた三《み》つ鱗《うろこ》旗も降ろされた。

その瞬間、五代百年にわたり関東に覇を唱えた北条家は、その鼓動を止めた。

七月十一日、空は晴れ渡り、海からは涼やかな風が吹き込んできた。

ぐっすりと眠れた氏照は、在番の将に頼み、広縁《ひろえん》に出してもらった。

清冽《せいれつ》な空気が胸腔《きようこう》に満ちた。

——何と爽快《そうかい》な気分か。

まもなく、斎戒沐浴の支度が調った旨《むね》を知らせてきた。

脱衣場に入ると、氏政と氏規が待っていた。

「奉行衆の配慮で、ともに最後の湯を使うことを許された」

すべての重荷から解放された氏政は、吹っ切れたような笑顔を浮かべていた。

「兄者、よく眠れたか？」

「ああ、ぐっすりとな――」

「それでこそ兄者だ」

傍らに控えた氏規は俯《うつむ》き、肩を震わせていた。

「助五郎、おぬしには苦労をかけた」

氏照の言葉に、氏規は感極まり、その場に突っ伏した。

「兄者――」

「もうよい」

氏照は腰をかがめ、嗚咽する氏規の肩に手を置いた。

「大途のことは頼んだぞ。あとは皆でゆっくり生きよ」

湯殿《ゆどの》に入った二人は、互いに背を流し合った。

「こうして兄者と湯を使うのは、何年ぶりかのう？」

「さあ、とにかく幼き頃以来だろう」

湯殿に浸かった氏政が、目を閉じて呟いた。

「いい湯だ」

すべての重荷から解放されたその顔は、安堵の色に満ちていた。

「兄者、長い間、世話になった」

「わしの方こそ——」

これが、氏政と二人で、ゆっくり会話できる最後の機会であることを、氏照は覚った。

——わしが兄者に申したきことは、一つだけだ。

「兄者、すまなかった」

「今更《いまさら》、何を申す」

「こうした仕儀にあいなったのは、すべてわしの責だ」

「そうではない。わしの持って生まれた資質が招いたことだ」

氏政は恬《てん》として語った。

「わしは何ごとにも曖昧《あいまい》で決断がつかず、慎重に過ぎる気質だった。しかも、肉親や家臣に甘く、情が篤《あつ》過ぎた。それゆえ、果断に富み、怜悧《れいり》な判断の下せるおぬしを頼った。卑怯にも、わしは背負わねばならぬ肩の荷の大半を、おぬしの肩に載せたのだ。おぬしはそれを懸命に背負ってくれた。わしがおぬしの人生までも狂わせてしまったのだ。詫《わ》びねばならぬのはわしの方だ」

「兄者――」

「すべての責はわしにある」

氏政の顔は晴れ晴れとしていた。

氏照は、最後に問おうと思っていたことを口にした。

「はたして、われらの戦いは無益だったのか、兄者はどう思う?」

「無益ではあるまい」

「われらは、この世に何か残せたと思うか?」

ゆっくりと湯殿から出た氏政が答えた。

「それは、天だけが知ることだ」

真新しい檜《ひのき》に落ちる水滴が、朝の光に反射した。

湯殿を出た氏政と氏照に朝餉《あさげ》が供《きよう》された。しかし、形だけ手をつけた二人は、箸《はし》を擱《お》いた。武士の作法として、切腹した際に、腹から見苦しいものが出ることを避けるためである。食後の白湯《さゆ》を喫《きつ》したところで迎えが来た。

奥書院《おくしょいん》の庭先に案内されると、検視役の片桐且元《かたぎりかつもと》と井伊直政が、上段から強張《こわば》った顔を向けてきた。

粗末な竹筵《たけむしろ》の座に着くと、まず氏政の名が呼ばれた。中央にある平石の台座に座した氏政は、辞世の歌をしたためると、眼前の脇差《わきざし》に手を伸ばした。

続いて、周囲に軽く会釈《えしやく》すると、ためらいなく腹に刃を突き立てた。そして、刃を引き回した氏政は、介錯《かいしやく》を求めるように頭を垂れた。次の瞬間、介錯役の氏規の太刀《たち》が振り下ろされ、首が落ちた。

北条氏政、享年五十三――。

小者《こもの》が氏政の亡骸を運び出し、血の海が清掃されると、続いて氏照の名が呼ばれた。

冷え冷えとした平石の上に座した氏照は、筆をとり、辞世の歌をしたためた。

天地《あまつち》の清き中より生まれきて
　もとのすみかに帰るべらなり

氏照が悠然《ゆうぜん》と脇差に手を伸ばすと、一羽の白い蝶が迷い込んできた。蝶は優雅《ゆうが》に舞い、やがて氏照の眼前に止まった。大きく深呼吸するように、ゆっくりと羽を動かしながら、蝶は氏照を見つめていた。

――そうか三郎、おぬしが迎えに来てくれたか。

氏照は瞑目《めいもく》した。

瞳《ひとみ》の裏に、広漠たる武蔵野と天を衝《つ》くばかりにそびえる八王子城が映った。

北条氏照、享年五十一――。

七月二十一日、小田原を後にした氏直は、高野山《こうやさん》に向けて出立《しゅったつ》した。従うは氏規ら一門衆《いちもんしゅう》と家臣三百余名である。

八月十二日、氏直一行は高野山高室院《たかむろいん》に入った。その後、半年余を経て赦免《しゃめん》された氏直は、翌天正十九年（一五九一）五月九日、高野山から大坂に移され、八月十九日、初めて秀吉と対面した。この時、豊臣家旗本《はたもと》として一万石を拝領した氏直は、朝鮮半島出兵のため、名護屋《なごや》陣への同道も命じられた。さらに、滞りなく役を果たせば、伯耆《ほうき》国十万石を下賜《かし》することも約束されたという。

この直後の八月二十七日には、離縁されていた督姫が氏直の許《もと》に戻った。

北条家再興に向けて、すべては明るい方向に進んでいるかに見えた。しかし、北条家の家運もここまでであった。

十一月四日、氏直が病《やまい》によりこの世を去る。享年は三十であった。

氏直には、男子がなかったため、氏規嫡男の氏盛《うじもり》を養子に迎え、北条家は家名存続を許された。氏直遺領の一万石は四千石に減らされたものの、氏盛に継承された。なお氏規は、氏直とは別に、河内狭山《かわちさやま》七千石を領していたため、氏盛は一万一千石の大名となった。その家は河内狭山藩として幕末まで続いた。

北条家の百年が終わった。

「義を違いては、たとえ一国、二国切り取りたるといえども、後代の恥辱に如《し》かず」「義を守りての滅亡と、義を捨てての栄華とは天地格別にて候」という家訓を貫いた一族は、歴史の大河の中に消えていった。

彼らにとり、民に過酷な負担を強いる豊臣政権に組み入れられることは、まさしく、民への〝義を違いる〟ことであり、その家訓に従い〝義を守りて滅亡〟することこそ、本望《ほんもう》であったに違いない。

八王子城が滅した後の深沢山は、関東入部を果たした徳川家により、何人《なんぴと》たりとも侵入できない不入の地〝忌み山《いやま》〟に指定され、中宿門近くに番所が設けられているだけの荒山となっていた。

八王子合戦から十五年ほど経った頃、一人の青年僧が中宿門の番所を訪れた。

青年僧は、八王子合戦で死んだ者たちを弔《とむら》いたいと番所役人に申し出た。

番所役人が御主殿の跡まで案内すると、青年僧はしばし経を唱えた後、懐から横笛を取り出し、哀しい調べを奏《かな》でた。

かつて城方として、八王子合戦を戦ったその番所役人は、その調べに聴き覚えがあった。

番所役人はすべてを察し、何も問わず、青年僧を見送った。
伝承の域を出ないが、氏照の一子は僧となり、天寿を全うしたとだけ伝わる。

（完）

小田原北条宗家と氏照の歩み

西暦	年号	事項
1493	明応二	早雲、伊豆に侵攻し、堀越公方足利茶々丸を討つ。
1501	文亀元	早雲、この頃、大森藤頼の小田原城を攻略する。
1516	永正十三	早雲、三浦義同・義意父子を新井城に滅ぼし、相模国を平定。
1519	永正十六	早雲、韮山城で没す（推定享年六十四）。
1538	天文七	氏綱・氏康父子、第一次国府台合戦で小弓公方足利義明を滅ぼす。
1540	天文九	**氏照誕生、幼名・藤菊丸。**
1541	天文十	氏綱没す（享年五十五）。
1546	天文十五	氏康、河越合戦で山内・扇谷両上杉と古河公方連合軍を破る。
1554	天文二十三	武田・北条・今川家の間で甲相駿三国同盟成立。
1555	天文二十四	**源三（氏照）、この頃、大石氏に入婿。**
1559	永禄二	氏康、氏政に家督を譲る。
1561	永禄四	長尾景虎（上杉謙信）、小田原まで攻め寄せる。
		氏照、謙信に呼応して挙兵した三田綱定を滅ぼす
1564	永禄七	**氏康・氏政父子、第二次国府台合戦で里見氏を破る。**
1568	永禄十一	武田信玄、三国同盟を破棄、駿河への侵攻開始。

1569	永禄十二	氏康、武田勢を駿河から駆逐。 **氏照、越相同盟締結に奔走**。その後、締結成る。 **信玄、武相侵攻開始**、小田原城を包囲。 **氏照、三増峠で甲州勢と激戦を展開**。 信玄、蒲原城を落とし、駿河国を再占領。
1570	元亀元	三郎（上杉景虎）、上杉家に越相同盟の人質として送られる。
1571	元亀二	信玄、駿河深沢城を攻略。小田原を圧迫す。 氏康没す（享年五十七）。 越相同盟破棄、甲相同盟再締結。 **この頃、八王子城、築城開始**。
1574	天正二	第三次関宿合戦により、古河公方領を併呑。氏照の管轄となる。 羽生城自落。**北条家、武蔵国全土を制圧**。
1575	天正三	**下総国小山祇園城を攻略**。この年、長篠合戦勃発。
1577	天正五	安房国の里見家と和睦締結。下総国衆の大半が北条家傘下入り。
1578	天正六	謙信没す（享年四十九）。御館の乱勃発。 武田勝頼、北条家との同盟を破棄、上杉景勝と同盟締結。
1579	天正七	**氏照、越後国侵攻、坂戸城を攻撃（その後、撤退）**。 三郎景虎、越後鮫ヶ尾城で自刃。
1580	天正八	武田勝頼と上野、駿河国等で激突。上野国をほぼ制圧される。

1582	天正十	**氏照、間宮信綱を信長の許に派遣（安土城見学）**。 信長と攻守同盟締結のために氏政隠居、氏直が家督を相続。 北条家、信長の甲州征伐に参加。武田家滅亡。 本能寺の変勃発。北条家、上野国奪還作戦開始。 **神流川合戦で、滝川一益を破る**。 **信濃、甲斐国に侵攻（天正壬午の乱）**。**徳川家康と和睦**。
1584	天正十二	佐竹義重らを相手に沼尻合戦勃発。上方では小牧長久手合戦勃発。 上野金山城、館林城攻略、上野国の大半を制圧。
1586	天正十四	家康、豊臣秀吉に臣従。
1587	天正十五	秀吉、「関東・奥惣無事令」発令。 **氏照、伊達家との軍事同盟交渉活発化**。後に成立。
1588	天正十六	家康、北条家に起請文提出、秀吉臣従に勧誘する。 氏規上洛、聚楽第で秀吉に面談。
1589	天正十七	北条家、表面上は秀吉に臣従、豊臣政権の一大名となる。 氏照ら、和戦両様の構えを崩さず、惣国防衛体制確立に奔走。 猪俣邦憲の名胡桃城奪取により、秀吉、氏直に宣戦布告。
1590	天正十八	**この頃、氏照、小田原入城**。 秀吉軍侵攻開始。山中落城後、箱根防衛線崩壊。小田原城が包囲される。

1591	天正十九	上野国に北国勢侵攻開始。松井田落城後、諸城が相次ぎ自落または落城。 **松山、岩付、鉢形、八王子等の拠点城が相次ぎ自落または落城。** 氏直、小田原を開城。秀吉に降伏す。 **氏照、氏政とともに自刃（氏照享年五十一、氏政享年五十三）。** 氏直、高野山へ追放。家康、関東入封。 氏直、大坂へ移され秀吉と対面。一万石を拝領。 氏直、大坂で没す（享年三十）。

謝辞

本書を上梓《じようし》するにあたり、以下の方々に厚く御礼申し上げます。

小田原合戦関連資料を多数ご提供いただいた上、小田原周辺遺構の現地調査にお付き合いいただいた山田孝様、同じく、八王子城と八王子合戦についての資料を多数ご提供いただいた椚国男先生と前川實先生、関東甲信越の主要城郭遺構のほとんどをご案内いただいた本間朋樹様と鷹取昭様、史料調査と整理等をお手伝いいただいた板嶋恒明様、また様々な激励の言葉をいただいた元八王子歴史研究会の内田弥三郎会長はじめ会員の皆様、本当にありがとうございました。

さらに、御著作を参考にさせていただいた下山治久先生、黒田基樹先生、齋藤慎一先生におかれましても、お礼の言葉もないほど感謝いたしております。

そして、PHP研究所文庫出版部の大山耕介氏と同『歴史街道』編集部の永田貴之氏、村田共哉氏のおかげで本書が上梓できたことを、心から感謝いたします。

なお、本書は二〇〇三年に叢文社より刊行された『戦国関東血風録　北条氏照修羅往道』を下敷きに、氏照に焦点をあて、新たな作品としたものです。

二〇〇九年七月

伊東　潤

本書は、書き下ろし作品です。

著者紹介
伊東 潤（いとう　じゅん）
1960年、神奈川県横浜市生まれ。早稲田大学卒業。日本ＩＢＭ㈱に勤務後、外資系日本企業の事業責任者を歴任。2006年に㈱クエーサー・マネジメントを設立、独自の視点と手法によるコンサルティング・サービスを展開中。また、歴史小説界の新星として多方面から注目されつつあり、鋭い歴史解釈、リアリティ溢れる描写では、他の追随を許さないものがある。
主な著書に、『武田家滅亡』『山河果てるとも』（以上、角川書店）、『戦国奇譚 首』（講談社）などがある。

ＰＨＰ文庫　北条氏照
秀吉に挑んだ義将

2009年7月17日　第1版第1刷

著　者　伊東　潤
発行者　江口克彦
発行所　ＰＨＰ研究所
東京本部　〒102-8331　千代田区三番町3番地10
文庫出版部　☎03-3239-6259（編集）
普及一部　☎03-3239-6233（販売）
京都本部　〒601-8411　京都市南区西九条北ノ内町11

PHP INTERFACE　http://www.php.co.jp/

組　版　朝日メディアインターナショナル株式会社
印刷所
製本所　共同印刷株式会社

ISBN978-4-569-67305-9